Les Enquêtes du père Brun

Les Clés du Vatican

Les Enquêtes du Père Brun

Les clés du Vatican

Roman

Benoît ROCH

En application de l'art. L.137-2.-I. du code de la propriété intellectuelle, toute reproduction et/ou divulgation de parties de l'œuvre dépassant le volume prévu par la loi est expressément interdite.

Loi n°49-956 du 16 juillet 1949 sur les publications destinées à la jeunesse

© Benoît ROCH, 2025

Édition : BoD · Books on Demand,
31 avenue Saint-Rémy, 57600 Forbach, bod@bod.fr
Impression : Libri Plureos GmbH, Friedensallee 273, 22763 Hamburg (Allemagne)

ISBN : 978-2-3225-6188-9
Dépôt légal : Février 2025

A Madame de Fontaines,

> *qui détient les clés du succès
> de nombreuses signatures.*
>
> *Avec tous mes remerciements.*

La clef de toutes les sciences
est sans contredit le point d'interrogation.

> Honoré de Balzac

Avis au lecteur

A tous ceux qui font profession « d'esprit de sérieux », l'auteur adresse une prévention charitable : « Fuyez ces lignes en toute hâte, fermez ce livre ; gardez-vous simplement d'y revenir, vous n'y trouverez aucun moyen de vous rendre plus sérieux ! »

Cet ouvrage porte le joli nom de roman, *terme servant à désigner une langue adoptée pendant les siècles du Moyen-âge, issue de la langue d'oïl, utilisée dans le Nord de la France et dérivée du latin.* « Mettre en roman » *est apparu vers 1150, pour signifier* « traduire en langue vulgaire » *par opposition au latin, la langue des textes sacrés et des études savantes.*

Dès ses origines, le roman *est un texte qui se distingue de* «l'esprit de sérieux ». *Ce modeste ouvrage n'échappe pas à la règle, parce qu'il s'agit d'une fiction joyeuse, benoîtement inventée par son auteur, et dont les personnages, les propos ou les situations n'ont aucune réalité dans la vie des autres.*

Si, par inadvertance, pour le malheur des bienheureuses consciences, des fâcheux ou orgueilleux se croyaient en droit de reconnaître leurs propres actions ou leurs propres paroles, dans les situations qui peuplent ce récit affable, il va sans dire - mais il va mieux en le disant - qu'il ne pourrait s'agir que d'un coup de dés lancé par le destin, la fortune ou le hasard.

Quant à la Providence, l'auteur ne cultive pas la vaine insolence des naïfs de la vouloir associer à ces enfantillages.

Qu'on veuille bien pardonner les coquilles, et qu'on veuille bien accepter de les accueillir comme un modeste hommage à l'Apôtre Jacques.

Chapitre 1

Dans le bureau du cardinal

- C'est une catastrophe !

L'homme qui soufflait ces mots se montrait profondément abattu, se tenant la tête entre les mains, assis derrière un grand bureau, dans une pièce immense, avec des murs décorés de fresques admirables, datées de la Renaissance, qui jetaient sur les lieux un esprit de splendeur, augmenté par le triomphe des couleurs et des formes. L'inconnu, qui s'apprêtait à rejoindre la *chapelle Pauline*, pour y chanter les laudes, apparaissait coiffé d'une barrette cardinalice, d'une calotte pourpre, et arborant, par-dessus son superbe rochet plissé, orné de dentelle immaculée, recouvrant le haut de sa soutane rouge, une mozette écarlate sur les épaules. Entre ses bras, balançait sa croix pectorale, tandis qu'il continuait de se tenir la tête, en signe de désolation.

- Un cataclysme !

Il ne faisait aucun doute que ce personnage important était un cardinal de l'Église catholique apostolique et romaine, tout d'abord en raison de ses vêtements, mais encore parce qu'il travaillait dans un bureau situé au cœur du palais du Vatican ou plutôt, selon sa dénomination officielle, du

Palais apostolique, appelé aussi *Palais Sixte V*, ou anciennement *Sacré Palais*, une résidence des Papes, depuis leur retour d'exil à Avignon, de façon définitive, en l'an de grâce 1420.

- Un désastre !

L'homme en question laissa soudain tomber ses mains pour lever les yeux vers un autre homme debout devant lui. Un autre homme plus jeune et habillé d'une soutane noire, dont les manières trahissaient, non pas un vice de maladresse, mais une certaine gaucherie causée par l'inexpérience des débuts. Selon les rigueurs d'un œil averti, on pouvait rapidement déduire que ce jeune abbé venait d'entrer au service du cardinal, en qualité de *muninante*, c'est-à-dire comme employé de la Curie, chargé de rédiger les minutes, pour les projets de notes officielles ou les comptes rendus, ou alors en qualité d'*ajudante di studio,* qui sont généralement les postes dévolus en début de carrière, et que plusieurs papes ont occupé dans leur jeunesse.

Par la fenêtre de son bureau, on apercevait là-bas, dans l'ombre de la Basilique Saint Pierre, coincé tout à l'extrémité du Palais du Belvédère, un vaisseau de briques sombres, sous la forme d'une grande boîte à chaussure, avec des lignes de trous sous le couvercle, comme si des Lilliputiens avait permis à un animal gigantesque d'y respirer en captivité. Cette forte bâtisse rectangulaire, à la structure masquée sous les parements de brique, pouvait ressembler à un grenier antique prévu pour entreposer le blé des récoltes. Mais un chemin de ronde, ajouré d'une série régulière, séquencée par des baies carrées, décelait un type de fortification plus récent. Ce bâtiment haut, assez austère, sans grâce, sans fantaisie, ne séduisait pas l'œil au premier regard. Qui pouvait comprendre, imaginer, deviner, en les observants seulement, tout ce que pouvaient renfermer ces murs puissants ? Personne, c'était une évidence, ne pouvait savoir tout ce que protégeait cette enceinte, tout ce que gardaient ces remparts, ce que conservaient ces parois, au cœur de la plus mystérieuse Cité du monde : le Vatican. Non, vraiment personne ne pouvait soupçonner que ce gros édifice abritait le plus fabuleux trésor de tous les temps, la plus grande aventure artistique de tous les siècles, la plus géniale des toutes les œuvres humaines.

- Et dire que je suis chargé d'annoncer la nouvelle au Saint-Père. Quel malheur !

Le cardinal hochait la tête, de manière désordonnée, comme un jouet qui remue de façon désarticulée, parce qu'un de ses ressorts s'est brisé.

Pour le Vatican, l'art est un témoin crédible de la beauté de la Création, il est aussi un instrument d'évangélisation. Au sein de l'Eglise, et à travers le monde entier, il sert à diffuser le message des Évangiles. Par l'architecture, par la sculpture, par la peinture, par la musique, l'art explique, décrypte, interprète la Révélation. Dans le Figaro du 16 août 1904, Marcel Proust écrivait :« *c'est en France que l'architecture gothique a créé ses premiers et ses plus parfaits chefs d'œuvre »,* parce qu'on avait su graver le catéchisme dans la pierre, pour ceux qui ne savaient pas lire, et qui apprenaient en observant les sculptures. En revanche, il ne fait aucun doute que dans les lieux saints du Vatican, mieux qu'ailleurs, la Renaissance a exprimé ses plus grandes réussites. Tout au long de son Histoire, l'Église a recouru à l'art pour montrer la création de Dieu et la dignité de l'homme créé à son image et à sa ressemblance. Par l'art, elle a toujours célébré le pouvoir de la mort du Christ, ainsi que la beauté de sa Résurrection, qui conduit à la renaissance, dans un monde frappé par le péché. La beauté nous unit. Jean-Paul II aimait bien citer Dostoïevski : *« La beauté sauvera le monde »*. Suivre le Christ n'est pas juste renoncer au péché, c'est d'abord adhérer à la beauté du Salut.

Les *Musées du Vatican* constituent un ensemble muséal unique au monde, situé dans les murs du Vatican, regroupant douze musées, c'est-à-dire cinq galeries, et mille quatre cents salles, abritant l'une des plus importantes collections d'art dans le monde. Chaque année des millions de personnes admirent les chefs d'œuvre, dans les sept kilomètres de salles et couloirs des musées, en partie hébergés dans le *palais du Vatican*. C'est le troisième musée le plus fréquenté au monde. Tant de beautés accumulées en si peu d'espace donnent un sentiment de vertige, si bien décrit par Stendhal, quand il ressent ce moment sublime de proximité du Paradis, en admirant une des plus belles églises de la cité florentine : « *J'étais arrivé à ce point d'émotion où se rencontrent les sensations célestes données par les Beaux-Arts et les sentiments passionnés. En sortant de* Santa Croce, *j'avais un battement de cœur, la vie était épuisée chez moi, je marchais avec la crainte de tomber ».* Au fil des siècles, des œuvres splendides ont été rassemblées par les papes, depuis la volonté du grand Jules II, en 1506, d'offrir à tous la joie d'admirer des statues antiques, comme l'*Apollon du Belvédère* et le *Laocoon*, avec le projet d'agrandissement du Vatican, confié à Bramante, pour entreposer des chefs-d'œuvre de sculpture et de peintures couvrant plusieurs millénaires, dans ce qui constituera la future institution des Musées, incluant les chapelles Sixtine, Pauline, Nicolinc, les différentes galeries : *lapidaire*, les *tapisseries*, les *candélabres*, les *cartes géographiques*, le *Braccio Nuovo*, les *chambres et loggia* de Raphaël, les *appartements Borgia*, et tant d'autres salles que cet humble ouvrage peinerait à décrire, sans oublier les Jardins, situés dans un cadre unique, entre la coupole de Saint-Pierre, le bois qui couvre la colline vaticane ainsi que la façade de la Pinacothèque.

Né dans une grande famille de la noblesse pontificale, étudiant curieux, brillant, discipliné, sportif (natation, escrime, cheval, aviron, tennis), musicien (violon, piano), attiré par l'archéologie, l'anthropologie, la philologie, il fit sa théologie à l'université pontificale grégorienne, sa philosophe à l'université de *La Sapienza,* avant de rejoindre l'université pontificale du Latran, pour y obtenir trois doctorats, l'un de théologie, et les deux autres *in utroque jure*, c'est à dire dans les deux droits, civils et canoniques. Il avait rapidement progressé au sein de la Curie, d'abord en qualité de juriste dans la diplomatie vaticane, puis de Nonce apostolique en Bavière, en Suisse, à Vienne. Ensuite, Contani avait été rappelé à Rome pour son excellente connaissance des affaires vaticanes. Visage sévère, émacié, glabre, ce prélat romain possédait dans ses manières quelque chose de l'élégante austérité du Cardinal Pacelli, dans son esprit, de la grande érudition du Cardinal de Cues et dans son maintien admirable, un certain air de noblesse du Cardinal de Richelieu, si bien exprimée dans le fameux portrait en pied de Philippe de Champaigne. Soldat de l'Invisible, il veillait avec un soin vétilleux aux trésors de la cité vaticane, entreposés là depuis des siècles, sous l'autorité directe du Secrétaire d'État du Vatican, en lien avec Gendarmerie du Vatican, la direction des Musées, la Garde Suisse, le Secrétariat du pape, le Collège des cardinaux, le Camerlingue de la Sainte église romaine, la Préfecture de la Maison pontificale, et bien d'autres institutions que, par charité pour la patience du lecteur, votre narrateur se gardera bien d'énumérer.

Lorsque les visiteurs découvrent toute la splendeur des collections vaticanes, au moment de pénétrer dans ces vastes espaces hors du temps, particulièrement la Bibliothèque et les Archives

Apostoliques, quand ils contemplent l'immensité et la qualité du patrimoine préservé ici, en général ils sont stupéfaits. *« La catholicité n'est pas une abstraction, car elle est une étreinte de tout ce qui est humain »* explique le Cardinal portugais José Tolentino de Mendonça, archiviste et bibliothécaire de la Sainte Église romaine. Le Vatican veut exercer une activité de *charité intellectuelle*, puisqu'il a choisi de partager son patrimoine avec des chercheurs du monde entier, depuis l'an 1600, avec Paul V. Quand ils découvrent toutes ces merveilles, les visiteurs restent muets, enveloppés dans un silence qui n'est pas seulement un silence. Ce serait plutôt comme ce tremblement qui saisissait Blaise Pascal devant la pensée de l'infini.

- Que va dire le Saint-Père ? Et le Sacré Collège ?

Le jeune abbé se tenait debout sans broncher. Il était mince lui aussi, mais proche de cette maigreur qui inquiète sur un jeune visage.

La Curie est un héritage direct de la Rome antique. Le mot d'origine proto-indo-européenne *ko-wiriya* signifie tout simplement « réunion d'hommes ». Dans la Rome ancienne, le mot désigne aussi le lieu des réunions, comme le bâtiment où se réunissait le Sénat romain. Par extension, le terme signalera les subdivisions civiques, dès l'époque de la monarchie et dans les cités de droit latin. Aujourd'hui, la *Curie romaine* peut indiquer tout l'ensemble des institutions administratives du Saint-Siège, ainsi que l'organe central du gouvernement de l'Église catholique. A un esprit ordinaire, à peu près comme celui du narrateur, il n'est guère permis de comprendre l'énigmatique organisation de la Curie, pas moins complexe que le mystère des rémanents de supernova, après l'effondrement des systèmes d'étoiles sous l'effet de la gravitation. Placée sous la primauté pontificale de l'évêque de Rome, cette belle institution est au service du pape, successeur de Pierre, et des évêques, successeurs des apôtres. A ce titre, elle est assistée du Collège des évêques, du Synode des évêques, du Collège des Cardinaux, mais aussi des Légats et Nonces apostoliques. Par ailleurs, elle se trouve composée d'un nombre important de dicastères : la secrétairerie d'État, les neuf congrégations romaines, mais aussi les trois tribunaux du Saint-Siège, et les douze conseils pontificaux, ainsi que des différents services administratifs chargés des affaires économiques. A ce catalogue non exhaustif, il faut adjoindre *l'État de la Cité du Vatican*, qui possède une structure particulière, mais aussi la liste interminable des institutions rattachées au Saint-Siège, tels que, par exemple, les *Archives apostoliques du Vatican*, ou la *Bibliothèque apostolique vaticane*, l'*Osservatore romano*, la *Fabrique de Saint-Pierre*, chargée de l'entretien de la basilique éponyme, et la liste encore plus énigmatique des nombreuses Académies de droit pontifical.

Flaubert avait poussé ce puissant cri jailli du cœur : *« J'aimerais mieux avoir peint la Chapelle*

Sixtine, que gagné bien des batailles, même celle de Marengo ». Si le pape Francesco della Rovere n'avait pas choisi de se faire appeler *Sixte*, que sa volonté lui avait commandé d'adopter un autre nom papal, tel Anaclet, Evariste, Télesphore, Eleuthère, Antère, Eutychien ou Zosime, nous ne connaîtrions pas la joie quasi-séraphique de prononcer ce mot béni : *Sixtine* ! Peut-on imaginer un autre nom pour ce chef-d'œuvre des chefs d'œuvre ? Non, bien sûr, car la Providence, qui veille à tout, jusqu'au bonheur de nos oreilles, n'a pas permis au nouveau pontife de se tromper, lors de son élection au trône de Saint Pierre, en lui inspirant ce beau nom de Sixte, le quatrième, ce 9 août 1471, jour où l'Eglise actuelle célèbre la grande Édith Stein (qui n'était pas née à l'époque), sous le vocable de Sainte Thérèse Bénédicte de la Croix, théologienne, philosophe, vierge, martyre, mais surtout carmélite et patronne de l'Europe.

Nouveau temple de Salomon, merveille des merveilles, la gloire de la Création, le joyau de l'Incarnation, la symphonie des couleurs, le chef d'œuvre absolu de la chrétienté, sanctuaire de la théologie du corps (selon le pape Jean-Paul II), les mots sont impuissants à décrire la splendeur des lieux. Bâtie sur un plan de basilique (ces édifices antiques semi-sacrés, pour les audiences publiques, pour la cour royale, la cour de justice ou les bourses de commerce), elle mesure 40 mètres de long sur 13 mètres de large, c'est-à-dire qu'elle reproduit les dimensions du Temple de Salomon, comme indiqué dans l'Ancien Testament. Qui n'a jamais visité la chapelle papale ne peut se faire une idée de l'atmosphère qui baigne ses murs. Constituée d'une unique salle rectangulaire, couverte de fresques sublimes des murs au plafond, sa voûte en berceau s'élève à 21 mètres de haut, sachant que si l'on divise cette mesure par la largeur, soit 21 par 13 on trouve le nombre d'or : 1,61. Est-il nécessaire de préciser que la Chapelle Sixtine possède nombre de secrets de construction, mathématiques, religieux, et symboliques ?

- On pourrait peut-être demander un à détective de nous assister ? Ce serait une aide précieuse.

- Un détective ? Mais vous plaisantez ? Et pourquoi pas une équipe de télévision tant que vous y êtes ?

- Je pensais à un détective en qui nous aurions toute confiance. Quelqu'un de chez nous.

- Confiance ? Quel joli mot ! Vous êtes à Rome, mon ami. Le jour où vous trouverez un baril de confiance, achetez-moi tout un rayon !

- Pour tout vous dire, éminence, je pensais à un frère franciscain qui a fait ses preuves dans des enquêtes policières, et qui est à Rome en ce moment.

Don Alvaro rencontrait les ravissements du cloître, tant souhaités, à chaque lecture du *Château de l'âme*. Tout en lui voulait combattre contre la souillure du péché, dès le premier agenouillement, pour conquérir la grâce, dans l'oubli absolu de sa chair. Extase de l'approche de Dieu que connaissent parfois quelques jeunes prêtres. Heure bienheureuse où tout se tait, où les désirs ne sont qu'un immense besoin de pureté. Il ne plaçait sa consolation chez aucune créature. Parce que Dieu est tout. Rien ne pouvait ébranler sa Foi. Ni son humilité, ni son obéissance, ni sa chasteté, qui demeuraient ses seuls trésors. Il se rappelait qu'à 7 ans il pleurait d'amour dans les églises. Il redoutait d'aimer. Il avait peur de rester attendri. Marchant dans sa Foi, comme dans une cuirasse, Dieu ne l'avait jamais abandonné. Très tôt, il eut l'idée d'être prêtre, pour se dévouer corps et âme à ce besoin d'affection surhumaine qui était son tourment. Il ne savait pas comment aimer davantage. Il voulait contenter tout son être, les prédispositions de son sang, ses rêves d'adolescent. Si jamais les épreuves devaient venir, il attendait avec la sérénité d'une âme pure et ignorante. Il voulait tuer l'homme en lui, heureux de se savoir à part, créature châtrée, marquée de la tonsure ainsi qu'une brebis du Seigneur, à l'abri des souffles mauvais.

Le cardinal leva, sur le petit prêtre haletant, un sourcil inquisiteur qui eut fait trembler Torquemada lui-même.
- De qui parlez-vous ?
- Il se fait appeler le père Brun.
- Quoi ? Le père Brun ? Cavalio ? Cavalio est à Rome ? Et personne ne me dit rien ?

Jamais, peut-être, avant cette réflexion blessante, le petit prêtre n'avait examiné le bout de ses chaussures avec une telle force d'humilité.

- Convoquez-le au plus vite !

Sur le point de sortir du grand bureau, le jeune ecclésiastique dont la petite soutane volait au moindre mouvement, fut stoppé dans son élan, comme les fils du Laocoon, attaqués par les serpents :

- Un instant, Don Alvaro, dites-moi d'abord ce qu'il est venu faire à Rome en ce moment ?

- J'ai entendu dire qu'il assistait au chapitre général des Franciscains, éminence.

- Ah très bien. Très bien. Très bien. Allez, allez ! Filez vite me le chercher !

Chapitre 2

Un dîner chez la Contessa

- Mais comment faites-vous pour résoudre vos énigmes policières ? Je me suis laissé dire que vous possédiez une méthode bien à vous, peu conventionnelle, s'amusant même à irriter certains enquêteurs professionnels.

Une femme distinguée s'adressait au père Brun, avec un éclat de miel dans la voix.

- Disons que ma double formation de prêtre catholique et de physicien quantique m'ont appris la même démarche.

Une autre femme, plus jeune mais pas moins belle, dit à son tour sa surprise :

- La même démarche, dîtes-vous ? Avec des domaines si différents ?

- Et quelle est donc cette démarche ? reprit la première femme, visiblement intriguée.

- Apprendre à penser en dehors du système !

La Contessa occupait un vaste appartement, le long du Tibre, de l'autre côté du Château Saint-Ange, qu'on pouvait apercevoir entre les branches pendant les mois où les platanes se trouvaient dépourvus de feuilles. Situé au dernier étage d'un immeuble élevé sous le règne d'Humbert 1er, à la toute fin du XIXème siècle, il était meublé dans le goût de ces appartements hors des modes, mêlant époques et styles, dans un éclectisme élégant et rare qui n'appartenait qu'à la noblesse romaine. En se penchant légèrement à la fenêtre, on pouvait admirer au loin, le dôme de Saint-Pierre, qui ruisselait de lumière sous le soleil jupitérien, mais ce qui amusait avant tout la Contessa, c'était la présence des deux mausolées impériaux : celui d'Hadrien, en face, et sur la droite, celui d'Auguste. Aussi, dans un petit rire charmant, aimait-elle octroyer, quand on lui demandait s'il était facile de pouvoir demeurer au milieu des Romains :

- Je vis entre Auguste et Hadrien, ce sont des voisins charmants !

La conversation battait son plein, dans un italien facile, parfaitement maîtrisé par le moine, emplie de vie et de légèreté, rehaussée par les belles assiettes de rizotto à la truffe noire, saupoudré de parmesan, arrosé par un merveilleux *barolo*.

- Tous les grands logiciens nous enseignent que sortir du système est le meilleur moyen d'en pénétrer les secrets.

- Sortir du système ? Qu'est-ce que ça peut vouloir dire exactement ? raisonna la maîtresse de maison, une belle femme brune, déjà installée dans l'existence, mais dont les éclats de la jeunesse rayonnaient encore superbement.

- Oh, mais c'est assez simple.

- Avez-vous un exemple à nous fournir, pour nous aider à comprendre ? implora la deuxième femme.

- Avec plaisir. Tenez, prenons l'exemple d'un système que tout le monde connaît : la composition musicale.

- Je dois vous concéder, mon père, que je suis une piètre musicienne, avait ajouté en riant la Contessa, qui était heureuse de présenter le moine à quelques amis.

Elle avait connu le père Brun au début de son activité, avant de devenir le curé de Donville, quand il était confesseur, avec d'autres franciscains mineurs, à la cathédrale de Saint-Jean-de-Latran. Pendant deux ans, il avait rendu ce service, offerts par les ordres aux basiliques de la ville papale : les franciscains conventuels à la basilique Saint-Pierre, les dominicains à Sainte-Marie-Majeure, enfin les bénédictins à Saint-Paul-hors-les-murs. Elle n'avait pas trouvé meilleur confesseur, après le père Brun, si charitable, si pédagogue, avec un humour capable de déraciner les plus vilains péchés, plantés comme des herbes mauvaises, dans les âmes de ses ouailles.

- Cela n'a pas d'importance pour mon explication. Tout le monde sait que la musique se compose à partir de notes, qui appartiennent à une gamme, nommée aussi parfois « échelle », un ensemble de sons, appelés *degrés*, formant le cadre au sein duquel se bâtit une œuvre musicale, c'est-à-dire un système.

- Jusque-là, je comprends.

- Vous savez qu'on peut se contenter de lire les notes et de jouer les sons qu'elles produisent, à partir des instruments utilisés. Mais on peut aussi chercher à faire la distinction entre la mélodie et l'accompagnement. La mélodie demeure toujours au premier plan, tandis que l'accompagnement reste en quelque sorte annexe. N'est-il pas surprenant de trouver, dans les lignes inférieures d'un morceau de musique, d'autres mélodies qui sont identifiables ?

- En effet, se contenta de jaboter un troisième convive qui possédait l'apparence d'un jardinier.

- Dans la musique baroque, surtout celle de Bach, les lignes, hautes, basses ou intermédiaires, ont toutes un rôle de « figures ». Dans un sens, on peut affirmer que les morceaux de J.S. Bach sont « récursifs ».

- Alors là, vous commencez à me perdre…

A son tour, un homme de petite taille prit la parole, qui ressemblait à s'y méprendre à un célèbre mathématicien, Kurt Gödel, avec ses cheveux bruns coiffés en arrière, et ses lunettes rondes, cerclés d'ébène :

- La récursivité est une démarche qui fait référence à l'objet même de la démarche à un moment du processus.

- Moi aussi, je suis perdue, avoua la plus jeune femme.

- En d'autres termes, c'est juste une démarche dont la description mène à la répétition d'une même règle. Dans le cas de Bach, il s'agit de définir une structure à partir de l'une au moins de ses sous-structures.

- Bravo ! Exactement ça, s'enthousiasmait le père Brun qui aimait toujours constater que le partage des savoirs était le meilleur chemin pour accéder à la connaissance.

La Contessa avait invité Béatrice, une jeune chercheuse à l'*Université de la Sapienza*, fondée par bulle pontificale du 20 avril 1303 du pape Boniface VIII, l'une des plus anciennes au monde, la plus grande en Europe, par le nombre de ses 150 000 étudiants, avec ses 21 facultés, 21 musées, 155 bibliothèques, et ses plus de 130 départements et instituts.

- C'est en réalité la question de la figure et du fond dans l'art en général, et dans la musique en particulier. Dans le cas de Bach, cette distinction opère à différents niveaux. Mais, prenons un autre exemple, avec l'accentuation sur les temps forts ou sur les temps faibles. Si l'on compte les notes d'une mesure : *« un-et, deux-et, trois-et, quatre-et »*, la plupart des notes dans la mélodie tombent sur les nombres et non pas sur les *« et »*.

- Je crois que Colette reprochait à Bach son côté *divine machine à coudre* ! jubilait le jardinier.

- Il faut rendre justice à Colette, cadra le père Brun, qui est une femme de lettres remarquable. Dans son *Histoire de la musique* (1969), Lucien Rebatet attribue cette expression, non à elle, mais plutôt à un musicographe allemand *« quelque peu iconoclaste »*.

- Ah j'adore Colette ! confessa la maîtresse des lieux.

- A mes yeux, cette métaphore n'est pas honteuse. Elle rappelle que la musique de Bach relève autant du divin que du mécanique, attesta le franciscain, ce qui en langage quantique traduit un compliment !

Chacun se surprit à sourire, surtout le petit Gödel, qui appréciait mieux que quiconque les allusions scientifiques du franciscain. Le père Brun poursuivait sa démonstration sur les avantages à sortir d'un système pour en comprendre les secrets.

- En Italie, en France, en Espagne, dans la plupart des pays latins et catholiques, on utilise la *solmisation*, basée sur le texte latin « ***Ut** queant laxis/ **res**onare fibris/ **mi**ra gestorum/ **fa**muli tuorum / **sol**ve polluti/ **la**bii reatu/ **S**ancte **I**ohannes.* ». *Ut, re, mi, sol la, SI.*

- On oublie que la gamme musicale, avec son système de notation, possèdent une origine religieuse, souligna la Contessa, les yeux arrondis, sous l'influence d'une pensée subliminale.

- La musique aussi, d'après Pythagore, s'était empressé d'ajouter le petit mathématicien sur le ton d'un prêcheur de rue calviniste, avec un regard halluciné qui aurait pu orner la figure d'un personnage de Rembrandt.

- Et ce texte latin, qu'est-ce que c'est ? interrogea celui qui ressemblait à ces jardiniers de parcs publics, dont personne ne semble jamais se soucier.

- Un hymne à Saint Jean-Baptiste, écrit par Paul Diacre, un moine bénédictin, historien et poète du VIIIème siècle, mort au Mont-Cassin, qui signifie : *« Pour que puisse résonner des cordes détendues de nos lèvres les merveilles de tes actions, ôte le péché de ton impur serviteur, ô Saint Jean ! »*

La petite assemblée restait suspendue aux lèvres du père Brun, dont l'érudition ne lassait jamais. Il avait le don rare de présenter un sujet complexe avec des idées simples, ce qui permettait au plus grand nombre d'accéder à cette forme de compréhension parfaite, facilitant le chemin de la lumière dans les recoins les plus sombres de la pensée, et d'inscrire au cœur des esprits que le terme *philosophie* renferme le plus beau mot de tous les temps, φιλέω (philéô) qui veut dire : *aimer*.

- La notation anglaise utilise les 7 premières lettres de l'alphabet de A à G (la = A et sol = G). La notation allemande remplace le B (=si) par un H pour des raisons historiques. Le si est introduit au XVIème siècle, et reste la seule note altérée en bémol. B correspond au si bémol et H au si bécarre.

- Tout ceci me donne le tournis ! murmura la Contessa, dont les yeux continuaient subtilement de s'arrondir.

- C'est pour ça que le *Cantor de Leipzig* aimait utiliser comme *signature musicale cryptique* les quatre notes « si♭-la-do-si♮ », en notation allemande : B-A-C-H, qu'il introduisait à une place soigneusement choisie dans les dernières mesures de ses œuvres comme un clin d'œil aux lecteurs de ses partitions. - Incroyable !

- Sur le manuscrit original, de la dernière page de *l'Art de la fugue* de J.S. Bach, on peut lire, écrit de la main de son fils, Carl Philipp Emmanuel : *« N.B. Au cours de cette fugue, au point où le nom B.A.C.H. a été introduit en contresujet, le compositeur est mort »*.

- Quand je pense que j'ai vécu toute ces années, dans l'ignorance de ces choses.

- Voilà pourquoi, chère Contessa, il faut savoir sortir du système, pour en pénétrer tous les secrets.

La lumière commençait à poindre dans les cerveaux. On devinait que le long cheminement de cette démonstration, avait volontairement emprunté des voies détournées. Maintenant que les pièces étaient réunies, chacun avait compris que le système musicale n'était qu'un prétexte pour faire admettre à tous que, dans les structures d'idées, il existait parfois d'autres structures codées ou masquées.

- Savez-vous qu'Ennio Morricone s'est inspiré de ce petit jeu pour la musique du *Clan des Siciliens* ?

- Expliquez-nous !

- La deuxième mélodie, jouée à la guitare, n'est qu'une variation sur les quatre notes B,A,C,H.

- Incroyable !

- Ce qui vaut pour la musique, vaut pour tous les autres arts. Tenez, par exemple, l'architecture fourmille de codes avec les nombres.

Tandis que chacun terminait son assiette, le père Brun entamait une nouvelle partie de sa démonstration :

- Dans son traité d'architecture, Palladio va définir sept proportions majeures : 1. le cercle ; 2. le carré ; 3. la diagonale du carré $1/\sqrt{2}$; 4. un carré plus un tiers $3/4$; 5. un carré plus un demi $2/3$; 6. un carré plus deux tiers $3/5$; 7. un double carré $1/2$, ne se laissant plus guidé par la découverte vitruvienne du carré et du cercle, lesquels avaient déterminé les proportions divines du corps humains, avec une observation faite par Pythagore au sixième siècle avant J.C.

- Le rapport harmonique entre les nombres premiers, s'étaient contenté de commenter le petit Gödel.

- Exact ! L'architecte tente d'expliquer l'impact de ces proportions sur l'inconscient humain : *« Les proportions des voix sont harmonie pour les oreilles, celles des mesures sont harmonie pour les yeux. De telles harmonies plaisent souvent beaucoup sans que quiconque sache pourquoi, à l'exception des chercheurs de la causalité des choses ».*

- Dans *Le Marchand de Venise*, Shakespeare faire dire à Lorenzo : *« l'homme qui n'a pas de musique en lui et qui n'est pas ému par le concert des sons harmonieux est propre aux trahisons, aux stratagèmes, et aux rapines »,* exprima Béatrice, le visage immobile, comme celui d'un lotophage.

- Pythagore avait découvert une idée à la fois primitive et géniale : le rapport entre les intervalles harmoniques est celui de nombres entiers simples.

- Et en langage normal, ça veut dire quoi ? s'enquit la Contessa, les yeux plissés par la difficulté de tout saisir.

- Tout simplement que si vous pincez une corde, et que vous voulez entendre l'octave au-dessus, il faudra appuyer en son milieu. Ce qui veut dire que l'harmonie d'un son et de son octave est déterminé par le plus simple des rapports 1:2.

- C'est assez simple, en fait.

- Oui, et pour la quinte, c'est 2:3, pour la quarte 3:4. ajouta le petit mathématicien

- Effectivement, ce rapport 1:2:3:4 est aussi simple que fantastique.

- Il constitue la base de toute la théorie musicale, précisa Béatrice, se remémorant ses cours de guitare.

- Ce principe simple avait provoqué un tel choc chez Platon, se plaisait à développer le franciscain au physique de philosophe antique, que 150 ans plus tard, dans son dialogue du *Timée*, il fit construire, par un démiurge, le cosmos universel en forme de sphère, selon ces règles musicales ; l'âme humaine obéissant à ces mêmes règles.

- Ce qu'au XIXème siècle, William Krantz a nommé *l'atomisme mathématique* du Timée, pour en faire la lointaine origine des théories de notre physique moderne, ajouta en guise de précision le petit Gödel, sur un ton précieux et tatillon.

- 1 900 ans après Platon, l'idée ayant fait son chemin jusqu'à la Renaissance, les architectes se sont aperçus que les harmonies musicales avaient des expressions spatiales, avec les rapports entre les longueurs des cordes. Préoccupés par les rapports dans l'espace, ils ont élaboré des nouvelles règles d'architecture.

- C'est vraiment fascinant.

- Le monde, selon leur vision platonicienne, de même que l'âme et le corps, le macrocosme comme le microcosme, ayant été composés par l'architecte-démiurge en fonction des harmonies musicales, ils devaient, eux aussi, se laisser guider à leur tour par ces mêmes règles musicales dans tous leurs projets architecturaux.

- Je comprends mieux votre idée de départ, interrompit la Contessa. Il faut sortir de chaque système si on cherche à le comprendre.

- C'est pourquoi Platon affirme que l'âme doit sortir du système corporel pour accéder à la parfaite connaissance de sa propre condition. En d'autres mots, poursuivit le mathématicien avec les yeux noirs d'un corbeau noir dans une nouvelle noire d'Edgar Poe, seule la mort nous permettra d'atteindre le point ultime de toute connaissance.

- Vous pensez que ces théories du nombre, dissimulées dans de nombreux systèmes, sont une affirmation du chemin unique de la connaissance par la mort ? s'inquiétait Béatrice en se tournant vers le père Brun.

- Dans de nombreux projets, cette notion aboutissait à un système extrêmement nuancé. D'autant que cette harmonie universelle gréco-divine rejoignait aussi l'Ancien Testament, où Yahvé avait ordonné à Moïse de construire le *Tabernacle,* avec des dimensions soigneusement prescrites.

- Le Tabernacle ?

- La tente qui abritait l'*Arche d'Alliance,* pendant leur traversée du désert, après le départ d'Égypte, divisée en trois parties : le parvis extérieur, le lieu saint et le lieu très saint.

- On dirait le plan d'une église.

- Vous avez deviné que ce n'est pas un hasard, reprit le moine en souriant. Dans l'Exode, Yahvé parle à Moïse : *« Ils me feront un sanctuaire et j'habiterai au milieu d'eux. Vous ferez le Tabernacle et tous ses ustensiles d'après le modèle que je vais te montrer ».*

La voix du père Brun était puissante. Elle enrobait ceux qu'il l'écoutait dans une sorte de douceur, par laquelle chacun se sentait mieux. Devant l'élan de sa Foi inébranlable, on avait envie de boire chacune de ses paroles.

- Vous avez compris que les proportions intérieures du Tabernacle sont sensiblement les mêmes que celles du Temple de Salomon.

- Ah non, répliqua la Contessa, je n'avais jamais pensé que le Temple de Salomon n'était qu'une *tente pétrifiée.*

- Une autre façon de le dire, chère amie, mais dites-moi, mon père, interrogea Béatrice, le Temple de Salomon n'était-il pas une bâtisse géante, aux proportions monumentales ?

- Tout d'abord, il a existé 2 temples. Le premier, celui de Salomon construit au Xème siècle avant J.C. et entièrement détruit par les armées de Nabuchodonosor II, roi de Babylone, en 586 avant J.C. Le deuxième, reconstruit par les Juifs après le retour de captivité à Babylone, vers 528 avant J.C. qui fera l'objet de nombreuses extensions massives avec les rénovations du Mont du Temple, réalisées par Hérode Ier le Grand, entre 19 avant J.C. et 63.

- Si j'ai bien compris, se risqua la Contessa, il existe plusieurs époques et plusieurs dimensions de temples ?

- Pas exactement. Le Temple de Jérusalem conserve une structure concentrique, avec des parties publiques, des parties toujours plus sacrées, et toujours plus rarement accessibles. Ce sont les parties publiques qui ont augmenté au fil des siècles. Toutefois le sanctuaire primitif garde ses dimensions originales, données à Moïse, avec les trois parties : le parvis extérieur, le lieu saint, le *Saint des saints*, qui renferme l'*Arche d'Alliance*, où sont conservées les *Tables de la Loi*, les fameuses pierres comprenant le texte des Dix Commandements, gravées par la main de Dieu, devant Moïse, sur le Mont Sinaï, durant l'Exode.

- Ah *Les Dix Commandements*, quel film !

Chacun eut en mémoire les images de Charton Heston, brandissant les Tables de la Loi devant le peuple hébreux, jeté dans la débauche au pied du *Veau d'or*.

- Si vous voulez vous faire une idée plus précises des dimension du Temple, allez voir ou revoir la chapelle Sixtine, qui reproduit les dimensions exactes dictées par Yahvé à Moïse sur le Sinaï.

- Toutes ces choses qui sont sous nos yeux, et que nous ignorons, expira la Contessa, dans un mélange de désolation et de dépit.

On passa au salon pour les alcools, les liqueurs, ou les boissons chaudes.

- Seriez-vous donc à Rome pour enquêter ? interrogea à son tour le petit sosie de Kurt Gödel.

- Dieu m'en préserve ! protesta le moine avec stupeur et bienveillance, non je suis ici pour le chapitre général des Frères mineurs, qui réunit de nombreux franciscains du monde entier.

- Et quand se termine votre séjour à Rome ?

- Demain. Je fête avec vous ma dernière soirée romaine, s'était plu à clamer le père Brun, en levant son verre, sans se douter un instant que la Sainte Providence, toujours espiègle, avait formé d'autres projets pour le plus grand bonheur de notre ami et de nos lecteurs.

Chapitre 3

Le bon air de Normandie

A plusieurs kilomètres de là, dans un joli coin du Nord-ouest de la France, au cœur du Pays d'Auge, entre Deauville et Lisieux, une jeune policière discutait avec un libraire.

- Si le père Brun était là, il nous dirait qu'il ne faut pas confondre la vérité avec l'opinion de la majorité.

- C'est juste. Encore un père de l'Église ?

- Non, pas vraiment un saint, encore qu'il n'appartient qu'à Dieu de sonder les cœurs et les reins, mais tout de même un artiste chrétien, assez tourmenté.

- Alors, qui donc allez-vous encore me christianiser ? A vous écouter, tout le monde est catholique, s'amusait la jeune femme qui s'appelait Amanda Lemercier.

- Non, pas tout le monde, mais certainement un peu plus que ce qu'on pourrait croire.

Le libraire, que la plupart des lecteurs auront reconnu, était un homme au physique imposant, plutôt trapu que géant, mais de belle taille néanmoins, une sorte d'ours médiéval aux allures joviales, large des épaules, râblé et mafflu comme frère Jean des Entommeures. Il existe dans l'espèce humaine, nous dit Horace, des individus nés pour consommer les fruits de la Terre. Gargarin en composait la preuve irréfutable.

- En novembre 1959, après la chapelle de Milly-la-Forêt il réalise une fresque dans la chapelle de la Vierge à Notre-Dame de Jérusalem, à Londres, autour de trois thèmes.

- Laissez-moi deviner.

- A vous l'honneur !

- L'*Annonciation*. Depuis que j'ai appris que c'était un thème central dans l'apparition de la perspective, je suis plus attentive au sujet.

- Bravo pour le premier !

- La *Nativité* et Les *Noces de Cana* ?

- Non, la *Crucifixion* et l'*Assomption*. On ne gagne pas à tous les coups, avait alors commenté Gargarin d'un sourire cocasse, plutôt content de reprendre l'ascendant.

- Bon. Vous avez encore gagné !

- Chaque matin, lors de son arrivée, Cocteau allumait un cierge et se mettait au travail. Alors, l'académicien s'adressait à la Vierge en ces termes : *« Vous, la plus belle des femmes, la plus merveilleuse des créatures de Dieu, vous avez été la plus aimée. Aussi, je veux que vous soyez ma plus belle œuvre d'art. Je vous dessine avec des éclairs de lumière. Vous êtes le travail inachevé de la Grâce... »*.

Amanda s'était tue un moment, devant la beauté de ces paroles pleines d'amour. Puis, elle reprit, le nez en l'air, comme une enfant qui vient acheter des bonbons.

- En attendant, il a bien de la chance.
- Qui ça ? Cocteau ?
- Non, le père Brun, sous le soleil de Rome, alors qu'on grelotte ici, avec ce printemps qui ne veut pas venir.
- J'espère qu'ils ne vont pas le garder !
- Ne parlez pas de malheur, j'en ai besoin ici pour mes enquêtes. Pourquoi voulez-vous qu'ils le gardent ?
- Je ne sais pas moi ! Imaginez qu'il soit élu *Ministre Général* de l'Ordre franciscain !
- Ah non, je ferai appel. Donville a besoin de son curé.
- Ou alors, il peut être nommé au Vatican ?
- Mais pour y faire quoi ?
- Oh, il y a toujours quelque chose à faire. Secrétaire du pape, président d'une Académie pontificale, Prédicateur officiel du Vatican, ou alors Grand pénitencier.
- Et pourquoi pas cuisinier du pape ?
- Ah, il se débrouillerait très bien !
- Je le vois d'ici, avec son beau tablier.
- Ah oui, celui qu'on avait offert !
- Je suis certain qu'il aurait beaucoup d'allure dans les cuisines pontificales.
- Et pourquoi pas devenir garde du corps officiel de Sa Sainteté ?

- Il en serait tout à fait capable. Je crois qu'il a conservé quelques réflexes utiles de son passage chez les commandos.

- Sinon, je le verrais bien entrer chez les Gardes Suisses, avec leur bel habit de toutes les couleurs.

- Impossible ! A ma connaissance, il n'est pas suisse.

- Ah bon, ils ne recrutent que des Suisses ?

- Oui, comme autrefois les Suisses des Tuileries. Après le traité de Paix perpétuelle, contresigné par François Ier et la Confédération des Cantons Suisses, Charles IX voulut instituer une garde suisse, pour la protection du souverain. Louis XIII les organisa en régiment. Jusqu'au bout, ils sont restés fidèles au roi de France, préférant, dans la journée sanglante du 10 août 1792, se faire massacrer par la populace haineuse, plutôt que d'abandonner le roi.

- Quelle abnégation ! Et les gardes du Vatican sont aussi courageux ?

- Ils font le serment de donner leur vie pour le pape.

- Mazette !

Amanda, soudain pensive, se disait qu'elle n'était pas capable d'aller au sacrifice suprême, malgré les dangers de son métier, tout d'abord parce que Lisa, sa petite fille, avait besoin d'elle, et qu'ensuite elle n'avait pas fait le serment d'engager sa vie pour un chef d'Etat. Tournant vers Gargarin

ses beaux yeux lumineux, elle lui envoya d'un ton vif :
- Attendez, j'y suis !
- Mais où ça ?
- J'ai trouvé !
- Quoi ?
- J'ai la bonne réponse !
- Mais de quoi parlez-vous ?
- A notre question !
- Je ne comprends rien.
- Que pourrait faire le père Brun au Vatican ?
- Eh bien ?
- J'ai la solution.
- Dites-moi !
- Il serait détective-en-chef du Vatican !
- Ah oui, c'est une bonne idée. Mais la fonction n'existe pas. En tout cas, je ne crois pas !
- Rien n'empêche de la créer.
- Oui, c'est vrai. Mais je crois qu'il n'y a plus de crimes dans la petite Cité du Vatican, depuis le temps des Borgia, ou alors tellement rares qu'ils ne nécessitent pas de créer une telle fonction. Et puis, il existe une gendarmerie, un corps de 150 hommes. Ils ont forcément des enquêteurs.
- Sans compter les Inquisiteurs, fit Amanda en souriant d'un air malicieux, parce qu'elle savait que les poncifs sur le sujet agaçaient profondément Gargarin.

Peut-être le Saint-Esprit avait-il soufflé la plupart de ces idées saugrenues, parce que nos deux amis étaient loin de se douter que le franciscain serait effectivement retenu à Rome, à la demande du Vatican, pour y exercer ses talents de détective, dans une affaire vraiment unique et exceptionnelle, qu'aucun autre détective avant lui n'avait eu à résoudre, et - souhaitons-le de tout cœur - dans une entreprise qui n'eut jamais d'exemple et dont l'exécution n'aura point d'imitateur (permettez au narrateur de paraphraser Jean Jacques Rousseau au tout début des *Confessions*).

Amanda hésitait encore sur un ou deux livres et, devant sa perplexité, Gargarin ne put s'empêcher d'intervenir :

- Rien ne vaut un bon classique !
- Oui, mais comment le choisir.
- Il ne faut pas choisir, mais les lire tous !
- On ne peut pas tout lire, c'est impossible !

La jeune femme avait jeté un œil vif, mais inquisiteur sur le comptoir où trônait un livre épais.

- Et vous, que lisez-vous ?
- Le *Tom Jones* de Fielding.
- Fielding ? Mais qui lit encore cet auteur ?
- Il faut lire Fielding, qui est bien supérieur à Voltaire au jeu de l'ironie.
- Que voulez-vous dire ?
- Il sait manier avec brio de nombreux procédés, dont l'euphémisme, qui consiste à émousser le caractère désagréable d'un jugement. Persuadé que la plupart d'entre vous,

aimables lecteurs, possèdent éminemment la précieuse qualité de percer à jour ses intentions, votre narrateur se réjouit d'offrir aux plus attentifs l'occasion d'exercer leur pleine et entière sagacité. Toutefois, ce n'est point faire injure à votre perspicacité, en tout point remarquable, que de souligner combien Fielding est un maître incontesté dans l'art de la méiose, cette figure de rhétorique consistant à rapetisser l'importance d'une réalité, procédé assez proche de la litote, comme vous le savez. Ces justes précautions oratoires étant prises, il nous semble judicieux, à présent, de poursuivre le cours de notre récit, à travers cette conversation, captivante dans la librairie de Donville, entre la jeune policière et le libraire pantagruélique.

- Vous devez bien posséder une liste des meilleurs ouvrages de tous les temps ?

- Je peux vous proposer celle de Somerset Maugham.

- Mais vous ne jurez que par les classiques ?

- Les classiques ont réponse à tout et, dans notre époque en pleine déconstruction, c'est un bonheur de s'y abreuver.

- Vous voulez parler du wokisme ?

- Oui, et des théories ahurissantes pour désexualiser le monde. En grec ancien, le genre neutre était réservé à tout ce qui était inanimé. Un monde sans âme. Je crois que c'est la meilleure définition de ces doctrines farfelues.

- Parce que vous pensez que notre destin est sexualisé ?

- Et comment se reproduire autrement ?
- Avec des systèmes d'insémination ?
- Mais pourquoi les écologistes veulent faire des enfants de façon artificielle ? A croire qu'ils n'aiment pas les méthodes biologiques !
- Alors cette liste de Somerset Maugham ?
- Une base intéressante. Dans l'ordre, il place *Histoire de Tom Jones, enfant trouvé* d'Henry Fielding en tête. Puis, *Orgueil et Préjugés* de Jane Austen, avec *Le Rouge et le Noir* de Stendhal.
- Un seul Français dans le trio de tête !
- N'oubliez pas que Maugham est anglais. Ensuite, *Le Père Goriot*, d'Honoré de Balzac. Puis *David Copperfield* de Charles Dickens, et *Madame Bovary* de Gustave Flaubert.
- Les Français sont à l'honneur.
- La Normandie aussi ! Attendez, ça ne va pas durer. En $7^{\text{ème}}$ place, *Moby Dick* d'Herman Melville, *Les Hauts de Hurlevent* d'Emily Brontë, et *Les Frères Karamazov*, de Fédor Dostoïevski.
- Et le dernier ?
- *Guerre et Paix* de Tolstoï.
- Vous les avez tous lus ?
- Il me manquait Fielding. Et c'est un pur bonheur !

Amanda considéra Gargarin un bref instant, ses yeux plein de vie, dans son corps d'ours.

- Et votre liste à vous ?
- Ma liste ? C'est assez difficile en réalité d'établir une liste des 10 meilleurs ouvrages de littérature. Et je ne parle que des romans ! Il faudrait

avoir tout lu, et puis ça dépend des âges de la vie, de l'humeur avec laquelle on explore un roman. Mais si je dois me prêter au jeu, avec la liste de Maugham, je garde Fielding, Balzac, Melville, Dostoïevski, et Tolstoï, et Dickens, pour y ajouter Homère, Rabelais, Chateaubriand, Proust, Mann, et Stevenson. Mais je pourrais aussi faire place à Scott, Conrad, Dumas, Hesse, Gogol, Chesterton et bien d'autres encore ! Sans compter les poètes !

- En clair, vous retirez les femmes pour ne garder que les hommes !

- Ah non, les femmes sont à l'honneur dans le monde romanesque. Elles ont la première place. Songez à Constance Bonacieux, à Henriette de Mortsauf, à la duchesse Sanseverina, à Orianne de Guermantes, et à Yvonne de Galais, dont nous sommes tous tombés amoureux dès l'âge de 16 ans, répondit Gargarin en rougissant.

Elle n'avait jamais vu le libraire dans un tel émoi. Ses yeux tremblaient. Il était attendrissant, dans son corps ursin, comme une grosse peluche dans une chambre d'enfant.

- C'est curieux, je n'ai pas envie de me plonger dans un classique. Sans doute à cause de ce temps maussade. Je ne veux pas céder à un accès de déprime. Alors, un bon roman policier pourrait peut-être me remettre d'aplomb.

- *La meilleure des opportunités se trouve dans la pire des situations*, nous apprend Machiavel.

Amanda fixa Gargarin de ses plus beaux yeux clairs :

- Au fait, est-ce qu'il existe des classiques parmi les romans policiers ?

- Oui, on peut considérer que Poe, Gaboriau ou Doyle sont des classiques du genre, mais les vrais classiques sont les romans policiers chinois.

- Les Chinois ? Mais vous m'aviez dit que le *décalogue de Knox* interdisait d'utiliser des Chinois ? interrogea Amanda, se rappelant une conversation pendant l'affaire *Sang pour sang*.

- L'ironie du sort l'emporte sur l'humour britannique, ce sont les Chinois qui ont inventé le roman policier. De courtes nouvelles relatant des énigmes et leur résolution existent en Chine depuis plus de mille ans. Des détectives célèbres font la preuve de leur perspicacité dans les récits des conteurs et dans des pièces de théâtre. Le roman policier proprement dit apparaît vers 1600, pour atteindre son apogée vers les XVIII et XIXème siècles. Ces histoires où se mêlent le crime et le mystère sont très populaires en Chine. Grâce au génie de Robert Van Gulik nous pouvons nous régaler des *Enquêtes du juge Ti*.

- Qui est donc ce Robert ?

- Van Gulik, un diplomate hollandais, fin lettré, polyglotte (néerlandais, anglais, latin, grec, japonais, malais, javanais, mais aussi chinois et russe), véritable érudit, initié à la poésie, à la calligraphie chinoise, au tibétain, au sanscrit, et à la philosophie bouddhiste. Il publie des ouvrages sur la peinture ou sur le luth chinois. Puis, au gré de ses affectations, entre le Japon, la Malaisie ou le Liban, il se lance dans la traduction d'un premier roman : *Trois affaires criminelles résolues par le juge Ti*, qu'il publie en 1949 à Tokyo, en anglais.

- Fascinant. Et que valent ces romans ?
- De véritables petits bijoux.
- Vous êtes le meilleur libraire de tous les temps !
- Les *Enquêtes du juge Ti* nous plongent la Chine des Tang, au VIème siècle. Crimes crapuleux, marchands de soie cupides, noces ensanglantées, empoisonnements à répétition, bref, un joyeux mélange d'horreurs. Le magistrat qui enquête appartient au monde des lettrés, pétris de morale confucéenne. Il garde la tête hors de la fange humaine, telle la fleur de lotus qui pousse au milieu des marais.
- J'en prends trois !
- Il y a des passages savoureux sur les procédures très sophistiquées, le gong qui annonce l'ouverture des audiences, le juge qui circule en palanquin dans les rues boueuses, les habits de cérémonie en soie, et surtout les méthodes de tortures pour faire avouer le criminel.
- Gargarin, vous êtes incorrigible !
- Souvent la fin relate les exécutions des coupables dans le but d'éduquer les foules, avait conclu le libraire avec un petit sourire sardonique au coin des lèvres.

Gargarin enfonçait les livres dans un sac avec un joyeux clin d'œil complice :
- Il faut savoir trier entre les bons et les mauvais auteurs.
- Oui, c'est sûr, mais vous les distinguez facilement ?
- Oh c'est très simple !
- Et comment faites-vous pour repérer un bon écrivain ?
- Sa plume me donne des ailes !

Chapitre 4

Le *clavigero*

Chaque matin, c'est le même rituel. Pietro descend dans le local sécurisé, où sont rangées les 2797 clés du Vatican. Il commence ses journées à 5 heures, pour aller ouvrir les 300 portes des Musées, le long d'un itinéraire de 7,5 kms, avec son équipe de 10 *clavigeri* : 5 le matin et 5 le soir. Il est le gardien en chef des clés du Vatican. Lorsqu'il ouvre la première porte, il sait que l'odeur qui l'attend est celle de l'Histoire, que l'air qu'il respire est celui que d'autres hommes ont respiré avant lui. Sur le sol qu'ils ont foulé, ils ont aussi aimé, pleuré ou prié. Il est si heureux de parcourir chaque arpent de ces merveilles. Tous les matins, depuis 25 ans, il est submergé par l'émotion en entrant seul dans la Chapelle Sixtine. Même après tout ce temps, il garde le souffle coupé quand il allume la lumière de la *Salle des Cartes Géographiques*. Il sait, dans sa chair, que l'art unit les humains à travers la culture, l'Histoire, et la beauté.

Au plus profond de l'opacité, quand les statues de la Place Saint Pierre sont seules à veiller sur le Vatican, tandis que les Gardes Suisses sont rendus invisibles par le manteau de la nuit, un homme est déjà à pied d'œuvre. Depuis des siècles, le *clavigero* demeure une pièce maîtresse du Vatican. A l'image de Saint Pierre, il garde les clés. Avant l'aube, il prélève dans un coffre la plus précieuse de toutes : la clé de la chapelle Sixtine. A cause de son importance, on la conserve, selon un protocole antique, dans une enveloppe qu'on dépose chaque soir, une fois scellée, à l'intérieur d'un bunker. La première porte qu'ouvre Pietro, chaque matin, est celle de la chapelle Sixtine, dont la clé est unique. La seule clé du Vatican qui ne possède pas d'autre copie ni même de numéro. Un objet rare et précieux. Comme la chapelle. Pietro ne se lasse pas de pouvoir ouvrir ce lieu sans pareil, centre de la chrétienté, le seul endroit où on peut élire le pape durant le conclave. Il sait que c'est un privilège exceptionnel, de pouvoir goûter cet instant incroyable, avant de vérifier que tout est bien en ordre. Pietro affirme que ce n'est pas un métier, parce que pour lui c'est une mission.

Avant tout, signe d'ouverture ou de fermeture, la clé a toujours symbolisé la possession et, par extension, le pouvoir. Ainsi Saint Pierre est-il représenté avec les *clés du Paradis*, pour désigner le pouvoir spirituel du Saint-Siège, qui possède le moyen d'ouvrir les portes de la Vie éternelle. Objet utile, la clé n'a jamais cessé d'être un objet d'art, au cours des siècles. La plus ancienne serrure avec clé, connue à ce jour, fut découverte en Égypte et date de quelque 3 000 ans avant J.C. Fabriquée en bois de teck, elle mesurait environ 2 pieds, c'est à dire

60 cm, et contrôlait l'accès à un temple. Le système s'est perfectionné avec les Grecs. A l'époque romaine, au moment du mariage, le futur époux faisait présent d'un trousseau de clés à sa promise, qui devenait ainsi la maîtresse de maison. De son côté, la mariée offrait une clé au mari, symbole de l'accès à la chambre nuptiale. Au Moyen-âge, une veuve qui renonçait à l'héritage de son mari, si les dettes étaient trop élevées, jetait un trousseau de clés sur la tombe de son époux le jour des obsèques.

A l'issue d'un siège, si une ville finissait par se soumettre, elle remettait officiellement ses clés au vainqueur. De nombreuses clés, exhumées de vestiges romains, ont permis de confirmer que ces derniers avaient acquis un excellent niveau de connaissances en serrurerie, ayant pour coutume de porter à un doigt de petites clés-bagues pour coffres, munies d'un cachet à cire, servant de signature. La clé s'allonge et s'affine à l'époque mérovingienne. Au XIIème siècle, elle porte un anneau presque circulaire. En 1351, pour protéger les joyaux de la couronne, le serrurier Vincent Alexandre fabrique une clé et une serrure, sur ordre du roi. Entre le XIIIème et le XVème, l'anneau tend à s'ornementer, et la tige devient plus courte. A partir du XVème siècle, la forme se stabilise et, on commence peu à peu à discerner quatre parties bien distinctes : l'anneau, la bossette, la tige et le panneton. Au début du XVIème siècle, l'anneau est souvent décoré d'une rosace, parfois surmontée d'une fleur de lys. Véritables œuvres d'art, certaines clés sont parfois de vraies sculptures, aux poignées ornées de fresques vivantes. Les tiges conservent des formes différentes : rondes, carrées, triangulaires ou cannelées. Outil de tous les jours, les clés restent néanmoins des objets d'exception.

Dans son sens symbolique, la clé dévoile un mystère, elle ouvre à la compréhension. Elle incarne la voie initiatique. Au plan ésotérique, posséder la clé signifie avoir été initié. Et que dire alors d'un enquêteur de police qui a trouvé la clé de l'énigme ? Saint Pierre est le portier céleste, parce que Jésus lui a dit *« Je te donnerai les clés du Royaume des cieux ».* Dans la mémoire populaire, la clé est d'abord signe de prospérité et de sécurité, mais elle est aussi synonyme de liberté, de pouvoir, de connaissance, d'intimité et de sûreté. De nos jours encore, la clé reste investie de bien nombreuses significations. Cet objet innocent que chacun d'entre nous manipule plusieurs fois par jour fait partie intégrante de toutes nos vies. Portée en bijou, en bracelet ou en pendentif, la clé doit sa popularité - outre son aspect esthétique - à la riche symbolique qu'elle diffuse. Elle ouvre le coffre-fort, le grenier à grain, la porte de la prison. Signe de pouvoir et de commandement, celui qui bénéficie des clés, détient à lui seul le pouvoir d'ouvrir et de fermer l'accès. Comme tout symbole, elle possède un double sens, puisqu'elle unit les cœurs dans la symbolique amoureuse. Témoignage de confiance, on la donne à l'être aimé. Elle incarne autant l'indépendance ; ne dit-on pas *prendre la clé des champs* ?

La nuit, il marche avec son imposant trousseau de clés en main. Il s'engouffre dans les couloirs déserts pour ouvrir les portes des galeries. Il connaît par cœur chacune des 2797 clés, chaque serrure sur le bout des doigts. Tout modèle possède entre 1 et 5 copies, ce qui veut dire que les *clavigeri* détiennent plus de 10 000 exemplaires. Dans cet amas de clés, reliées à plusieurs anneaux d'acier, certaines se distinguent. La plus ancienne date de 1771. Elle arbore le numéro 401, faisant 15 centimètres et servant à l'ouverture du Musée Pio-Clemenino. D'autres se signalent par une étiquette jaune : toutes celles qui, pendant le conclave, scellent les portes menant aux pièces où se réunissent à huis clos les cardinaux pour l'élection du pape. La plus précieuse est unique. Elle ne porte aucun numéro, et ne possède aucune copie. Elle n'est pas grande, et tient dans la paume d'une main. Tous les soirs, le *clavigero* la glisse dans une enveloppe de taille ordinaire, avant de la déposer au coffre.

Les Musées sont divisés en quatre zones, et chacun des *clavigeri* ouvre entre 60 et 75 portes, soit un total qui monte à 270 portes. Costume bleu marine, chemise blanche, cravate sombre, Pietro est un homme élégant qui respecte sa fonction. Il est fier de porter le nom du premier pape, signe évident que la Providence le destinait depuis toujours à garder les clés de la Saint Eglise Romaine. Il est 5 heures du matin. Presque tous les Romains dorment encore. Il est là, fidèle au poste. Pouvait-il faire autre chose ? Son père était fonctionnaire à la Banque d'Italie. Il étudiait le Droit, quand le curé de sa paroisse, sur la Via Appia, lui a suggéré, pour financer ses études, de devenir gardien auxiliaire de la basilique Saint-Pierre. Cinq années de faculté de droit, un passage chez les Carabiniers italiens, gage d'honorabilité, de sérieux, puis le concours interne aux Musées du Vatican où l'on sélectionnait 70 candidats sur 350 étalés sur trois ans. Il a débuté comme gardien. Au bout d'un an, il fut nommé responsable des clés. Enfin, après quelque temps, quand l'ancien directeur a pris sa retraite, le patron des Musées lui a confié cette charge. Il ne pourrait pas faire un autre métier. Pour rien au monde.

Avec son équipe, il veille sur 200 000 œuvres, d'une valeur inestimable. Des statues gréco-romaines aux peintures du Caravage, de Raphaël, Van Gogh, Matisse, Chagall, Bacon, sans oublier les sarcophages égyptiens, les mosaïques, émaux, étoffes, manuscrits rares, objets des cultures extra-européennes, de l'Afrique noire à la Chine, de l'Amérique du Nord aux côtes de l'Australie. Du monumental escalier de Bramante jusqu'à la Galerie des cartes géographiques, devant les chefs d'œuvres de la Renaissance et de l'Antiquité, la silhouette de Pietro et de ses trente ans de métier, slaloment entre les sculptures en marbre et les objets précieux. Dans quelques heures à peine, des milliers de curieux déferleront dans les 1 400 salles des musées, pour se repaître d'un festin de culture, pour baguenauder au sein des seins, en *jean* et basket, pour écouter, bouche écarquillée, la litanie des audioguides, œil vitreux, nez en l'air, pour avaler d'un seul trait les kilomètres de galeries, dans une joyeuse cavalcade et communier aux beautés du monde dans la cohue bruyante. Mais avant l'aube, seuls les tintements métalliques des trousseaux du Maître des clés viennent troubler le silence et la pénombre des lieux.

C'est une petite clé en fer, qui date d'un autre siècle. Il aime la cajoler chaque matin. Elle ouvre les portes d'un Paradis terrestre, d'un lieu exceptionnel : le chef d'œuvre de Michel-Ange. Naguère, elle restait entre les mains du *Maréchal du conclave*, titre détenu par un artistocrate romain de la Cour pontificale, avant les réformes de Paul VI. Le dernier en date fut le Prince Chigi, qui avait pour charge de sceller les portes de la chapelle Sixtine, lorsque les cardinaux se réunissaient pour élire un nouveau Souverain pontife. L'usage a été aboli à la fin du Concile Vatican II, et c'est ainsi que le *clavigero capo* a hérité de la noble clé. Chaque soir, la petite clé sans numéro est glissée dans une enveloppe et trois personnes signent sur le pli scellé : le Cardinal Contani (ou Don Alvaro par délégation), la direction des Musées, ainsi que Pietro le *clavigero* en chef. Il est le dernier pour bien s'assurer que tout est en ordre, avant de déposer l'enveloppe dans un coffre à hauteur d'homme, dans une pièce sombre, baptisée par son équipe le « bunker », située dans le *cortile della Pigna*. Cet endroit exigu, équipé d'air conditionné et de déshumidificateurs pour éviter la rouille, abrite le fameux *trésor cliquetant.*

Pietro aime cet endroit comme un boulanger son fournil, car c'est ici que tout repose. Sans « bunker » pour protéger son trésor, il ne pourrait pas travailler. Il ne pourrait pas offrir cette joie aux foules de venir admirer les merveilles du Vatican.

Ce matin-là, il était arrivé à 5 heures, comme tous les jours, heureux de prendre son service, sans se lasser jamais des gestes qu'il posait. Dans quelques minutes, il allait pénétrer seul dans la chapelle Sixtine ensommeillée, puis il allait donner un petit clic pour libérer la lumière : *Fiat lux* ! Et pour lui seul, avec Dieu, les merveilles allaient resplendir, et provoquer une émotion que Pietro ne pouvait pas décrire. Seul, pendant une poignée de minutes, avec le plus beau chef d'œuvre du monde, dans le silence sacré de la nuit. Sans cette clé unique, personne ne pourrait plus entrer dans la chapelle Sixtine. C'est dire si elle est importante, pour son aspect pratique, au-delà du symbole. Pourquoi est-elle unique ? Parce que la chapelle Sixtine elle-même est unique. Parce qu'un trésor ne peut posséder plusieurs clés. Parce que la porte du Salut est étroite et large le chemin de la perdition. Parce que Jésus est le Chemin unique, la Vérité, la Vie.

Comme chaque matin, il ouvrit le coffre-fort où était gardée l'enveloppe précieuse. Ce petit coffre gris, impossible à forcer, sans déclencher un système d'alarme. Un petit coffre qui n'a qu'une seule vocation : entreposer en toute sécurité une clé unique. Depuis qu'il ouvre ce coffre, Pietro ne peut s'empêcher de lutter contre une appréhension ridicule ! Et si la clé avait été volée ? Impossible, puisque le coffre n'est pas forcé. D'ailleurs qui pourrait voler la clé ? C'est une entreprise irréalisable. Qui peut pénétrer de nuit dans les couloirs verrouillés du Vatican ? Qui peut ensuite faire céder la porte du bunker sans déclencher aucune alarme ? Qui peut enfin débloquer le petit coffre gris sans résistance ? Non, inutile de s'inquiéter, toutes ces étapes sont impossibles à franchir. Et, après avoir vaincu sa crainte, il plongea la main dans le coffre gris.

Vide ! Le coffre était vide ! Il palpait le sol du coffre. Son volume était profond, mais l'enveloppe n'était pas là. D'un réflexe immédiat, il plongea sa lampe dans la cavité. L'endroit était vide. Totalement vide. Rien. Il n'y avait rien d'autre que les parois du coffre. D'abord la stupeur, puis le déni. C'était une erreur. Quelqu'un d'autre avait pris la clé avant lui pour aller ouvrir la chapelle. Il referma aussitôt le coffre et fila pour vérifier cette idée. Mais non, la porte de la chapelle était bien verrouillée. Sans doute la fatigue ? Ses yeux lui auront joué un mauvais tour. Avait-il bu trop de chianti hier soir ? Son esprit était encombré d'une nuée épaisse. Une sueur collante dégoulinait sur ses tempes. D'un certain côté, il parvenait à saisir la situation, mais d'un autre, il était incapable de faire place à cette éventualité. Non, c'était impossible !

Rigoureusement impossible ! Il retourna dans le « bunker » pour ouvrir le coffre à nouveau. Cette fois, il en était certain, la clé l'attendait bien sagement. Saint Pierre ne pouvait pas lui faire une si mauvaise plaisanterie !

De nouveau, il constata l'incompréhensible. Oui, le coffre était vide. Sans effraction. Sans alarme. Comment ? Qui ? Pourquoi ? Non, il refusait de se poser ses questions. Ce n'était qu'un simple cauchemar. Il allait se réveiller. Sans doute une erreur dans le service. Avait-il bien déposé l'enveloppe hier soir avant de verrouiller le coffre ? Oui, Don Alvaro était avec lui pour le vérifier. Que faire ? Vite, ouvrir les autres coffres, pour vérifier qu'il ne s'est pas trompé en déposant la clé. Mais l'opération achevée le conduisit à la même conclusion. La clé de la chapelle Sixtine avait bel et bien disparu. Pschitt ! Plus rien ! Envolée ! Mais comment était-ce possible ? Vide. Il contempla de nouveau le coffre vide. Son corps était lourd, impuissant. Il prit une chaise pour s'asseoir un moment, car un douloureux vertige comprimait ses poumons. Il desserra sa cravate, ouvrit son col pour respirer. Jamais il n'aurait pu imaginer que la clé pouvait disparaître. Bien sûr, il avait parfois des appréhensions au moment d'ouvrir le coffre, mais jamais, au grand jamais, il n'avait cru possible une telle catastrophe.

Passées quelques minutes d'angoisse, il s'était ressaisi. Sa fonction lui intimait de prévenir les autorités du Vatican. En tout premier lieu, le cardinal Contani, responsable des moyens de sécurité. Il examina le cadran de sa montre. On approchait des six heures. A ce moment, il fut saisi par une idée étonnante. Aucune autre clé n'avait disparu. Pourquoi ? Il procéda aussitôt à un contrôle rapide, qui confirma son observation. Parmi les 10 000, on n'avait volé qu'une seule clé, mais la plus précieuse. Pietro se sentait perdu. S'il avait pu se cacher dans un trou de souris ou fuir au bout du monde, il l'aurait fait aussitôt. Mais il était impossible de se soustraire à son devoir. N'avait-il vécu toutes ces années que pour se dérober au jour du malheur ? Que pouvait-il faire, sinon prévenir le cardinal ? Mais à la seule idée de se trouver devant l'homme en rouge, Pietro, soudain pétrifié, retomba sur sa chaise.

Don Alvaro, le petit prêtre. C'était la meilleure solution. D'ailleurs, il avait déposé l'enveloppe avec lui dans le coffre. Il se chargerait ensuite de prévenir le cardinal. Où pouvait-il bien se trouver à cette heure matinale ? Sans doute dans les parages de la chapelle Pauline, afin de régler les préparatifs des laudes. C'était le moment parfait, avant l'arrivée du cardinal. Pietro vit un rai de lumière qui s'échappait de la sacristie. C'était bien lui le petit prêtre, abasourdi par les révélations du *clavigero*. Mais le gardien des clés ne le laissa pas reprendre son souffle. Vite, il fila vers les couloirs pour aller ouvrir toutes les autres portes, avant de prévenir la direction des Musées. Surtout n'oubliez pas le cardinal ! Et c'est ainsi, tel qu'il est raconté au début de ce récit, que le cardinal Contani apprit la terrible nouvelle de la bouche même du petit Don Alvaro.

Chapitre 5

Saint François et Saint Pierre

Saint François le regardait. Il souriait debout, devant lui. C'était la première fois qu'il voyait le saint d'Assise. Pourquoi Saint François en personne venait le visiter, lui simple moine ? Le *Povorello* lui avait d'abord montrer ses stigmates, la plaie du côté, puis celles de ses mains et de ses pieds, les marques de la Passion du Christ dans sa chair, avant de le serrer gaiement dans ses bras, en répétant les paroles de Jésus : *« Que votre joie soit parfaite ! »*. De toute sa vie, le père Brun n'avait connu de joie si intense, d'être tenu là sur la poitrine de Saint François, et de sentir battre son cœur. Puis le Saint s'était reculé, de deux ou trois pas, pour désigner un homme barbu, alors qu'on entendait une voix dire : *« Va et garde ma chapelle ! »*. Il avait reconnu l'homme qui portait les deux clés, l'une blanche, l'autre jaune, avec un pallium de laine autour du cou, à la mode antique, des cheveux gris bouclés, un air à la fois rude et bienveillant, puis, tandis que le Saint d'Assise saisissait la clé d'argent, pour la tendre au moine, il reconnut cette parole de l'épître du Saint Apôtre Pierre : *« Car *c'est la volonté de Dieu, qu'en faisant le bien, vous fermiez la bouche à l'ignorance des insensés ».*

A la fin du XIIème siècle, un homme beau, distingué, énergique, hiératique, issu de la grande famille des comtes de Segni, descendants de la *Gens Anicia* (laquelle compte parmi ses membres les empereurs Pétrone Maxime et Olybrius, ainsi que les comtes de Tusculum, le philosophe Boèce, Saint Benoît de Nursie, le pape Grégoire Ier le Grand, et aussi par les femmes, Saint Grégoire de Tours), ayant donné à l'Église de nombreux papes, et lié, par sa mère, à la noblesse romaine ; cet homme providentiel, travailleur infatigable, devient vite le cardinal le plus en vue et le plus brillant de la Curie. Alors que l'Europe médiévale bouillonne en pleine mutation, Lotario di Segni, le plus jeune des cardinaux, est élu pape à 37 ans, et prend aussitôt le nom d'Innocent III. Ancien étudiant de l'Université de Paris, le nouveau pontife, sans doute le plus grand du Moyen-âge, doit son élection à sa réputation de grand théologien autant qu'à son caractère énergique. Fait rare, ce cardinal-diacre n'a pas reçu le sacerdoce et n'est donc pas prêtre. Ce n'est pas un obstacle à son élection puisque le droit canon permet (toujours en théorie) à tout baptisé de sexe masculin de porter la tiare papale.

Son pontificat est marqué par plusieurs crises, politiques et religieuses. Il excommunie Philippe Auguste, roi de France, et Othon IV, empereur d'Allemagne, ainsi que Jean sans Terre, roi d'Angleterre. La 4ème croisade est un désastre, marquée par le sac de Constantinople. Mais la plus grave menace à laquelle doit se confronter l'Église est l'hérésie cathare qui provoque de sérieux remous, à cause de ces *parfaits* qui rejettent tous les sacrements de l'Église et comparent le Christ à *« un pélican lumineux comme le soleil, accompagnant le soleil, afin que le mal ne pût à l'avenir mutiler ses petits et leur enlever le bec »*. Dans cette période difficile, Innocent III reçoit une consolation. Il voit Saint François d'Assise en songe, soutenant la basilique Saint-Jean-de-Latran, sur le point de s'écrouler, au bord de la ruine. Un rêve qui rejoint l'appel tout particulier reçu par Saint François, quand il se recueillait dans la chapelle San Damiano d'Assise, ayant entendu cette phrase : *Va et rebâtis mon Église qui tombe en ruine*. Il s'agissait moins pour le saint de reconstruire les murs d'un édifice, que de reconstituer les liens fraternels, les œuvres évangéliques, dans la communauté des chrétiens, avec les plus démunis, les plus pauvres, les plus fragiles.

Le père Brun bouclait sa valise, après une nuit semée de rêves. Il avait logé au couvent de la Via Cairoli, chez les frères capucins, entre Sainte-Marie-Majeure et Saint-Jean-de-Latran, à deux pas du Colisée, sur la colline de l'Esquilin. Il lui restait peu de temps avant de quitter Rome, et le moine voulait encore se recueillir dans l'autre chapelle Sixtine, celle de la basilique Sainte-Marie-Majeure, pour obtenir, dans la prière, une forme d'explication à son rêve, quand il fut appelé à l'accueil. A peine descendu, un petit prêtre tout mince lui fit face, surgi comme un diable d'une boîte, apparemment fébrile et déterminé :

- Son éminence le cardinal Contani souhaite vous voir immédiatement.

- Le cardinal Contani ? Sur le champ ? Que me veut-il ? avait plaidé le moine pour comprendre de quoi il retournait.

- Il m'a seulement prié de vous conduire, avait chevroté le petit prêtre, sans autre forme de politesse. Face à la mine dubitative du franciscain, le jeune ecclésiastique crut nécessaire d'ajouter :

- Il s'agit d'une affaire de la plus haute importance !

A quoi bon résister ? Que pouvait-on refuser au cardinal Contani, cet homme éminent, qui occupait une haute fonction dans la hiérarchie de l'Eglise, dont la réputation était des plus intègres ? D'ailleurs, se disait à part soi le père Brun, n'ai-je pas fait vœu d'obéissance ? Et puis, sa grande expérience des âmes lui enseignait que le petit homme tendu dans son habit de prêtre ne serait d'aucun secours, son visage fermé témoignant qu'il n'était pas disposé à fournir la moindre explication.

- Je vous suis.

Et il emboita derechef le pas nerveux du petit homme en soutane jusqu'à sa voiture.

Dans le bureau du cardinal, l'homme en rouge attendait avec impatience. Il ouvrit les bras en voyant le père Brun :

- Cavalio, quelle joie de vous revoir !

Qui peut se lasser d'admirer le chef-d'œuvre du Pérugin, qui met en scène, sur l'un des murs latéraux de la chapelle Sixtine, le célèbre passage scène de l'évangile de Saint Matthieu : la *remise des clés du Royaume des Cieux à Saint Pierre* ? Au loin, derrière, se dresse la masse imposante du Temple de Jérusalem, dans le style de la Renaissance, par une construction octogonale en coupole, flanquée de part et d'autre de deux arcs de triomphe, rappelant ceux de Constantin à Rome. Tel l'Apôtre devant son Sauveur, le père Brun s'était agenouillé pour baiser l'anneau cardinalice, serti de rubis, symbole de communion avec le pape, dont l'usage, évoqué par Clément d'Alexandrie, et Cyprien de Carthage, et Tertullien, réglementé par le 4ème Concile de Tolède en 633, remonte aux origines du christianisme, en hommage aux saintes paroles du Christ, qui fonde la primauté du successeur de Saint Pierre sur les autres apôtres : *« Et moi, je te dis que tu es Pierre et que, sur cette pierre, je bâtirai mon Église et que les portes du séjour des morts ne prévaudront pas contre elle.* Je te donnerai les clés du Royaume des cieux *: ce que tu lieras sur terre sera lié dans les cieux, et ce que tu délieras sur terre sera délié dans les cieux »*.

- Tenez, voici ce qu'un garde suisse a trouvé cloué sur la porte de la Chapelle Sixtine. Il vient de nous la donner juste avant votre arrivée.

- Une lettre ? Clouée sur la porte d'une chapelle. Ce sont les méthodes de Luther.

Au seul nom du moine allemand qui avait commencé sa carrière publique en clouant des déclarations, le cardinal avait sursauté.

- Depuis le début, je suis très inquiet !

Romain jusqu'au bout de son âme, depuis sa naissance, depuis ses origines, par son baptême, par la Foi de son *Credo*, mais aussi par ses goûts, par son appartenance au Collège des Cardinaux, par son travail au sein de la Curie, par son dévouement total à la cause papale, le cardinal Contani redoutait un drame, un scandale, ou peut-être pire, un nouveau schisme. Fidèle au siège de Saint Pierre, l'homme en rouge ne pouvait concevoir une rupture entre les successeurs des apôtres et moins encore un divorce entre les disciples du Christ.

- Lisez, avait-il intimé en tendant la lettre au père Brun.

Puis, sur un ton péremptoire qui n'admettait aucun commentaire :

- A haute voix, s'il vous plaît.

D'abord surpris, le moine s'était exécuté dans un italien parfait, ayant compris que le cardinal voulait que tous les trois pussent s'imprégner du texte en même temps, selon les usages antiques de lecture à voix haute :

« *Aux membres du Sacré Collège*

Mes princes bien-aimés,
Depuis 500 ans, je vous regarde prier, lire, voter, dans notre si belle chapelle papale.

Vous n'avez pas toujours fait de bons choix, mais dans l'ensemble, je dois avouer que nous avons eu de bons pasteurs.

Aujourd'hui, cette chapelle vénérable, où j'ai laissé tant d'années de ma vie, de mon âme, de mon cœur, est devenue un vaste bazar pour voyageurs. Des millions de badauds piétinent ce lieu pur, le nez en l'air, la bouche ouverte, pour la plupart incroyants. Où sont passés les litanies, les chants sacrés, les offices pieux ?

Jusqu'à quand, mes princes bien-aimés, abuserez-vous de ma patience ? Jusqu'à quand voulez-vous tenter la colère de Dieu ? Jusqu'à quand allez-vous profaner ce sanctuaire, saint parmi les saints ?

Si vous ne décidez pas de fermer la chapelle Sixtine aux foules, si vous n'acceptez par d'en faire un lieu sacré, sanctifié, lavé des souillures du monde, vous ne retrouverez jamais la clé. Mais parce que je sais que Dieu est bon, que sa miséricorde est infinie, que la charité me commande de vous offrir une chance de vous racheter, vous recevrez bientôt un signe de ma main.

Veillez et priez
Michel-Ange »

Un silence de plomb pesait dans la grande pièce ornée de fresques magnifiques. L'homme vêtu de rouge, le premier, rompit le silence.

- Que comptez-vous faire ?

- Ce que je compte faire ? répondit le père Brun avec une stupeur mêlée de perplexité. Mais veiller et prier, ajouta-t-il dans un sourire qui pétrifia son interlocuteur.

- Seigneur, reprit l'éminence au bord de l'agacement, je vous ai convoqué ici parce que vous êtes un détective réputé. Comprenez bien, Cavalio, que la situation est exceptionnelle ! Qu'allons-nous pouvoir annoncer pour justifier la fermeture de la chapelle ? Je ne peux pas dire la vérité, mais pas question de mentir. J'attends de vous une marche à suivre !

Le moine s'était caressé la barbe, avec ce geste unique, annonçant qu'une idée commençait à germer. Dans un premier temps, il était urgent d'apaiser la frayeur du cardinal. Il s'était soudain rappelé les mots judicieux de Saint François d'Assise : *commence par faire le nécessaire, puis fais ce qu'il est possible de faire et tu réaliseras l'impossible sans t'en apercevoir.*

- Tout d'abord, il n'y a pas de danger imminent. Puisque nous ne pouvons plus accéder à la chapelle, personne ne risque de la dégrader. Ensuite, notre *Michel-Ange* veut nous imposer la patience, soyons beaux joueurs, attendons qu'il se manifeste.

- Depuis plus de 2 000 ans que Notre Seigneur est mort, et ressuscité, le nombre de fidèles n'a cessé d'augmenter. Est-ce que vous imaginez dire à 2 milliards de croyants que la clé de la chapelle Sixtine est perdue ? Comment voulez-vous qu'on glose une telle énormité à 2 milliards de cerveaux disséminés dans tous les pays du monde. Et je ne vous parle même pas de tous les autres, ceux qui ne manquent jamais une occasion de nous railler, de nous salir, de nous ridiculiser ? Qui dira à ces 2 milliards de chrétiens qu'on leur a volé la clé du Saint des saints ? Vous, peut-être ? Non, la situation est impossible, vous le comprenez ?

- En aucun cas, il s'agirait de violer les prescriptions du *8ème commandement*, mais la charité et le respect de la vérité doivent dicter la réponse à toute demande d'information ou de communication. Vous le savez bien, éminence, le catéchisme de notre Sainte Église nous enseigne que le bien commun est une raison suffisante pour taire ce qui ne doit pas être connu.

- Mais qu'allons-nous dire ?

- Le devoir d'éviter tout scandale commande une stricte discrétion. Personne n'est tenu de révéler la vérité à qui n'a pas le droit de la connaître.

- 1492 ! La date la plus importante du Vatican. Non, non, ce n'est pas la découverte de l'Amérique. Mais l'année du premier conclave dans la Chapelle Sixtine.

Le moine observait le cardinal, il changea de couleur d'une minute à l'autre, passant du blême le plus transparent au carmin le plus violacé.

- Avez-vous idée de la façon dont le monde a changé depuis tout ce temps ? L'Amérique, les colonies, le commerce mondial, le moteur à vapeur, le chemin de fer, la photographie, le moteur à explosion, la pasteurisation, et puis l'électricité, le téléphone, l'automobile, le cinéma, la physique nucléaire, et la radio, l'aviation, l'informatique, Auschwitz, Hiroshima. Savez-vous que pendant tout ce temps, pendant que le monde s'agitait à courir après le pillage de la Nature, le profit et la domination, notre Sainte Église demeurait le témoin immuable de l'Invisible et de l'Éternité ?

Le franciscain se tenait silencieux.

- Savez-vous vraiment que 53 conclaves, indépendamment de la marche des siècles, se sont déroulés dans la Chapelle Sixtine, depuis 1492 ? Qu'adviendrait-il si, par malheur, (le Seigneur me pardonne !) notre Saint-Père venait à être rappelé à Dieu ? Comment voulez-vous donc organiser un conclave sans clé ?

Le père Brun comprenait bien l'absurdité de la situation puisque le mot conclave vient du latin *cum* (avec) et *clavis* (clé) ce qui sous-entend qu'un conclave ne peut exister sans clé, et a fortiori sans clé de la chapelle Sixtine, seule capable de garantir la validité de l'élection pontificale. Au-delà même de la question pratique, se posait un vrai problème juridique, d'une importance capitale pour l'Eglise, de nature à provoquer une crise grave dans le monde catholique.

Le monologue se poursuivit un moment sur le ton de la catastrophe, peignant sur les joues affolées du cardinal toutes les couleurs de l'arc en ciel.

Puis le père Brun reprit les choses en mains :

- Alors, résumons-nous ! Il n'existe que trois moyens d'entrer dans la Chapelle Sixtine ?

- Vous l'avez dit.

- La double porte d'entrée, du côté du parvis, neutralisée de l'intérieur et donc impossible à ouvrir. La petite porte de la *Chambre des Larmes*, à gauche du *Jugement dernier*, elle aussi neutralisée. Et la troisième, à droite du *Jugement dernier*, celle qui est ouverte tous les matins par le *clavigero*.

- C'est exact !

- La petite porte de droite dont la clé a disparu ?

- Vous avez tout résumé.

- Et impossible de déverrouiller la serrure ?

- Comble du malheur c'est une clé unique.

- Qui s'est occupé de déposer la clé au coffre ?

Il y eut un moment de flottement, puis le petit prêtre prit la parole, d'une voix mal assurée.

- C'est moi. En présence du *clavigero*.

- Pourquoi vous ?

- J'avais signé l'enveloppe, en lieu et place du cardinal. La direction avait signé aussi. Et une fois posée la signature du gardien des clés, j'ai mis l'enveloppe dans le coffre. Ce que nous faisons tous les soirs.

Le petit Don Alvaro ne brillait pas par son charisme. Il était chétif et s'exprimait avec beaucoup de timidité. Conscient du malaise qui étreignait les consciences, le père Brun ne put s'empêcher de lâcher une énormité.

- Si mon ami Gargarin était là, il vous dirait qu'on peut défoncer les portes si on veut pénétrer dans la chapelle.

- Vous n'y pensez pas ! Ce serait un drame absolu !

Le cardinal semblait abattu. Puis, se levant, il proclama sur le ton d'un prêcheur antique, qui aurait harangué les foules de chrétiens au moment d'être jetées aux lions :

- Avant d'arriver à de telles extrémités, il faut retrouver cette clé. Elle n'a pas pu s'envoler ! Vous comprenez bien que l'avenir de l'Église dépend de cette clé !

Chapitre 6

Promenades dans Rome

Lorsqu'il sortit dans la rue, le père Brun fut happé par un tourbillon de désordre et de lumière. Plus que l'expérience du comportement ondulatoire des particules quantiques dans les fentes de Young, c'était l'atmosphère des quartiers vivants, avec leurs piétons criards, leurs magasins bondés, et leurs cafés pleins. Pouvait-on envisager la vie autrement que sans arrière-pensée politique, ni sans position dogmatique, en déambulant au milieu de ce tohu-bohu, comme lorsqu'on vient pour ouvrir la fenêtre en grand, après une fête, tandis que l'air frais du petit matin emplit la pièce ? Ici et là, des artistes produisaient leurs numéros devant un pot ou un chapeau, où il fallait mettre de l'argent. Une jeune fille, assise en tailleur sur le sol, grattait une guitare. Quelques touristes léchaient des glaces d'un air mécanique, indifférents à toutes les beautés qui pouvaient les entourer. Un motard passait en Vespa, et lançait une ou deux insultes au cycliste situé sur sa route.

Tout était là, tel quel, grouillant, tapageur, chaotique, avec en même temps quelque chose d'éternel, et de tout à fait semblable aux villes du

Moyen-âge ou de la Rome impériale, ainsi qu'à de nombreuses métropoles actuelles, ou à des lieux et à des temps plus éloignés encore. Sans doute l'aspect de la rue avait été différent pendant les épidémies, les sièges militaires, les occupations étrangères ; cependant, le Bien reprenant finalement toujours le dessus (pour des raisons inexplicables aux yeux des incroyants) on avait là le vrai et incessant spectacle de la ville éternelle, dans les rues de LA *Ville éternelle*. Le moine aimait ce sentiment de vitalité, cette poussée de sève, ce jaillissement qui, depuis la perpétuelle et ancienne Rome, continuait ainsi d'irriguer tous les aspects de la vie populaire.

Il aimait beaucoup les petites gens, ceux que Chateaubriand avait nommé les *obscures et honnêtes gens*, dans sa correspondance avec Joseph Joubert, ceux qui n'avaient pas de noms, ceux qui ne laisseraient que poussière et vent, après leur passage ici-bas, ceux que la vie n'avait pas comblés à la naissance, ni ensuite, ceux qui exécutaient les tâches les plus ingrates, que personne ne regardait avec respect ou admiration, ceux qui avaient porté César en triomphe, et qu'on appelait les *populares*, car leurs idées s'appuyaient sur les revendications des couches les plus pauvres de la société romaine, et des non-citoyens, ceux qui avaient soutenu les projets des *Gracques*, pour limiter le pouvoir des puissants, ceux qui luttaient toute l'existence pour ne pas sombrer dans la misère, et qui n'avaient reçu en guise d'éducation que mépris ou indifférence, ceux qui constituaient l'immense cohorte des petits métiers, qui, malgré les épreuves, les maladies, les dépressions et tout le poids des accablements, persévéraient à vouloir saouler leurs cœurs abimés, de Foi et d'Espérance, se joignant à l'innombrable et heureux troupeau des Enfants du Bon-Dieu, pour moissonner les bienfaits de la Charité.

Il s'était arrêté pour admirer la façade du Panthéon, le temple de tous les dieux romains, vieux de vingt siècles, irréel, gris et dépouillé, frotté de haut en bas par les barbares, les empereurs et les papes. Il se dressait devant lui, non seulement comme une chose qui provenait d'une autre époque, mais aussi d'un autre espace. Il se souvenait de Chesterton. L'auteur avait dit quelque part que le monde païen avait reçu dans son Panthéon des dieux de plus en plus nombreux, à la fois grecs, barbares, européens, africains, ou asiatiques. Ces nouvelles déités furent installés au fil du temps sur les mêmes trônes, afin de recevoir les mêmes honneurs que les dieux indigènes avec lesquels ils se confondaient parfois. Peut-être les païens pensaient-ils enrichir ainsi leur vie spirituelle, mais ce grand manège entraîna la disparition de toute religion : l'ancienne lumière née d'une source unique comme le soleil fit place peu à peu à un éclaboussement brutal de couleurs aveuglantes - ainsi Dieu fut sacrifié aux dieux.

M.AGIPPA.L.F.COS.
TERTIUM.FECIT

Sur l'architrave, il avait lu ces lettres, au-dessus des huit colonnes, sous les deux frontons triangulaires que Palladio avait si bien observés. *Marcus Agrippa, le fils de Lucius a fait construire l'édifice, pendant son 3ème consulat.* Mais en réalité c'était l'empereur Hadrien, comme il le savait.

Quand il franchit le seuil, l'espace vide, gigantesque lui coupa le souffle. Une lumière sans ombre était suspendue, au-dessus du sol de marbre blond, venant éclairer les colonnes, les niches et les chapelles, où les humbles saints chrétiens avaient remplacé les fiers dieux romains. Était-ce le nombril du ciel ? Au lieu d'être fermé par une clé de voûte, là-haut, le sommet de la coupole donnait sur l'azur ; un trou large de dix mètres, d'où tombait un rayon de soleil oblique, tel un obélisque projetant un œuf éblouissant sur une fresque endommagée. A cause de ce trou, la coupole lui faisait penser à un iris autour d'une pupille. Tout le temple était un œil à l'intérieur duquel il se trouvait.

Il s'imaginait que cet œil gigantesque le scrutait, lorsque qu'une voix, soudain, le héla :

- Georges !

Une seule voix au monde pouvait appeler le père Brun par son prénom, avec un tel mélange de joie et de proximité, une voix qu'il connaissait depuis l'enfance, une voix pleine de bienveillance et d'amitié, une voix qu'il savait identifier entre toutes, et qu'il pouvait reconnaître au bout du monde, une voix chaleureuse et faite de bonne humeur, une voix qui l'avait aidé à résoudre l'énigme du *Fantôme de Combourg*, voix unique et familière, qui appartenait à son ami Tugdual de Kerandat.

- Tugdual ! Mais que fais-tu à Rome ?

Les amis s'offrir une accolade véhémente, comme celle de Romulus et Titus Tatius, roi des Sabins, après l'épisode fâcheux de l'enlèvement des femmes.

Depuis qu'il avait reçu le *Prix Combourg*, pour son livre *Sylphides*, il était convié à donner des causeries sur l'œuvre de Chateaubriand.

- Je suis invité à la *Villa Médicis* pour quelques jours. On m'a réclamé une conférence sur la Rome de Chateaubriand.

- Magnifique !

- Et toi, que fais-tu ici ?

- Je suis venu là pour assister au chapitre général des Franciscains.

- Quand se termine ton chapitre ? J'espère bien que nous aurons le temps de nous revoir ?

- A vrai dire, il est déjà fini. Mais je suis retenu à Rome pour une affaire importante, qui ne dépend pas de ma volonté.

- Ah mon vieux Georges, toujours dans les bons coups ! Quelle énigme dois-tu résoudre cette fois-ci ? Vas-tu dénicher l'empoisonneur du pape Borgia ? Ou le meurtrier du mari de Lucrèce, dans les appartements du Vatican ?

- Ah ce serait plus facile ! Dieu merci, ces meurtres-là n'intéressent plus que les historiens. Non, il ne s'agit pas d'un meurtre, mais de toute façon, je ne peux rien te dire. Par hasard, aurais-tu un moment à m'accorder ? J'avais simplement prévu de flâner pour me dégourdir les jambes et le cerveau.

- Avec plaisir, mon bon Georges. Si on m'avait annoncé une promenade dans Rome à tes côtés, je serais venu plus vite !

Et tournant le dos à la Place Navone, nos vieux amis se lancèrent dans le dédale complexe des rues tortueuses menant jusqu'au Forum, tandis que le moine gardait le silence, tel un sphinx portant dans ses griffes la proie de l'énigme.

- Chateaubriand est né ici ! souffla Tugdual.
- Je croyais que c'était dans les bois de Combourg ?
- *« Tous les rêves de ma jeunesse, je les vois vivants aujourd'hui. Tout est comme je me le figurais, et tout est nouveau »*. C'est ici le lieu de naissance des *Mémoires d'Outre-tombe*. Est-ce qu'il n'appartient pas aux génies de naître plusieurs fois ?
- Au milieu des ruines ?
- Au milieu de Rome. Après Goethe, après Germaine de Staël, avant Stendhal, il veut réunir les deux seules plaies qui tourmentent Eudore, le héros des *Martyrs* : *l'instinct voyageur et la soif du repos*.

Les deux amis flânaient au milieu du Forum, parmi les temples de la Fortune et de la Concorde, les deux colonnes du temple de Jupiter Stator, les Rostres, le temple de Faustine, le temple du Soleil, le temple de la Paix, les ruines du palais doré de

Néron, celles du Colisée, les arcs de triomphe de Titus, de Septime Sévère, de Constantin ; dans ce que l'Enchanteur avait nommé le *vaste cimetière des siècles*, au milieu des monuments funèbres, portant la date de leur décès.

- Chateaubriand possédait une grande familiarité avec la littérature antique. Son arrivée ici marque des retrouvailles.
- Je comprends !
- Au collège de Dol, il pratiquait tous les auteurs latins, s'imprégnant de leur monde, du rythme de leur prose et de leurs vers, au point qu'on l'avait surnommé l'*Elégiaque*.

Nos deux amis rivalisaient d'érudition, non par orgueil mais par amour du savoir, heureux de marcher sur les pas de l'Enchanteur, en lui rendant un hommage spirituel. Erudition. Quel joli mot ! Dérivé du latin *rudis* (brut, grossier), avec le préfixe ex, pour former *erudire* (enseigner, instruire, éduquer, former), dans le sens littéral : *dégrossir*. En somme, l'érudition nous permet d'échapper à la rudesse. C'est le premier pas vers l'aventure, nous dit Pierre Legendre : sortir de la rudesse, d'un savoir qui n'est pas dégrossi, en vue de se laisser enseigner les chemins de la mémoire, et aussi les démarches inconnues, au risque de l'expérience humaine. L'érudition n'est rien d'autre que la base de notre civilisation occidentale, laquelle possède pour socle, non seulement le bloc théologique de la Bible, l'Ancien Livre juif et le Nouveau Livre grec, mais reste portée par les colonnes du monument juridique romain, synthétisé en Orient, et adressée comme tel aux populations d'Europe de l'Ouest par l'empereur romano-byzantin Justinien Ier.

- Viens, dit le père Brun, je vais te faire un cadeau.

Ils montèrent alors vers le couvent Saint Bonaventure, situé sur la colline du Palatin, tenu par des Franciscains.

Fermé à la visite, en temps ordinaire, le père Brun fut accueilli avec une charité toute fraternelle par le portier, dans cette perle de quiétude, à quelques encâblures du Colisée. Le frère qui les accompagna ressemblait à un vieux Silène, mais il émanait tant de bonté de son visage, qu'on lui pardonnait sa laideur. Nos deux amis s'arrêtèrent un instant pour prier dans l'élégante chapelle, aux boiseries du XVIème siècle, avant d'aller visiter les jardins pour admirer la vue sur le Colisée, le Forum et le *Circus Maximus*. Tugdual était aux anges. Même dans ses rêves les plus fous, il n'avait jamais imaginé qu'on pouvait admirer la *Ville éternelle* avec une vue si enchanteresse.

- Et tu n'as encore rien vu, lui glissa son ami, avec un petit rire mystérieux.

Suivant le vieux Silène à la bure féralisée, il montèrent dans la tour qui dominait toute la colline du Palatin, l'un des rares points de la ville, avec la Basilique Saint Pierre, à offrir une vision sur Rome à 360°. Une vue époustouflante dominait le Colisée, le Forum, le Capitole et tous les coupoles et clochers qui jaillissaient par-dessus les toits de la Ville éternelle.

- Nombre de Romains ignorent l'existence de cette perle, nichée en haut d'une voie sans issue, bredouilla le vieux Silène, en se frottant le nez qui gouttait.

Au loin, se détachait avec force et majesté la coupole de Saint-Pierre, conçue et construite jusqu'au tambour par Michel-Ange, puis achevée, après sa mort, par Fontana et della Porta. Le père Brun resta un moment les yeux posés là-bas, en pensant à l'auteur de la lettre qui avait volé la clé de la chapelle Sixtine. Se faire appeler Michel-Ange. Était-il fou ? Il ne manquait pas d'humour, ce bougre. Drôle ? Fou ? Peut-être les deux. En tout cas il ne faisait pas rire le cardinal. A ce moment, le franciscain prit conscience du scandale immense que provoquerait une telle annonce dans le monde. Une déflagration ! Non pas tant pour le vol lui-même que pour son symbole. Tout est symbole, depuis Pythagore, songea-t-il, caressant des yeux la forme elliptique de la coupole, objet d'inspiration géodésique. Les chrétiens, depuis l'Antiquité, ont toujours su que la Terre était un globe. Et ce demi-globe de Michel-Ange signifiait que le monde est incomplet sans l'amour de Dieu. Aussi, pénétrant la pensée du génie, l'esprit scientifique du moine analysait le polyèdre générateur, tout simplement inspiré d'un icosaèdre inscrit dans une demi-sphère hypothétique, quand soudain, il entendit la voix de Tugdual :

- Tiens, là-bas, la *Machine à écrire* !

Sur l'horizon, derrière le Forum, se dressait la silhouette immense de ce monument à Victor-Emmanuel II, construit à la fin du XIXème siècle pour symboliser l'unité italienne. Vaste débauche de colonnes, confusément inspirées du *Grand autel de Pergame*.

- Remplacer l'*Autel du Ciel* par le Grand autel de Zeus, il fallait oser, murmura le franciscain.

- Que dis-tu ?

- Je pense au passage de l'Apocalypse, dans la *Lettre aux Sept Eglises*. Ecoute bien : « *Ecris à l'ange de l'Eglise de Pergame : Je connais tes œuvres et l'endroit où tu es établi : là se trouve le trône de Satan* ».

- Le Grand Autel de Pergame serait le trône de Satan, celui qui est décrit dans l'Apocalypse ?

- De nombreux exégètes l'affirment. Sais-tu où est passé ce Grand Autel de Pergame ?

- Il n'est plus à Pergame, en Asie Mineure ?

- Découvert par des archéologues allemands à la fin du XIXème, il est expédié en Europe, pour y être assemblé, avant d'être exposé dans le *Musée de Pergame* à Berlin.

- Tiens donc !

- Hitler était un grand admirateur de l'Autel de Zeus. Il s'en est inspiré pour créer l'*Opfergang* (Offrande au bien aimé) chemin de sacrifice qu'il parcourait seul, au milieu des foules, lors des grandes célébrations du rituel nazi à Nuremberg.

- Fascinant !

- Oui, fascinant de constater que les deux nations amies, l'une nazie, l'autre fasciste, pendant la Seconde Guerre, avait chacune leur Grand Autel de Pergame, se félicitant de renouer avec ce culte à Zeus.

- C'est bien Zeus qui avait violé Europe ?
- Exact ! Ta métaphore est on ne peut plus juste.

- Mais la phrase de l'Apocalypse voudrait dire que les Grecs et les Romains rendaient un culte à Satan ?

- Pas exactement. Mais une fois accomplies la vie et la résurrection du Christ, une fois annoncée la Rédemption, une fois proclamé l'Evangile, tous ces cultes aux idoles sont dirigés contre Dieu.

- Et les communistes n'ont pas eu leur Autel de Zeus ?

- Tu ne crois pas si bien dire ! Démantelé par les Soviétiques en 1945, comme butin de guerre, l'Autel de Pergame sera exposé à Leningrad, avant son retour à Berlin, en 1958.

- Et pourquoi parlais-tu de l'*Autel du Ciel* ?
- Sais-tu que, pour construire ce monstre (je parle de la *Machine à écrire*), les bâtisseurs ont détruit l'un des plus beaux couvents franciscains de Rome ?

- Ils ont démoli tout un quartier médiéval sur la colline du Capitole, me semble-t-il, avait répondu Tugdual.

- Le *Couvent de l'Aracœli* (l'Autel du Ciel). Un premier monastère voit le jour dès le VIème

siècle, devenu franciscain en 1250. Il sera l'un des plus importants de l'Ordre. C'est là que mourut frère Junipère, un des disciples de Saint François.

- Sur la colline de Jupiter !

- Oui. Le royaume d'Italie exproprie les franciscains en 1873 et le couvent devient caserne des vigiles urbains, avant d'être démoli pour laisser place à ce monstre de marbre blanc.

- Et plus de couvent !

- Un autre couvent moderne plus petit a été construit depuis, près de l'escalier, pour accueillir de nouveau des Franciscains.

- Ah, on ne s'en débarrasse pas aussi facilement !

- Les Franciscains sont comme la plante de Tradescant, tu sais, le jardinier notoire de Charles Ier d'Angleterre, qui la rapporta de ses expéditions en Amérique.

- Tu veux parler de la *Tradescantia*, celle qui repousse toujours et partout ?

- Oui ! Plante qu'on appelle aussi *misère* ! répondit en riant le père Brun, heureux d'être là, dans la contemplation de ces merveilles romaines avec son ami Tugdual.

Avant de repartir, le Vieux Silène leur offrit une boisson fraiche, à l'ombre d'une treille, dans le merveilleux jardin. Puis il prit sa guitare et se mit à chanter. Ce fut un moment de paix et de tranquillité, comme on en éprouve rarement dans nos vies agitées. La voix antique du Silène montait dans l'air, comme la plainte d'un ménestrel, dans une langue inconnue, que ce vieux faune devait être seul au monde à comprendre. Tugdual avait conscience de vivre un moment exceptionnel, au frais, à boire un jus de citron, dans un jardin magnifique, en compagnie de son ami Georges, les yeux perdus sur les toits de Rome. Le chanteur avait expliqué à nos amis que, parfois, il fredonnait pour des touristes égarés, en récoltant des fonds pour financer des écoles et des hôpitaux en Afrique. Au moment de quitter cet endroit délicieux, Tugdual glissa un billet dans la main du Vieux Silène, dont le visage prit la joyeuse lumière d'un lecteur de Martial devant une amphore de falerne :

- Tenez, pour vos enfants d'Afrique !

Le soir, avant de s'endormir, le père Brun repensait aux événements de la journée. Il savait bien que le sommeil est un moment important de la vie. Non seulement parce qu'il répare le corps et l'esprit, mais aussi parce qu'il permet de clarifier ses idées. En bon scientifique, il savait combien importait ce lavage du cerveau exécuté pendant les heures de sommeil, sous forme de grandes vagues d'oxygénation du sang suivies par des vagues de liquide céphalo-rachidien. Ce grand nettoyage par le sommeil est essentiel à la fois pour la cognition ainsi que le maintien d'une fonction cérébrale saine. Dans notre activité neuronale, les ondes lentes contribuent fortement à la consolidation de la mémoire, alors que le liquide céphalo-rachidien élimine les déchets métabolique du cerveau. En bon religieux, il savait que le sommeil était un moment propice pour héberger la parole de Dieu, ainsi qu'elle habita l'empereur Constantin, sous la forme d'un songe, la veille de la bataille contre Maxence, si décisive pour l'Histoire de l'Occident. Aussi, après un avoir chanté un *Salve Regina*, s'était-il assoupi dans la Paix du Seigneur. Clairvoyance et inspiration forment les deux mamelles d'un bon enquêteur, se prit-il à murmurer en s'endormant.

Chapitre 7

Un nommé Jeudi

- Je vous présente Aristote.

Le cardinal avait convié le père Brun à venir déjeuner dans son bureau pour faire le point sur la situation. Devant lui, un jeune prêtre africain souriait en lui tendant la main. Il faisait partie des collaborateurs du cardinal Contani.

- Vous connaissez Alvaro.

Le franciscain avait reconnu le petit prêtre espagnol qui avait suggéré au cardinal l'idée de le solliciter. Le moine salua poliment chacun des collaborateurs, et prit place autour d'une petite table où quatre couverts étaient dressés.

- *Benedicite !* Chanta le cardinal, avant de bénir la table et d'inviter ses convives à s'asseoir.

Aristote Jeudi était un beau garçon solide, plein de santé vigoureuse. Doué dans tous les sports, il aimait courir, boxer, et jouer au football. Se muscler, pour lui, n'était nullement affaire de vanité, mais un devoir rendu à son Créateur, pour les talents qu'il avait reçus. Soldat de Dieu, Aristote n'envisageait pas le combat spirituel sans la force physique. Esprit vif, adroit, rieur, il possédait un sourire à décrocher les étoiles. Entré au service du cardinal depuis deux ans, il maîtrisait tous les rouages de la Curie, depuis les intrigues nouées au cœur de la *Secrétairerie d'État*, jusqu'aux potins des balayeurs de la *Fabrique de Saint-Pierre*. Il était chez lui partout, au Vatican, comme les poissons bienheureux des eaux miraculeuses du Lac de Tibériade.

- Je suis un enfant trouvé, je dois tout à l'Église.

- C'est une belle histoire, enchaîna le cardinal, de façon à encourager le jeune prêtre africain à la raconter.

- On m'a trouvé dans une rue de Dschang au Cameroun, le facteur a ramassé le bébé, nu comme la misère, qui pleurait toutes les larmes de son corps. Il allait livrer un gros colis à la paroisse du Sacré-Cœur et m'a remis en même temps au curé, qui a déclaré : « Je garde les deux colis ! ».

- Et quel était l'autre colis ? demanda le père Brun amusé par le ton du récit.

- Les œuvres complètes d'Aristote, se fendit d'un grand rire le jeune homme, en 30 volumes, expédiés de France par un ami du curé.

- Ah je crois comprendre !

- Alors, le curé a dit : « *C'est un signe du ciel. Je garde les deux Aristote !* ». Et il m'a baptisé dans la foulée.

- C'est merveilleux.

- Et comme c'était un jeudi, on m'a donné ce nom de famille. Vous comprenez bien que je ne pouvais pas prendre celui du curé. On aurait jasé dans la paroisse ! précisa Aristote en riant de bon cœur, tandis que le petit prêtre espagnol restait de marbre.

- Notre Aristote est trop humble pour vous dire qu'il a donné de grands espoirs à son curé. Bon élève, bon garçon, d'un caractère joyeux, il fut facilement admis au Lycée français *Dominique Savio* de Douala.

- Mon brave curé finançait mes études par un groupe de ses amis français.

- Une belle histoire ! renchérit le père Brun.

- Alors quand je lui ai dit que je voulais devenir prêtre à mon tour, il a fondu en larmes.

- Comme je le comprends !

- A vivre avec un saint homme, je voulais moi aussi servir le Christ !

- Repéré par le cardinal Sarah, notre jeune ami s'est vu proposer de venir faire son séminaire à Rome. Et depuis, il n'a pas quitté la Ville éternelle.

- Un vrai Romain !

- Notre futur pape ! avait lancé le cardinal.

- Non, ne parlez pas de malheur, éminence ! s'était défendu Aristote avec sincérité.

- Nous avons déjà eu trois papes africains, glissa le petit prêtre espagnol sur un ton qui exprimait tant la spéculation que la perplexité.

- Et un grand empereur romain, s'amusa le père franciscain, avec Septime Sévère, le père de Caracalla.

- Oui, avait poursuivi le cardinal, Victor, Miltiade, Gélase, trois papes venus d'Afrique. Tous étaient berbères.

- Saint Augustin aussi est né en Afrique, souffla le père Brun à l'adresse de Don Alvaro, ainsi que Tertullien et Cyprien de Carthage.

- Un pape venu d'Afrique noire, rechérit le cardinal, serait une vraie nouveauté.

- L'Église d'Afrique est en plein essor. Elle était rayonnante, dans les premiers siècles, avant les invasions arabes. L'Ecole d'Alexandrie a formé de nombreux Pères de l'Eglise, de grands théologiens, avait appuyé l'abbé Jeudi, qui se passionnait pour la patristique. Pantène, Clément, Origène, Cyrille, Grégoire de Nazianze. Saint Jérôme et Saint Basile sont venus y faire plusieurs séjours.

- Ils sont à l'origine de la tradition copte, le nom donné à nos frères chrétiens d'Egypte, sans cesse persécutés pour leur Foi.

- On oublie que de nombreux chrétiens sont persécutés à travers le monde, avait ajouté le cardinal avec la mine grave, et qu'ils constituent le groupe humain le plus discriminé, 365 millions de chrétiens font l'objet d'actes de violences, sous toutes les formes possibles : climat d'intolérance, enlèvements, viols, meurtres, passages à tabac, attaques ou bien dégradations d'églises, dénis des droits, rejets, et oppressions discrètes, dans chaque domaine de la vie quotidienne.

Alors le père Brun récita la dernière des huit béatitudes, d'une voix douce, remplie d'espérance :

- Heureux êtes-vous si l'on vous insulte, si l'on vous persécute et s'il l'on vous calomnie de toutes manières à cause de Moi. Soyez dans la joie et l'allégresse, car votre récompense sera grande dans les Cieux.

- Plus difficile à faire qu'à entendre, avait répondu avec sincérité le cardinal.

Puis le père Brun ajouta les premiers mots de la si belle prière de Saint François d'Assise, avec une voix qui aurait pu être celle du *Povorello* :

- Seigneur, fais de moi un instrument de ta paix, là où est la haine, que je mette l'amour.

Le silence ponctua les paroles du franciscain et on entendait le cliquetis des couverts dans les assiettes. Et chacun, bien entendu, se concentrait sur le désir de sauver la situation, afin de protéger le trésor que représentait pour l'Eglise, et donc pour toute l'humanité, les beautés de la chapelle Sixtine.

Les peintres de la chapelle Sixtine avaient adopté entre eux des conventions, s'appliquant à chacun, en vue de fournir un travail homogène. La première décision avait concerné l'utilisation d'une échelle dimensionnelle commune, de façon à créer une harmonie dans les proportions. Ensuite, ils avaient aussi choisi une structure rythmique et des représentations du paysage communes. Ils avaient également partagé une palette de référence et des finitions en or. On appliquait encore, pour certaines fresques, les principes iconographiques élaborées par la représentation médiévale, avec des situations successives, figurées dans un même espace pictural, et parfois la répétition de certains personnages, tels que le Christ et le Démon, dans *La Tentation du Christ* par Botticelli. Le meilleur restait la vigueur des portraits et la richesse des innovations dans les différents espaces iconographiques, qui parvenaient à conserver une harmonie globale, malgré certains cas formant un ensemble fragmentaire, sans doute en raison de la désorientation de celui qui peignait, à cause du décalage chronologique de réalisation des œuvres et du prestige des lieux.

Avant de venir brûler ses nus d'inspiration mythologique, dans le *bûcher des Vanités* dressé par Savonarole, le jour du Mardi Gras 1497, sur la place de la Seigneurie à Florence, où dans un vaste mouvement de folie collective, la population vint jeter au feu tout objet impliquant luxe, narcissisme, frivolité, ainsi que goût des choses matérielles pour ne se préoccuper plus que du spirituel, sacrifiant : miroirs, cosmétiques, perruques, robes, vêtements trop décorés, bijoux, ou instruments de musique, chansons païennes, livres immoraux, et puis chefs-d'œuvre de la peinture florentine ; donc, avant de brûler ses propres dessins, Botticelli était venu peindre, sur les murs de la Chapelle Sixtine pour le pape Sixte IV, une fresque qu'on qualifie d'essai, achevée en 1482. Déjà célèbre pour ses Madones, il n'avait pas encore réalisé ses chefs-d'œuvre les plus connus.

- Quel motif avez-vous donné pour la fermeture de la chapelle ? s'informa le père Brun, qui voulait savoir comment le cardinal s'en était tiré sans recourir au mensonge.

- Nous avons simplement annoncé qu'elle était fermée momentanément pour vérification des procédures de sécurité.

- Bonne trouvaille ! acquiesça notre moine d'un coup de tête franc et loyal.

- Une idée d'Aristote, précisa en souriant Contani qui ne cachait pas son estime pour le jeune prêtre africain.

L'homme à la soutane rouge s'était tu un bref instant. Il ne faisait aucun doute qu'il préparait une riposte.

- Alors, ce Michel-Ange ? avait-il attaqué brusquement, en même temps que son assiette de salade.

- Un mystère, se contenta de murmurer le père Brun.

- J'ai pris l'initiative de réunir des informations, résonna soudain la voix grêle du petit Don Alvaro, qui tenait un dossier rempli de feuilles entre les mains.

- Des informations ? Sur qui ? Sur quoi ?

- Sur Michel-Ange, répondit le petit prêtre qui semblait désorienté par la question du cardinal.

Le petit Don Alvaro manifestait des signes de gène qui non seulement agaçaient le cardinal mais le poussaient encore à se montrer plus impératif.

- De quel Michel-Ange parlez-vous ? s'était-il écrié, en proie à un doute inopiné, tandis que son regard fusillait le petit Don Alvaro, qui donnait l'impression de marcher sur une corde tendue au-dessus de charbons ardents.

- Du peintre, éminence...

- Et quelles informations pensez-vous nous fournir que nous n'ayons déjà ? interrogea le cardinal avec la sévérité d'un Caton en soutane.

Quelques gouttes d'une sueur laiteuse perlaient au front du jeune ecclésiastique. Les deux autres prêtres assistaient en silence au supplice du benjamin.

- Il est né à Caprese, en Toscane.

- Oui, tout le monde le sait.

- Je me suis dit que le voleur a peut-être pris le nom de Michel-Ange parce qu'il est Toscan, comme lui.

A ce moment, le cardinal se redressa. Il réprima un petit bâillement, avant de prononcer des mots plus doux :

- Continuez, je vous prie !

Don Alvaro travaillait seulement depuis quelques mois avec Contani, et avait repéré qu'à certains moments celui-ci se redressait sur son fauteuil, pour tenter de contenir un tout petit bâillement. Le signe d'une détente. L'éclaircie favorable. Le rayon de soleil après la tempête. A son tour, il dressa les épaules avant de poursuivre sur un ton plus assuré :

- Si l'on considère que le voleur de la clé est un habitué des lieux, on peut déjà commencer par examiner les listes des Toscans qui travaillent au Vatican.

- C'est assez judicieux, en effet ! susurra le cardinal.

- J'ai ici une première liste de noms.

- Vous avez quoi ? s'étonna le cardinal.

- Une liste de Toscans qui travaillent ici.

- Et comment avez-vous obtenu cette liste, je vous prie, mon jeune ami ? rugit le prélat qui se mordait les lèvres.

- J'ai demandé au service des Ressources Humaines.

- Et de quel droit ? se cabra l'homme en rouge.

- J'ai dit que c'était pour vous.

Le petit Don Alvaro n'aurait sans doute pas déclenché de plus grande colère s'il avait annoncé qu'il tenait sa liste de l'Antéchrist en personne.

- Mais qui vous a permis ? se contrôlait à peine Contani au bord de l'éclatement. Je ne veux pas qu'on alerte les autres services, ni que personne ne leur demande quoi que ce soit sans ma permission, vous m'avez compris ?

Don Alvaro hochait de la tête en serrant fortement ses feuilles contre lui, comme un enfant son ours en peluche.

- Et réclamer de dresser une liste dans notre personnel, sur la base de données personnelles, mais vous avez perdu la tête ou quoi ?

Les idées sont dangereuses, nous dit Chesterton, surtout pour celui qui n'en a pas. Telle semblait résonner la tête de Don Alvaro, assurément pleine de vide à cet instant, et dépourvue de toute expression d'intelligence, exhibant les traits d'un poisson rouge béant dans son bocal.

C'est alors qu'Aristote Jeudi, plein de générosité, vola au secours de son jeune collègue.
- Ne l'accablez pas, éminence, j'aurais pu faire la même bêtise !

Surpris, le cardinal resta coi un instant et dévisagea le prêtre africain, qui en profita pour s'engouffrer dans la brèche :
- De toute façon, cette liste est inutile !
- Inutile ?
- Oui, vous pouvez la détruire sans tarder.
- Expliquez-vous !

La religion est l'acceptation intellectuelle de toutes les contradictions, nous dit l'abbé Mugnier. Nous nous débattons dans une nuit plus ou moins étoilée. Croire, c'est donc ajourner les réponses lumineuses. C'était précisément l'état d'esprit du père Brun, à chaque fois qu'il menait une enquête. Et l'affaire avait beau se situer au Vatican, les ténèbres de son esprit n'en étaient pas moins épaisses. Toutefois, il écouta le jeune Aristote avec beaucoup d'intérêt.
- Chez nous, en Afrique, on dit que quand le crocodile n'est pas là, la grenouille se déclare caïman.

Contre toute attente, le cardinal Contani éclata de rire, sans doute trop heureux de trouver une occasion pour libérer sa tension. Et tout le monde se prit à rire, même Don Alvaro, qui riait jaune.

- Ah ah ah, reprit Aristote, le rire est la distance la plus courte entre deux personnes.

- Mais pourquoi doit-on jeter cette liste de Toscans ? interrogea l'homme en rouge, qui avait du mal à reprendre son sérieux.

- Le fleuve fait des détours parce que personne ne lui montre le chemin. En Afrique, on dit que le voleur astucieux ne vole jamais dans son quartier. Si notre voleur a pris le nom de Michel-Ange, c'est en rapport avec la chapelle, et pas du tout avec ses origines.

Silencieux, le cardinal sembla réfléchir un instant, avant de se tourner vers le père Brun :

- Et vous, Cavalio, on ne vous entend pas. Que pensez de cette idée de liste ?

- Qu'il faut toujours, éminence, traverser la rivière avant de se moquer du crocodile, lança-t-il avec un clignement d'œil en direction d'Aristote, qui affichait un sourire abondant.

- Ah vous êtes doué pour la rhétorique. Mais vous ne me donnez pas de réponse !

- Je pense, moi aussi, que les origines de notre Michel-Ange n'ont aucun intérêt. Il pourrait venir de Tasmanie, je crois que la situation serait la même.

Le cardinal caressa le haut de ses cheveux courts, d'un geste qu'il ne faisait jamais :

- Mais pourquoi ce nom de Michel-Ange ?

- Parce qu'il s'oppose à l'Eglise.

- Et pourquoi s'oppose-t-il à l'Eglise ?

- L'opposition n'est qu'une forme de la dépendance.

Contani observa le père Brun droit dans les yeux. Ou il savait quelque chose, ou il était très perspicace. Il pencha pour la deuxième solution.

- Et comment comptez-vous le faire tomber ?

- Par la poliorcétique !

- La quoi ?

- La poliorcétique. L'art d'assiéger les citadelles, connu depuis l'Antiquité.

- Mais qui voulez-vous assiéger ?

- Notre Michel-Ange ! Il croit nous tenir, alors que c'est nous qui le tenons. Il ne sait pas comment nous raisonnons. Il s'est enfermé dans une citadelle psychologique. Tôt ou tard, il fera un faux pas. Nous allons étudier chaque lettre, chaque mot, chaque expression. Nous finirons par percer une brèche dans ses défenses. Et une fois dans la place, croyez-moi, c'est tout l'édifice qui s'écroulera !

Soudain les yeux du cardinal brillèrent de cette lumière d'un vert profond qui précède les orages sur l'Océan :

- Et si c'était un prêtre ? Un évêque ? Un cardinal ?

Le père Brun, hésita, se caressa les cheveux du même geste, puis la barbe, avant de déclarer en guise de réponse :

- On a fait des confessionnaux, avait dit le Général de Gaulle, pour tenter de repousser le diable. Or si le diable est dans le confessionnal, ça change tout !

Chapitre 8

Brad Pitt et George Clooney

- Allô, Amanda ?
- Allô, allô, allô, mon père ! Comment allez-vous ? Quel temps fait-il en Italie ?
- Je vais vous décevoir : un grand ciel bleu, baigné par un soleil jupitérien.
- Quelle chance ! Ici, le soleil ne veut pas s'imposer. Il pleut tous les jours, l'air est frais, le ciel est gris.
- Croyez que je vous plains de tout cœur !
- Je n'en doute pas un instant. Vous revenez bientôt ?
- Je ne sais pas. Je suis retenu à Rome pour une affaire de la plus haute importance. J'ai prévenu le père Marsac, pour qu'il continue de me remplacer à la paroisse.
- Ah bon ? Et votre absence peut durer longtemps ?
- Tout dépend de mes capacités à résoudre une énigme. Mais allez savoir pourquoi, mon petit doigt me dit que ce ne sera pas long.
- Ah ? Une enquête policière ? Incroyable !
- Je ne peux rien dire Amanda.

- Mais comment avez-vous fait pour vous retrouver ainsi dans les méandres d'une enquête policière ?

- Encore une fois, je ne peux rien dire, mais si je vous ai contactée c'est pour faire appel à vos lumières.

- Je vous écoute.

- J'insiste sur votre discrétion.

- Vous pouvez me faire confiance ! Je serai plus muette que la pierre tombale de Guillaume le Conquérant !

- C'est parfait. Savez-vous s'il est possible d'ouvrir un coffre-fort sans le forcer ?

- Oui, bien sûr, un jeu d'enfant pour un spécialiste.

- Expliquez-moi !

- La plupart des coffres-forts, aujourd'hui, sont équipés de serrures électroniques dernier cri ! Est-ce le cas dans la situation qui vous préoccupe ?

- C'est précisément le cas.

Le moine entendit naître un sourire dans son téléphone, un de ces sourires qui ne font aucun bruit, mais que les bons amis sont capables de déceler à distance :

- Vous savez qu'il est parfois très utile de visionner des bons films de cinéma ?

- Amanda, ne soyez pas cruelle !

- *Ocean Eleven*, ça ne vous dit rien ?

- Je ne l'ai pas vu.

- Brad Pitt et George Clooney!

- Oui, mais encore ?

- Ils réalisent un casse d'anthologie. Bon, j'avoue que j'avais surtout regardé le film pour les acteurs. Imaginez un peu ! Brad Pitt et George Clooney ?

- Amanda, il faudra songer un jour à vous confesser.

- Ah, je me suis laissé prendre à l'histoire, à l'esprit du film, au jeu des dialogues.

- Et le coffre-fort dans tout ça ?

- Vous savez que la réalité dépasse la fiction ?

- Oui, Gargarin le répète sans arrêt.

- Deux chercheurs, Éric Van Albert et Zach Banks, ont obtenu en réel ce que Hollywood, plusieurs fois, avait montré dans ses films.

- C'est à dire ?

- Tout d'abord le piratage des images d'un système de surveillance, en projetant leurs propres images sur les écrans de contrôle. Ainsi le flux des caméras vidéo trompe facilement la vigilance des surveillants, puisqu'ils sont persuadés que tout est en ordre.

- Très ingénieux. Donc n'importe qui peut s'introduire sur place sans être vu par les caméras de surveillance ?

- Exactement ! C'est un jeu d'enfant.

- Et ensuite ?

- Ensuite, les chercheurs ont réussi à ouvrir un coffre-fort avec une clé USB.

- Incroyable !

- Le coffre-fort était évidemment équipé d'un système de codage informatique. Les deux *geeks* ont justifié l'utilisation de la clé USB, tout simplement parce qu'elle leur permettait de connecter un ordinateur plus puissant, capable de déjouer les combinaisons, et d'ouvrir le coffre.

- Alors, tout s'explique.

- Mais dites-moi, chercheriez-vous à vous transformer en Arsène Lupin ? Non, parce moine-détective, c'est déjà étrange, mais alors moine-cambrioleur c'est plutôt inédit !

- Non, je crois que dans un épisode de *Frère Cadfael*, un moine vole des reliques.

- Ah bon ? Ce sont des reliques qui ont disparu ?

- Amanda, je vous ai prévenue que je ne peux rien dire. En tout cas, mille mercis pour votre précieuse collaboration. Grâce à vous, j'ai trouvé un premier élément de la réponse. Je dois vous laisser, je suis attendu. Encore merci Amanda.

- Revenez vite !

Il s'était dépêché de rejoindre Tugdual qui l'attendait au Palais Farnèse, pour lui présenter son cousin, attaché culturel à l'Ambassade de France, autour d'un petit déjeuner. Marc de la Cholière était un homme élégant, aux manières très françaises, à l'esprit cosmopolite, dans la lignée de ce que le Quai d'Orsay a produit de mieux, en matière de diplomate érudit, formé à l'Université et à l'*Ecole des langues orientales*. Grand, mince athlétique, les cheveux gris et courts, il portait des costumes sur mesure, à la mode italienne. Se considérant comme un *évadé permanent,* nourri par les civilisations anciennes, mes grammaires indo-européennes, les sagesses orientales, il avait opté pour une vie de l'ombre, à écouter proférer de bien sentencieuses sottises, à rédiger des notes que personne ne lisait jamais, à préparer des discours plats ou creux, pour s'adonner à ses passions les plus secrètes : l'art et la littérature. Anticonformiste comme Saint John Perse, virtuose comme Claudel, hédoniste comme Morand, dilettante comme Giraudoux, il perpétuait le modèle du diplomate lettré, si bien inauguré par Chateaubriand, poursuivi par Stendhal, Peyrefitte, Romain Gary, ou plus proche de nous, Daniel Rondeau.

- Mais comment peut-on être ambassadeur de France et poète ? s'indignaient les Surréalistes, en apostrophant Claudel en 1925.

En arrivant sur la place du Palais, le père Brun avait vu un instant flotter le drapeau français à la façade monumentale et nue, devant les deux fontaines, où l'une égrenait sans fin, sous les caresses du soleil romain, son jet de perles de verre au milieu du silence, avant d'entrer dans le plus beau des palais de Rome. C'était une colossale demeure, somptueuse et secrète, avec sa vaste cour à portique, son humidité sombre, son escalier géant et ses salles démesurées. Le premier étage donnait sur le Tibre. Depuis la célèbre galerie des Carrache, on pouvait voir le Janicule, les Jardins Corsini, l'Acqua Paola, au-dessus de *San Pietro in Montorio*. Après un vaste salon, venait un cabinet de travail, d'une paix douce, égayé de soleil. La salle à manger, les chambres, les autres pièces qui suivaient, restaient occupées par le personnel. Toutes ces vastes pièces, de sept à huit mètres de hauteur, avaient des plafonds peints ou sculptés admirables, des murs décorés de fresques, des mobiliers d'apparat, de superbes consoles, mêlées d'un bric-à-brac plus moderne. Quelle chance de travailler dans ce palais Farnèse, bâti par le pape Paul III, et occupé pendant plus d'un siècle par des cardinaux !

Si un quelconque Savonarole de pacotille était descendu de son bûcher pour entrer dans le petit salon, en trouvant notre franciscain au milieu de toutes ces richesses, il n'aurait pas manqué de jeter un chapelet d'anathèmes contre la dépravation, le luxe, le profit, avant de remonter au sommet de son fagot pour y consumer la fureur de sa colère. Mais, un certain degré de désintéressement nous permet d'affirmer sans trembler que le père Brun n'était pas un franciscain ordinaire, non pas qu'il méprisait la pauvreté, non plus que la richesse, mais parce que son esprit ondoyait dans le détachement des biens de ce monde, ignorant toute sorte de passion liée aux questions d'argent. Il était trop intelligent pour confondre misère et pauvreté ; l'une avec son cortège de vermine, faisant déchoir les âmes les plus nobles, pour jeter les humains dans l'indignité, l'autre, source de joie pour les esprits les plus libres. Toutes les choses de la Terre vont comme nous à la mort, nous rappelle Dante, mais cela ne se voit pas en quelques-unes qui durent plus longtemps, parce que la vie de l'homme est courte. Voici l'idée qui habitait notre franciscain devant la beauté du Palais Farnèse, voué à la mort, lui aussi, mais dont le faste éblouissait la raison. Disciple de Saint François, il n'ignorait pas que la pauvreté n'est que la traduction, dans la matière, de la simplicité. Quoi de plus beau que la simplicité ? Les fleurs sont simples. Elles n'ont que faire de la richesse. Les oiseaux sont simples. Ils n'ont pas d'argent. Mais ils chantent. Ils volent. Ils sont libres. Qu'est-ce que la richesse pourrait leur offrir de mieux ? Ainsi était notre père Brun, pauvre en argent, riche en Dieu, libre, joyeux et toujours plein de vie.

- Et comment est-venue votre vocation de diplomate ?

L'attaché culturel feignit un sourire des plus mondains :

- Je pourrais vous répondre que je voulais suivre les pas de mes ancêtres : le marquis de Noailles, ou encore Maurice de Beaumarchais, tous deux Ambassadeurs, ici-même.

- Ah les histoires de famille ! renchérit Tugdual étalant un large pan de confiture de citron de Sicile sur sa brioche.

- Mais en vérité, c'est à cause de la pierre invisible !

- La pierre invisible ? giberna le père Brun, toujours à l'affût d'une nouvelle curiosité. Mais vous m'intriguez ! De quoi s'agit-il ?

- Mon père était courtier en assurance pour la joaillerie. Son métier lui permettait de voyager à la rencontre de clients. Un jour, c'était pendant les vacances de la Toussaint, il m'avait emmené avec lui à Anvers, pour deux jours. Il ne perdait jamais une occasion de me faire voir une ville nouvelle.

- Un père bienveillant !

- Le soir, nous avions dîné avec un diamantaire. Je me souviens très bien de la scène. Je devais avoir 16 ou 17 ans. On dit que tout se décide pendant la petite enfance, mais je crois que la fin de l'adolescence est un moment important qui peut fixer nombre de nos choix pour la vie. L'après-midi, j'étais allé visité la maison de Rubens, la *Rubenshuis*, une sorte de palais flamand, avec une façade italienne, du côté du jardin.

- Une merveille, accorda le franciscain que se souvenait de la splendeur des lieux.

- J'avais été ébloui par l'élégance de ce petit palais, par la richesse des collections d'art. C'était un enchantement !

La voix de Tugdual vint suspendre un instant le récit de son cousin :

> - *Rubens, fleuve d'oubli, jardin de la paresse,*
> *Oreiller de chair fraîche où l'on ne peut aimer,*
> *Mais où la vie afflue et s'agite sans cesse,*
> *Comme l'air dans le ciel et la mer dans la mer.*

- Baudelaire ?

- Qui d'autre ?

- Ah quel peintre ! Van Gogh adorait ses dessins de têtes et des mains. Il les trouvait « colossalement bon ».

- Je crois que Kerouac admirait ses vigoureuses tonalités crème et roses, ses yeux lumineux et chatoyants, ainsi que ses robes mauves sur des lits ternes, insinua Tugdual.

- Rubens était autant peintre que diplomate, reprit Marc, prisé des Grands pour l'érudition, le charme de sa conversation, il joue un rôle important pour la maison de Habsbourg, et jouit d'une position sociale sans équivalent chez les artistes de son temps.

- C'est aussi une grande voix picturale dans la Contre-Réforme catholique, qui suit le Concile de Trente, avait précisé le moine qui se régalait de la conversation.

Marc se tourna vers ses invités pour leur dire sur un ton des plus aimables, qui aurait pu convenir aux entretiens du temps de Chateaubriand :

- Voudriez-vous encore du thé ? Des brioches ? Du jus d'orange ? Des fruits ?

Puis, une fois ses invités rassérénés :

- La tête pleine des missions diplomatiques entre les Cours d'Espagne et d'Angleterre, les séjours en Italie et au Louvre, avec Marie de Médicis, mais aussi les yeux encore éblouis par tous ces chefs d'œuvres, ces fêtes de Vénus, ces chairs triomphantes, ces amours de Centaures, j'avais assisté au dîner du diamantaire avec mon père.

L'homme était austère, habillé tout de noir. Il ne parlait que de joaillerie, de gemmes, de diamants. Puis, vint le moment où il nous raconta qu'il avait consacré sa vie, toute sa vie, à la seule recherche de la pierre invisible.

- Que signifie cette pierre invisible ?

- Disciple de Spinoza, qui polissait ses verres, il avait des idées très précises sur les lois de l'optique, nous expliquant que certains objets, à partir du moment où on sait les travailler de manière particulière, sont capables de dévier une onde de sa trajectoire, l'empêchant ainsi de se refléter sur un objet ciblé.

- Théoriquement oui, compléta le père Brun. Si un objet ne réfléchit pas une onde, alors il est invisible vis-à-vis d'elle. Et ceci, bien entendu, avec n'importe quel type d'onde, oui, vraiment, qu'elle soit électromagnétique (comme la lumière visible, par exemple) acoustiques ou même sismiques. Mais dans la pratique c'est une autre paire de manche. Il reste encore de très nombreux défis techniques à élucider.

- Notre diamantaire prétendait qu'il était sur le point de parvenir à cet exploit, de tailler une pierre avec une méthode qui permettait d'empêcher les ondes de se refléter au jour, du moins sous un certain angle.

- Dans quel but, avait demandé Tugdual ?

- Mais pour la protéger ! Si elle est invisible à l'œil nu, les cambrioleurs ne peuvent plus la voir, sans posséder le bon angle pour la faire apparaître à la lumière.

- Ah oui, c'est ingénieux.

- Je ne sais pas si le diamantaire est parvenu à ses fins, mais en écoutant ses paroles, encore tout remué par ma visite chez Rubens, je m'étais juré moi aussi de consacrer ma vie, à la recherche de ma propre pierre invisible : devenir un diplomate, épris d'art et de littérature.

- On peut dire que tu as réussi !

- Je ne suis pas certain. Disons que, pour être plus exact, je vis à l'ombre d'une Ambassade, où je m'occupe de sujets culturels. Un autre thé ?

La France, sans être propriétaire du Farnèse, en a la responsabilité, en vertu d'une convention signée en 1936, sorte de bail emphytéotique conclu avec l'Etat italien pour une durée de 99 ans, éventuellement renouvelable. Longtemps considéré comme une des *quatre merveilles de Rome*, c'est un superbe joyau d'architecture qui renferme une collection d'œuvres d'art, tout aussi extraordinaire que magnifique. Parmi ces chefs d'œuvre, on peut admirer les fresques, représentant les personnages des *Métamorphoses* d'Ovide, dans la célèbre galerie des Carrache, entre jeux d'optique et perspectives, peinture et architecture en un triomphe de la lumière, de formes et de couleurs qui, depuis plus de quatre cents ans émerveillent et fascinent les observateurs. Marc avait promené ses invités au milieu de toutes ces merveilles : la galerie précédant la naissance des grands courants artistiques du

XVIIème siècle, le Salon d'Hercule et ses tapisseries, les sarcophages ornés de scènes mythologiques, et surmontés de sculptures de navires de guerre romains, la Galerie Murano, ainsi que le Cabinet, si somptueusement décoré par Annibal Carrache. Quelques heures de répit, pour le plus grand bonheur des yeux et des esprits. Mais une nouvelle rencontre attendait le père Brun.

Chapitre 9

Dans l'*Enfer* de Dante

- Je vous présente le commissaire Manzoni.

L'homme, d'âge mûr, portait des cheveux noirs, à peine cendrés, une moustache nourrie, des traits épais, un air sévère, comme les paysans dans les romans d'Italo Calvino ; de grosses rides lui fendaient les joues.

- Nous avons pensé qu'il était nécessaire d'impliquer la police italienne dans nos recherches, compte tenu des enjeux, précisa le cardinal Contani, qui guettait un signe d'approbation dans le regard du père Brun. Bien entendu, Commissaire, pas un mot dans la presse !

- Je serai aussi muet que Ciacco après les trois questions du Dante !

Le père Brun avait souri, car il se rappelait ce passage du Chant VI de l'*Enfer*, lorsque Virgile et le poète, traversant la masse de boue et d'âmes abattues par la pluie, rencontraient le grotesque homme, célèbre pour sa gourmandise démesurée. C'était lui qui, après avoir annoncé la première prophétie de la *Divine Comédie*, sur l'avenir de Florence, et avoir rappelé que personne n'écoute les Justes, avait affirmé qu'*orgueil*, *envie* et *avarice*, sont les trois étincelles qui enflamment les cœurs. Au moins, s'était-il fait la réflexion, nous aurons affaire à un lettré.

- Vous avez bien raison, éminence, nous aurons besoin des talents de la police italienne, surtout ceux d'un admirateur du Dante.

- Le commissaire est un de nos amis, souffla le cardinal sur un ton de conspirateur, je lui ai fait jurer le silence, la main sur les Évangiles.

Le policier acquiesça d'un léger signe de tête, mais sans remuer aucun des muscles faciaux, couverts par ce visage d'une sévérité antique et toute méditerranéenne qui pouvait appartenir à toutes les rives de la *Mare Nostrum*.

Les présentations faites, le cardinal fit asseoir ses hôtes devant son large bureau, dans la pièce recouverte de fresques de la Renaissance. Il fit appeler Don Alvaro, qui apparut presque aussitôt. Quelque chose d'intemporel flottait dans l'étrange atmosphère des lieux, qui unissait, d'une façon indéfinissable, ces hommes vêtus hors des modes contemporaines à ces grands murs d'une beauté somptueuse d'éternité. Le père Brun prit la parole.

- Mes dernières recherches vont confirmer la nécessité de nous faire accompagner par la police.

- Qu'avez-vous découvert ? trancha le cardinal, qui ne cachait pas son impatience.

- Qu'il est très facile d'ouvrir un coffre-fort, à partir d'une simple clé USB. En tout cas, pour ceux qui possèdent la technique.

- Vous voudriez dire que le suspect est un *hacker* ? se permit d'interrompre le commissaire, qui possédait un je ne sais quoi de séduisant dans sa manière de parler, malgré l'apparence grossière des traits de son visage.

- Oui, et non. Je m'explique ! ajouta aussitôt le moine devant le visage déconfit du cardinal. Quand nous avons appris la disparition de la clé, la première idée a été de se tourner vers ceux qui avaient accès aux coffres. C'est à dire, une poignée de suspects, indiqua le franciscain, tout en regardant le petit Don Alvaro qui se sentit accusé.

- Oui, confirma le cardinal Contani, c'est l'idée qui nous a tous traversé l'esprit. Continuez, je vous prie !

- Or, il s'agit bien d'un coffre-fort à serrure électronique de la dernière technologie, tout ce qu'il y a de plus récent.

- A la pointe du progrès ! crut bon d'abréger le cardinal, heureux de prouver qu'il avait consacré les meilleurs moyens à la sécurité des clés 2 797 clés des Musées du Vatican.

- Poursuivez mon père, je vous en prie, chuchota, non sans une forme surannée d'élégance orientale, le commissaire, qui ressemblait à un vétéran syrien des Légions de Septime Sévère, autant qu'à un pêcheur du Lac de Tibériade ou à un potier carthaginois.

- On ne peut pas exclure que le coffre a été ouvert dans la nuit, par quelqu'un d'autre que ceux du premier cercle.

- Du premier cercle ? Qu'est-ce que ça veut dire ? avait regimbé le cardinal, mécontent de la tournure qu'empruntait le cours des hypothèses.

- Dans l'*Enfer*, on ne compte pas moins de neuf cercles, soupira le commissaire, les yeux dans le vague.

Le père Brun avait développé ce qu'il avait appris par Amanda, que le système de surveillance avait pu être piraté par un petit génie informatique, auquel la serrure du coffre avait pu céder sans aucune difficulté.

- La clé de la chapelle Sixtine, vaincue par une clé USB, soupira le cardinal, ce monde me révulse !

- Combien de personnes travaillent au Vatican ?

- Jean XIII répondait : « Environ la moitié » n'avait pu s'empêcher de prononcer le père Brun, déclenchant un sourire entendu sur le visage du commissaire.

- Entre les salariés permanents, mais aussi les temporaires, pas loin de 5 000 personnes, chuinta l'homme en rouge, au creux d'un souffle désabusé, avant de redresser son dos, et d'observer le franciscain comme celui qui, hors d'haleine, sortit de la mer au rivage, dans le tout début du *Chant I*, pour se retourner vers l'eau périlleuse.

- Vous voulez insinuer que nous avons au moins 5 000 suspects ? interrompit le commissaire, d'une manière légère et très agile, comme la panthère, couverte d'un pelage mouchetée, au pied de la montée, empêchant le chemin du Dante, dès les prémices de la *Divine Comédie*.

- Mais nous n'avons pas 5 000 génies informatiques, se hasarda le petit Don Alvaro, qui jusqu'ici n'avait rien dit.

- C'est juste, répliqua le père Brun, mais comprenez bien que le génie informatique pouvait opérer à distance, pour pirater les systèmes, depuis le Rajasthan, le désert de Gobi ou la Patagonie. Vous n'êtes pas sans savoir que, de nos jours, une immense toile d'araignée (appelée *Internet*) a été tissée autour de notre globe terrestre, et qu'en conséquence tous les systèmes informatiques du monde entier sont reliés entre eux. Désormais, assis dans son salon ou dans sa baignoire, on peut cambrioler à distance.

- Il lui suffisait seulement d'avoir un ou deux complices à l'intérieur du Vatican et le tour était joué, conclut prestement le commissaire, qui avait parfaitement compris le raisonnement du franciscain.

Balançant entre ses doutes, le cardinal hochait la tête, se taisant, de même que le poète, tel un agneau effrayé entre deux loups féroces hurlants, au premier Ciel du *Paradis*, alors que son visage peignait le désir.

- C'est, en effet, plus compliqué qu'au début, résuma le commissaire, avec un délicieux mélange rare d'assurance et de courtoisie dans la voix. On ne peut pas du tout exclure l'idée d'un pirate informatique, aidé par un simple complice au sein du Vatican.

- Mais c'est impossible à trouver ! s'emporta le cardinal qui avait entre-temps, ainsi que le *vicomte pourfendu*, recollé chaque moitié de son esprit. Les gendarmes du Vatican n'ont relevé aucune empreinte sur le coffre-fort, à part les traces de ceux qui sont autorisés à l'utiliser.

Un silence pesant tomba sur les quatre personnages, un silence forgé par cet art de la concentration, consistant à réunir en un point ce qui est dispersé dans les cercles de la pensée, de ce même silence intime qui habite toujours l'esprit des guerriers, juste avant la délivrance du combat, notamment l'esprit des compagnons d'Ulysse, avant l'embûche frauduleuse du cheval de bois qui amena la ruine d'Ilion, et dont un descendant, nous rappelle le poète, fut l'honorable tige des Romains. Le père Brun s'agita soudain dans son fauteuil. Le premier, il rompit le mutisme par une question qui ne manqua pas d'interloquer le commissaire :

- Avez-vous reçu des nouvelles de Michel-Ange ?

L'homme habillé de pourpre signifia que non, en faisant dodeliner sa tête d'une façon qui n'était pas moins comique que tragique.

- Pas à ma connaissance, s'était-il contenté d'objecter sur un ton que Plaute eut aimé entendre, faisant écarquiller les yeux du commissaire, qui miroitaient un jeu de cercles quasi-parfaits, lesquels ressemblaient étrangement au *disque de Phaistos*.

- Je pense que Michel-Ange ne tardera pas à nous faire signe, abouta le père Brun, précipitant le commissaire dans un abîme d'incompréhension, qui le fit se gratter le col, avec dépit, dans un geste qui dépréciait toute l'élégance de son maintien.

A ce moment, dans un furieux coup de vent inattendu, un autre prêtre fit irruption dans le bureau. C'était Nasser, le troisième collaborateur du cardinal, un jeune libanais, apportant une enveloppe cachetée, à l'attention de son supérieur.

- Éminence, un hallebardier de la Garde Suisse vient de trouver ceci sur la porte de la chapelle Sixtine.

Sur l'enveloppe, on pouvait lire en toutes lettres le nom du cardinal Contani.

- Excusez-moi ! fit le prince écarlate, aussi rouge que sa soutane, qui avait du mal à contenir son agacement.

S'étant saisi d'un coupe papier, orné des clés de Saint-Pierre, il avait tranché l'objet pour en extraire une feuille de papier qu'il lut en silence, avant de laisser éclater sa colère :

- C'est insensé ! Encore ce Michel-Ange ! Pour qui se prend-il ?

- Que nous dit-il, cette fois ? interrogea le père Brun, alors que Manzoni commençait à trahir les signes d'un visage prestement déverrouillé.

- Lisez-la vous-même ! ordonna l'homme à la soutane rouge, visiblement découragé.

Alors on entendit la voix du père Brun, qui s'éleva sous les lambourdes peintes du plafond à caissons, lisant le texte qui était rédigé en italien :

« Mes Seigneurs,

Gloire à Dieu qui est bon, sa miséricorde est infinie. Je vous avais promis un signe de ma part, puisque la charité me commande de vous offrir une chance de vous racheter

Aujourd'hui, notre chapelle vénérable reste fermée aux foules impures qui aiment souiller les endroits les plus sacrés. Si vous voulez retrouver la clé, pour débloquer ce lieu saint, et y faire célébrer les litanies, les chants sacrés, les offices pieux, vous devrez d'abord répondre à cette énigme.

Duo me praecedunt,
Post maiores, ante tubas.
A sole lit, in umbra fossilium
Et tamen ego prima.
Quis sum ?

Veillez et priez
Michel-Ange

*PS : J'attends votre réponse sous forme d'un article, à paraître en ligne, avant demain soir minuit, dans l'édition numérique de l'*Osservatore romano. *»*

Le cardinal avait rugi dans un accès de courroux :

- Je vais faire surveiller toutes les portes et les couloirs du Palais apostolique. S'il croit qu'il peut clouer ce qu'il veut, impunément, sous nos yeux, il se trompe ! Mais comment peut-on planter des clous sans être entendu ?

Le père Brun s'était interposé :

- Une simple punaise, ou un simple ruban adhésif peuvent suffire. Excusez-moi, Éminence, mais il ne me semble pas du tout indiqué de placer le palais sous bonne garde. S'il se sait surveillé, notre Michel-Ange va se terrer, alors que ses lettres sont le seul moyen que nous ayons d'entrer en contact avec lui. Je crois, au contraire, qu'il faut le laisser agir, parce que tôt ou tard, il finira par se trahir. Pesons la situation. Il n'existe aucune urgence absolue. Si nous parvenons à le pincer rapidement, la chapelle Sixtine sera restée fermée quelques jours. Ce n'est pas la fin du monde.

- Permettez-moi d'appuyer la requête du père Brun, s'était cru autorisé à intervenir le commissaire, à la grande surprise du prince écarlate. Si notre suspect se croit en confiance, il fera un faux pas, c'est inévitable. Je pense que nous devons courir le risque.

Le visage du cardinal accusait son irritation, avant de formuler sa reddition à contrecœur :

- Bien, messieurs, je me range à votre avis. Après tout, vous êtes les hommes de l'art.

Chapitre 10

Entre livres et cuisine

- Pâques approche, je me suis dit qu'on pouvait manger des œufs, symbole du printemps et de la Résurrection.

- Excellente idée ! Demain nous fêtons les Rameaux, et je fermerai les yeux sur cette entorse au Carême, mais n'oubliez pas de vous confesser pour la Semaine Sainte, avait épilogué le père Marsac, alors qu'il recevait la petite *Académie des Durtaliens* au presbytère de Donville, malgré l'absence du curé de la paroisse.

- J'ai préparé un déjeuner épistolaire, un festin littéraire, si vous préférez, pour faire honneur à deux écrivains qui sont chers à mes yeux et qui ont su porté au plus haut l'excellence de nos Lettres françaises. Pour l'entrée : *œufs pochés à la Sévigné*, en plat : *filet de bœuf à la Chateaubriand*.

- Des Bretons ! Avait ironisé Amanda, dommage que le père Brun ne soit pas avec nous !

Gargarin était un vrai libraire, qui avait voué sa vie au culte des livres, comme font les vrais jardiniers avec les fleurs. Mais il possédait bien d'autres talents et, lorsque le père Marsac lui avait demandé de l'assister au déjeuner du presbytère, il s'était aussitôt proposé pour tenir les fourneaux, et fournir toutes les bouteilles. En guise d'apéritif, à prolonger pendant l'entrée, il avait ouvert un flacon de vin effervescent.

- *Cuvée Sainte Sophie* ? Mais qu'est-ce que c'est ?

- Un vin pétillant ?

- Un mousseux. Dans le pétillant, avec une bouteille fermée, le dioxyde de carbone exerce une surpression de 1 à 2,5 bars. Et dans le mousseux, une surpression supérieure à 3 bars.

- D'accord. Mais le champagne est meilleur que le mousseux ? s'inquiétait Amanda.

- Le champagne est un mousseux. Les gens mélangent souvent les noms des vins effervescents. Ce qui compte, c'est d'abord la qualité du produit. Et avec la *Cuvée Sainte Sophie*, pas d'inquiétude ! Vendanges effectuées à la main, tout en caisses, avec un soin particulier pour n'encuver que des raisins parfaitement sains, triés sur la parcelle.

- Du beau travail, souligna le dominicain qui admirait le jeu des bulles dans sa flûte.

- Après sa première fermentation en cuve, la deuxième se fait en bouteille, selon la méthode traditionnelle. Il reste un minimum de 9 mois sur latte avant son dégorgeage.

- C'est vraiment joli ! s'enthousiasmait Amanda.

- Clairette à 80% et Rolle à 20%, une robe jaune pâle, un nez floral. En bouche, une attaque de petites bulles fines, sur des notes de miel en finale. C'est très bien fait. Un vrai vin de fête !

- Et qui réalise cet excellent mousseux ?

- Des religieuses orthodoxes, installées dans le Gard, au monastère de Solan.

- A la santé de nos sœurs orthodoxes ! fit le père Marsac en levant son verre, aussitôt rejoint par Amanda et par Gargarin dans ce rituel ancestral, qui daterait, si l'on en croit la plupart des historiens, des libations antiques aux banquets cérémoniels, où l'on buvait en l'honneur des dieux et des vivants, vestige des rites sacrificielles, poursuivi pendant des siècles, alors que le meilleur moyen pour rendre l'eau de boisson potable était de la transformer en bière ou en vin. Autrefois, seules les boissons issues de la fermentation alcoolique permettaient d'inhiber la contamination de l'eau, ou encore l'adjonction d'une faible quantité d'alcool ou de vinaigre pour l'aseptiser. Ce n'est donc pas un hasard, si nous prononçons toujours, en levant un verre de vin et non pas un verre d'eau, après des siècles de libations, la formule rituelle : *A votre santé !*

- Comment avez-vous préparé ces œufs magnifiques ?

- Oh, mais c'est très facile. J'ai d'abord pilé du blanc de volaille de desserte, puis je l'ai relâché avec quelques cuillerées de velouté. J'ai fait chauffer doucement cette purée avant de la passer à l'étamine. Ensuite je l'ai relevée dans une casserole, en assurant l'assaisonnement.

- C'est vraiment délicieux, commenta le père Marsac avec un joli sourire.

- J'ai mélangé quelques truffes cuites, bien noires, coupées en dés, puis garni quelques croûtes de pain de mie, frites au beurre, taillés de forme ovale, de la grandeur des œufs, et juste évidées sur le centre, pour y placer la purée de volaille.

- Un régal ! complimentait Amanda.

- J'ai disposé ces croûtes en couronne sur le plat, et placé un œuf poché sur chacune d'elle, puis j'ai saucé les œufs avec une cuillerée de bon velouté, bien réduit avec de la cuisson de champignons et légèrement beurré.

- Le jaune d'œuf fond dans la bouche, conféra presque en chantant le père Marsac, les yeux mi-clos.

- Enfin j'ai placé une lame de truffe, coupée à l'emporte-pièce rond sur chaque œuf.

- Ah les œufs pochés, quel régal !

- Je les aime aussi en meurette, s'exclama la policière.

- C'est quoi la meurette ? demanda Lisa.

- Le nom d'une sauce au vin.

En fait d'*Académie*, entre l'absence du père Brun, de Melle Martin, envolée pour un stage à Milan, on ne comptait plus que Gargarin, le père Marsac, Amanda et sa petite Lisa.

- Les œufs pochés béarnaise, vous connaissez ?

- A propos, savez-vous qui a inventé la sauce béarnaise ?

- Oui, Alexandre Dumas, fusa le père Marsac, visiblement conquis par la cuisine de Gargarin.

- Et les œufs pochés « Belle Hélène » ?

- En Belgique, j'ai goûté les œufs pochés de Bruxelles.

- Je vous conseille les œufs pochés « Hôtel de Paris ».

- Et si vous souhaitez voyager dans le temps : les œufs à la Polignac, avec la sauce Colbert !

- Je me souviens qu'en Dordogne, j'avais dégusté des œufs pochés « Périgueux ».

- Et les œufs à la royale. Quel délice !

- Oui, mais là ce sont des œufs durs, sauce Béchamel, on quitte le monde moelleux des œufs pochés, avait fait remarquer Gargarin.

- Ah vous avez raison ! s'inclina le dominicain.

- George Sand mangeait des œufs à la *couille d'âne*, reprit le libraire eu souriant, une variante des œufs en meurette. On y ajoute des lardons fumés poêlés, à partir du moment où le blanc de l'œuf commence à prendre.

- Un drôle de nom, fit observer Amanda, qui lorgnait du côté de Lisa.

- Mais c'est d'une poésie toute rabelaisienne, répondit Gargarin, la *couille d'âne* est une variété d'échalote-oignon, produite en Berry.

On attaquait les *chateaubriands*, et Gargarin avait posé avec autorité le vin rouge sur la table :

- Vous m'en direz des nouvelles !

Chacun avait plongé son appendice nasal dans le verre, avant de porter celui-ci à la bouche.

- Un joli nez, concéda le dominicain.

- Cuvée spéciale, issue des vignes plantées en 1997 sur une parcelle située sur les plus hauts plateaux et dénommée *Notre-Dame de France* !

- Ah, un joli nom, s'enthousiasma le moine blanc.

- Le nom de la parcelle. Le vin s'appelle *Fidelis*, élaboré par les bénédictines de l'Abbaye ND de Fidélité, près d'Aix-en-Provence, à Jouques.

- Encore un vin de femmes ! avait loué la policière, dont les yeux s'étaient remplis d'un nuage de joie.

- Elles cultivent leurs vignes avec soin et ardeur, entre deux prières.

- Des saintes femmes ! précisa le prêtre.

- Une cuvée 100% merlot, ronde, suave, avec des tanins onctueux, qui présente des arômes de fruits rouges et noirs et des notes de bleuet.

- Un régal ! s'écria le père Marsac, emballé par le choix de Gargarin, et maintenant, passons au plat !

De jolis pavés de bœuf fumaient dans les assiettes.

- J'ai pris des morceaux dans le cœur du filet.

- C'est différent du Rossini !

- Oui, le Rossini ajoute du foie gras sur un tournedos.

- Et du Wellington !

- Le Wellington est cuit à l'étouffée au four, dans une pâte feuilletée, avec une farce de foie gras et de duxelles.

- Rien à voir avec le Stroganov !

- Ah non, le Stroganov est un ragoût, plutôt comparable au bourguignon.

- Si le chateaubriand est cuit en deux fois, c'est à cause de son épaisseur ? enquêtait Amanda.

- Exactement. Tout d'abord un saisissement à feu très vif pour former une couche rissolée, ce qu'on appelle la réaction de Maillard, qui empêche la sortie des jus.

- J'ai toujours pensé que la cuisine était de la chimie.

- Puis une cuisson plus modérée, voire très modérée à 80°, c'est-à-dire à basse température. De cette manière, la chaleur pénètre progressivement à l'intérieur, pour conserver tout le moelleux de la viande.

- C'est un régal !

- J'ai fait ma *sauce Chateaubriand* à base de fond brun, vin blanc, beurre, échalotes confites, et bouquet garni.

Les invités se régalaient avec la liesse des âmes simples. Ils partageaient ce moment de joie terrestre comme une invitation précédant les contemplations métaphysiques.

- On lit partout que le *bœuf à la Chateaubriand* est une recette créée en 1822, par Montmirel, chef-cuisinier personnel de l'écrivain, pendant qu'il est ambassadeur de France à Londres, se plut à faire observer le père Marsac.

- Faut-il croire tout ce qui est écrit dans les livres ? répondit le libraire avec le sourire carnassier d'un Jack Nicholson.

- Vous pensez que la recette existait dans sa famille ?

- Non, j'ai une opinion très personnelle sur cette affaire. Il est bien possible qu'une recette de filet de bœuf avec une sauce au beurre, vin blanc, échalotes, existât en Bretagne. Le pays de Chateaubriant est d'ailleurs très réputé pour la qualité de ses viandes bovines, qu'on vient encore admirer à la Foire de Béré, au début du mois de septembre, mentionnée en l'an 1050, dans les chroniques par Airard, évêque de Nantes, cardinal de Saint Paul-hors-les-murs.

- Une foire qui existe depuis mille ans ?

- Oui, en Bretagne, ils ont le sens des traditions. Mais pour en revenir à notre recette, je suppose que notre François-René a pris le goût de manger du bœuf à cause des Borgia.

- Les papes de la Renaissance ? avait réagi le dominicain, surpris par la théorie de Gargarin.

- Précisément. Chateaubriand est secrétaire d'Ambassade à Rome, en 1803, bien avant Londres.

- Et quel rapport avec les Borgia ?

- Leur blason est frappé d'un bœuf rutilant !

- Alors vous pensez qu'en voyant le blason des Borgia, il ait eu envie de créer une recette de cuisine ? s'enquit Amanda qui souriait toujours aux divagations de Gargarin.

- Et pourquoi pas ? avait-il rétorqué en levant son verre à la santé des papes de la Renaissance

- Mais les papes de la Renaissance étaient quand même des grands débauchés ? Pas vraiment des bons chrétiens ?

- Ah le beau sujet ! La sexualité des papes ? Mais parlons-en, s'était enflammé Gargarin, le couteau à la main.

- Dîtes-moi si je me trompe, mais j'ai toujours appris que la Rome des papes de la Renaissance était un lupanar !

- Depuis Saint Pierre, soit depuis l'instauration de la papauté, il s'est écoulé 2 000 ans ! Vous vous rendez compte de ce que ça représente 20 siècles ? avait repris Gargarin, plus de temps que l'Empire romain ! Se tournant vers le dominicain silencieux : Je parle sous l'autorité du père Marsac. Reprenez-moi si je fais défaut !

Le moine acquiesça d'un petit signe de tête qui voulait dire qu'il ne manquerait pas d'intervenir si le libraire s'écartait du chemin, mais que, pour le moment, il se régalait de son *chateaubriand*.

- Depuis 2 000 ans, l'Eglise a connu 266 papes, sans interruption, parfois, avec des antipapes, des faux papes, parfois avec conclaves plus ou moins longs, mais au regard des 2 000 années, tout s'est globalement bien passé. On ne peut pas en dire autant de toutes les institutions. Les états modernes sont d'une ridicule prétention, face à la longévité d'un monument comme l'Eglise !

Le père Marsac administrait encore de petits coups de têtes, parce que sa bouche était occupée à louer, par d'autres moyens, les merveilles de la Création.

- Quand on se penche sans préjugé sur la question de la chasteté des papes, on note qu'une vingtaine de cas seraient mis en doute. Quand on gratte un peu, on s'aperçoit vite que certains se trouvaient mariés, avant leur élection. Hormidas, par exemple, était marié et veuf avant de devenir pape. Son fils Silvère sera pape à son tour au VIème siècle. Ce qui n'est pas banal.

- Pape de père en fils, c'est vrai que ça surprend !

- Si l'on retire le nombre de ceux qui étaient mariés avant leur pontificat, ou qui ont eu des relations amoureuses, avant d'être élus, il reste moins d'une petite dizaine de cas... sur 266 papes, pendant 2 000 ans !

- Ce qui n'enlève rien au péché qu'ils ont pu commettre, se crut obligé de préciser le père Marsac, entre deux gorgées de *Fidelis*.

- Bien sûr, poursuivit Gargarin, mais avouez qu'à peine dix cas sur 266, c'est assez dérisoire ! Moins de 4 % des papes !

- Parmi les douze Apôtres, il y avait déjà un Judas, souffla le dominicain, en admirant la couleur du vin.

- C'est vrai, souligna Gargarin, ravi de capter l'attention de ses commensaux. D'autant que la plupart des cas sont décrits par des ennemis des pontifes en question. Jules II, par exemple, fut sali de tous côtés par ses détracteurs, c'est un peu comme si on s'appuyait sur Goebbels pour tracer un portrait de Churchill.

- D'accord, mais les papes Borgia n'étaient pas ses saints.

- Ils n'ont pas été canonisés, vous avez raison. Mais un joli bœuf ornait leur blason. Toutefois, les pontificats de l'oncle et du neveu sont marqués par une succession de faits majeurs : Calixte III vend une partie des bijoux pontificaux pour financer la lutte contre les Ottomans qui assiègent Belgrade. Il demande la révision du procès de Jeanne d'Arc. Relance la tradition, née avec Urbain II, lors de la première croisade, de faire carillonner toutes les cloches de la chrétienté, chaque jour à midi, pour obtenir la protection de la Vierge dans les combats pour la foi catholique.

- Et il n'avait pas de maîtresse ?

- Non, pas lui. C'est vrai qu'il a été élu à 76 ans, mais non. Le pape de la légende noire est Alexandre VI, qui sera accusé d'être un débauché, alors qu'il fût plutôt un grand amoureux des femmes, une sorte de Chateaubriand avant l'heure.

Amanda était rêveuse, et buvait son vin rouge autant que les paroles du libraire :

- Tout ça donne envie d'aller à Rome. J'en rêve depuis si longtemps !

Mais Gargarin était lancé dans sa rhétorique spéculative :

- Le pape Calixte III avait noté que l'angélus était similaire à l'appel à la prière des musulmans. Mais les catholiques le font avec les cloches, dont le battant frappe les deux côtés de la robe d'airain, pour annoncer les deux Testaments. C'est Sixte IV (à qui l'on doit la chapelle Sixtine) qui officialise la pratique des trois angélus quotidiens. Et en 1500, le deuxième Borgia, Alexandre VI, va renouveler cette prescription. On peut dire que les Borgia sont liés à l'histoire de l'angélus !

- Incroyable, s'était enthousiasmé Amanda. Mais alors, si on entend sonner les cloches matin, midi et soir, c'est à cause des Borgia ?

- En partie, oui. Parce qu'en France, à la même époque le roi Louis XI demande, lui aussi, de faire sonner trois fois par jour, matin, midi et soir, pour la paix dans son royaume.

- Alors on entend plus de cloches en France qu'à Rome ?

- Les avis sont divisés. Rabelais, par la voix de son frère Jean des Entommeures, n'est pas de l'avis de Montaigne, lequel n'avait point ouï de cloches à Rome, et beaucoup moins que dans un village de France. Le moine Rabelais au contraire, en entendit beaucoup dans l'*isle Sonnante*, entendez Rome !

Le père Marsac restait silencieux, il se régalait autant de son plat que des paroles du libraire.

- Tout ça me donne envie d'aller Rome. Depuis le temps que j'en rêve ! se confia la jeune policière en soupirant.

Chapitre 11

Une leçon de mathématiques

Le cardinal fit asseoir son fidèle Nasser pour que tout le monde pût participer aux recherches sur l'énigme. Une tension palpable régnait dans le bureau décoré par les grandes fresques aux couleurs magnifiques. Seul, le père Brun semblait détendu, presque heureux de se prêter au jeu :

- *« Duo me praecedunt, post maiores, ante tubas. Deux me précèdent,* méditait-il à voix haute, *après les ancêtres, avant les trompettes ».* Voyons voir. On dirait bien que nous sommes en présence d'une suite.

- Une suite, qu'entendez-vous par là ? avait interrogé le cardinal en fronçant les sourcils.

- En mathématiques, on désigne par *suite* une famille d'éléments, appelés ses termes, indexés pas des nombres entiers naturels. C'est une notion liée à la mathématique de la mesure, très présente en architecture. Michel-Ange fait probablement allusion à l'utilisation des mathématiques dans la chapelle Sixtine.

- Mais qui nous garantit que c'est une suite numérique ? objecta le petit Don Alvaro, les yeux égarés.

- « *Deux me précèdent* ». 2 est un nombre entier !

- Mais « *précèdent* » est écrit au pluriel, fit remarquer le commissaire Manzoni, avec sa figure de scripte babylonien.

- Très juste, répliqua le moine. C'est le détail qui me fait buter sur le sens de cette suite.

- Ou alors, ce n'est pas le nombre 2 qui précèdent, mais plutôt 2 unités.

- Bravo Nasser, j'y suis !

- Mais où êtes-vous ? s'inquiéta le cardinal, qui sentait les choses lui échapper.

- La suite de Fibonacci !

- Fibonacci ? s'enquit à son tour le petit Don Alvaro.

- Leonardo Fibonacci, s'était senti obligé d'expliquer le père Brun, mathématicien italien du XIIIème siècle. Son rôle est considérable, parce qu'il transfert à l'Occident la notation des chiffres indo-arabes, ce qui permettra aux banquiers toscans de s'enrichir plus vite que les autres. Il reste célèbre pour sa suite de nombres entiers, dans laquelle chaque nombre est la somme des deux nombres qui le précèdent.

- « *Deux me précèdent* ». J'ai compris ! claironna l'homme en rouge, nettement satisfait de recoller les morceaux.

- La suite commence par les nombres 0 et 1, pour se poursuivre tout simplement avec 1 (la somme de 0 et 1), puis 2 (la somme de 1 et 1) et 3 (la somme de 1 et 2), 5 (la somme de 2 et 3) et ainsi de suite. Ce qui donne : 0,1,2,3,5,8,13,21 etc.

Un profond mutisme, nourri de rêveries et de réflexions, planait à présent sur les consciences. A l'inquiétude des débuts, succédait une ardeur fiévreuse agitant les âmes. On voulait comprendre, on voulait percer le mystère, on voulait déchirer le voile, parce qu'on savait que la présence du moine allait ouvrir des chemins aux esprits les plus obscurs. Une nouvelle fois, la voix du père Brun avait rompu le silence :

- Éminence, pourriez-vous nous faire donner des plans, et des photographies en grand format de la chapelle Sixtine ?

- De toute la chapelle ?

Le père Brun réfléchit quelques secondes :

- Non, seulement des œuvres de Michel-Ange : c'est-à-dire le plafond et le mur du *Jugement dernier*.

Le cardinal fit un simple signe à Nasser, qui disparut un moment, avant de réapparaître, les bras chargés de documents en rouleaux. On déplia de grands cartons sur le bureau, et tous se penchèrent sur les illustrations, d'un seul élan teinté d'un bel enthousiasme juvénile, avec la même application studieuse que celle des compagnons du *Chevalier Trewlaney*.

- « *Après les ancêtres, avant les trompettes* ». Il paraît évident que les ancêtres sont ici, au plafond, que les trompettes sont là, sur le mur du *Jugement dernier*. Il nous faut trouver comment la suite de Fibonacci est impliquée dans l'œuvre de Michel-Ange. Nous devons percer les secrets du peintre.

Un nouveau silence s'abattit sur les têtes, comme si une troupe d'anges traversait la pièce dans une sorte de tintamarre aphone pour manifester un soutien à la fois surnaturel et inconditionnel aux enquêteurs. Soudain, s'éleva la voix du cardinal, d'un faible son grêle, mécanique, et qui montrait peu d'assurance :

— Excusez-moi, mais il se passe 25 ans entre le moment où Michel-Ange peint le plafond de la chapelle et le mur du *Jugement dernier*. Comment aurait-il pu insérer une suite, pour la répartir entre deux œuvres qui ont 25 ans d'écart ?

— Douteriez-vous du génie de Michel-Ange ? opposa le père Brun avec toute l'autorité d'un consul romain, assis sur sa chaise curule en ivoire, avant de poursuivre :

— La suite de Fibonacci commence par le nombre 0. Que peut bien symboliser le 0 dans une telle œuvre ? marmonnait le franciscain qui ne savait pas comment débrouiller cet écheveau.

— C'est idiot, suggéra le commissaire, avec son visage éclairé d'une lumière pompéienne, mais 0 signifie qu'il ne reste rien. Que tout a disparu…

— La fin des Temps ? proposa Aristote.

— Le *Jugement dernier*, reprit le père Brun. Et le 1 ?

- Qu'est-ce qui incarne le nombre 1, l'unité, à laquelle tout se rapporte ? demanda Nasser avec un grand sourire.

- Le Christ ! avaient répondu en chœur les protagonistes.

- *Le Christ est la mesure de toute chose*, avait souri le père Brun. Protagoras avait à moitié raison. Il lui manquait la nature divine du Christ. Mais le deuxième nombre 1 ?

- Le Christ est notre Rédempteur, celui qui rachète les péchés des hommes. Qui est déclarée corédemptrice avec Lui ?

- La Sainte Vierge ! clamèrent en chœur, les enquêteurs dont les visages manifestaient la joie d'avancer dans le déchiffrement de l'énigme.

- La Sainte Vierge, à côté du Christ, sur la fresque. Si je résume, annonça le cardinal, qui ne voulait pas paraître en reste, nous avons trouvé 0,1,1. Quels sont les autres nombres ? L'énigme nous dit : *Et tamen ego prima.* « Et pourtant, je suis la première ».

Un nouveau silence ponctua les recherches. Chacun était concentré dans la même volonté de se défaire du terrible poids de l'incompréhension.

- *« Et tamen ego pria »*, vient à la suite de *« A sole lit, in umbra fossilium »* : *éclairée par le soleil, à l'ombre du fossile*. Ceci évoque peut-être une deuxième suite dans la suite, comme la récursivité dans *l'Art de la fugue*, chez Bach.

- Que voulez-vous dire, je ne vous suis pas.

- En d'autres termes, c'est une démarche juste dont la description mène à la répétition d'une même règle. Dans le cas de Bach, il s'agit de définir une structure à partir de l'une au moins de ses sous-structures.

A ce moment, le visage du commissaire affichait les mêmes signes d'ébahissement que celui d'un invité au banquet de Trimalchion :

- C'est peut-être idiot, encore une fois, mais quand on entre dans la chapelle Sixtine, on ne sait pas où poser le regard devant tant de splendeurs.

- Que voulez-vous signifier ? coupa net le cardinal, de plus en plus égaré par les propos des uns et des autres.

- Que rapidement le regard est attiré par le centre du mur, tout au fond de la chapelle. Or quel est le point central de cette fresque ? Le Christ. Le nœud de l'énigme se situe là.

- On avait bien compris, reprit sèchement le cardinal qui attendait d'autres lumières car il voulait soulager son esprit embrumé.

- Oui, c'est une évidence, commenta à son tour Aristote, dans la composition de Michel-Ange, tout conduit au Christ. Le plafond tout entier annonce le mur du *Jugement dernier*.

Soudain, une autre voix s'invita dans la cacophonie :

- Et si l'on partait du principe que la suite est inversée ? avait susurré Nasser, comme visité par le souffle divin d'une révélation. Qu'elle part, dans l'esprit de l'œuvre, du plus grand nombre pour conduire à l'unité du Christ qui en est le centre et le point final ?

- Excellente idée, s'exclama le père Brun, qui retrouvait le sourire. Voyons, voyons, par quel nombre commencer ? La plupart du temps, on représente la suite de Fibonacci sous la forme d'un rectangle, incluant les mesures des nombres, par une juxtaposition de carrés, dans un mouvement hélicoïdal qui rappelle les mystères du nombre d'or. Par facilité, on utilise le nombre 21 pour le dernier carré. Peut-être que la chapelle cache d'autres nombres de la suite ? Cependant, je reste persuadé que nous trouverons la réponse à l'énigme parmi les premiers.

- Donc nous cherchons le nombre 21 dans les œuvres de Michel-Ange ? questionna Aristote, enchanté par le côté ludique des recherches.

- Un nombre de condamnés peints dans le *Jugement dernier* ? osa préciser le petit Don Alvaro qui avait du mal à suivre.

- Non, interrompit le moine, selon la logique de Michel-Ange, il faut partir des origines de la *Création*, c'est-à-dire du plafond, pour aboutir au *Jugement dernier*, c'est-à-dire au mur du fond de la chapelle.

- *De l'origine des Temps, à la fin des Temps*, déclama le cardinal, les yeux perdus dans l'infini, comme s'il se livrait en chaire à un commentaire des œuvres de Saint Augustin.

- C'est idiot, avança le commissaire avec le sourire d'un conducteur de char, triomphant dans les arènes du *Circus Maximus*, mais l'énigme dit « *Après les ancêtres* ». On pourrait sans doute commencer par eux ?

- Combien y en a-t-il ? avait quémandé le cardinal.

- Vous parlez des ancêtres du Christ, peints au plafond par Michel-Ange ? sonda Don Alvaro. Je crois bien qu'il y a plusieurs groupes.

- Il y en a exactement 14 qui sont peints dans les demi-lunes, et 8 le long des voûtains.

- Merci Nasser, mais 8 + 14 ça ne fait pas 21, rétorqua le moine franciscain, manifestement embarrassé.

- C'est idiot, sollicita encore le commissaire Manzoni, avec l'autorité d'un centurion s'adressant à ses légionnaires, mais pourrait-on considérer que les prophètes sont des ancêtres spirituels du Christ ?

- Ce n'est pas idiot du tout, ils sont venus avant lui pour l'annoncer, comme des ancêtres dans l'ordre spirituel, d'autant que Michel-Ange en a peint 7, renchérit le père Brun. 14 peints dans les demi-lunes et 7 prophètes, nous tenons notre nombre de 21 ! Passons au nombre 13 !

- C'est peut-être aussi un nombre composé ?

- Oui, pour les grands nombres entiers, Michel-Ange fut obligé de composer.

- Ah ah, 9 + 4, ça fait bien 13 ? chanta Aristote Jeudi comme s'il entonnait un alléluia au matin de Pâques.

- Assurément, attesta le cardinal. Mais je ne vois rien. Où voyez-vous 9 + 4 ?

- Là, sous nos yeux, l'*Ancien Testament*, les 9 scènes de la *Genèse*, et les 4 coins, avec *Moïse, Haman, Judith* et *David*.

- Bravo Aristote ! Avait applaudi le moine franciscain. Et maintenant, vite le nombre 8 !

- Les derniers ancêtres de Jésus, ceux qui sont peints le long des voûtains, et qu'on n'a pas compté tout à l'heure, avait clamé le cardinal, qui avait fini par se prendre au jeu. Ils sont bien 8, n'est-ce-pas ?

- Formidable, Éminence ! Vite le nombre 5 !

- Les *Sibylles*, annonça Nasser. Elles sont 5 !

Chacun se réjouissait de la vitesse à laquelle fusaient les idées dans ces têtes bien faites.

- Je crois bien que nous avons épuisé les possibilités du plafond, épilogua le père Brun. Il nous reste juste à trouver les nombres 3 et 2 sur la fresque du *Jugement dernier*.

Les yeux se tournèrent d'un seul et même mouvement vers l'illustration du célèbre mur du fond de la chapelle Sixtine.

Si, devant le jugement Dernier, nous restons ébaubis par la splendeur et par la terreur, en admirant d'un côté les corps glorifiés et l'autre ceux qui sont soumis à la condamnation éternelle, nous comprenons aussi que la vision tout entière est profondément parcourue par une unique lumière et une logique artistique : lumière et logique de la foi que proclame l'Eglise quand elle confesse : *je crois en un seul Dieu, Créateur du ciel et de la terre, de l'univers visible et invisible.* Ces mots ont été prononcés par le pape Jean-Paul II, le 8 avril 1994, à l'occasion de la messe pour l'inauguration de la restauration des fresques de Michel-Ange. Il avait aussi ajouté d'autres mots lumineux : sur la base de cette logique, en ce qui concerne la lumière qui vient de Dieu, le corps humain conserve lui aussi sa splendeur et sa dignité. Si on le sépare de cette dimension, il devient d'une certaine manière un objet, facilement avili, puisque ce n'est qu'aux yeux de Dieu que le corps humain peut rester nu et découvert, et conserver intact sa splendeur et sa beauté.

La voix du commissaire avait soudain retenti avec le ton d'un tribun de la plèbe sur la *Tribune des harangues.*

- C'est peut-être idiot, avait-il débuté son explication, en répétant pour la énième fois cette expression qui commençait à agacer sérieusement le cardinal, mais la fresque est composée de 3 groupes : à droite, les Justes qui montent au Ciel, à gauche les damnés qui tombent en Enfer, et au centre, autour du Christ, l'assemblée des Saints.

- Très bien vu, Commissaire ! Quant au nombre 2 il est facile à trouver : ce sont les deux lunettes, là-haut, où l'on peut voir les instruments de la *Passion*, aux mains des anges : à droite la colonne de la *Flagellation*, à gauche la Croix de la *Crucifixion.*

Un léger silence accueilli cette déclaration du père Brun et, à son tour, le cardinal s'exprima :

- Bravo, messieurs, vous avez trouvé les nombres de Fibonacci dans l'œuvre de Michel-Ange. Mais pour le moment ça ne donne pas la clé de notre énigme.

Aussi tenace que Cicéron dans ses procès, le moine ne voulait pas lâcher l'instance :

- Attendez un instant. Relisons cette énigme en entier : *Deux me précèdent, après les ancêtres, avant les trompettes. Et pourtant, je suis la première, éclairée par le soleil, à l'ombre du fossile. Qui suis-je ?*

Tous les visages s'étaient figées dans les miroitements d'une rêverie mélancolique, évoquant les visages cuivrés des *Bergers d'Arcadie* autour du tombeau, quand un sourire se dessina sur la figure du père Brun.

- Dans la suite que nous venons de déchiffrer ensemble, qui se situent après les ancêtres, juste avant le mur du *Jugement dernier ?*

- Les Sibylles ! percuta le jeune Aristote.

- « *Et pourtant, je suis la première* ». Qui donc était la première des *Sibylles* ? interrogea le père Brun, avec le visage de celui qui possède la réponse.

- La *Sibylle libyque*, affirma Nasser, sans trembler.

Alors le père Brun s'était fendu d'un dernier mot :

- Voilà, Éminence, il ne reste plus qu'à faire préparer un article sur la *Sibylle libyque*, pour le

publier en ligne, sur le site de l'Osservatore romano, avant demain soir !
- Bravo à tous, vous êtes des vrais as ! s'était enthousiasmé le cardinal qui se tourna vers Nasser, lequel avait répondu d'un petit signe de tête pour montrer qu'il avait compris quelle était sa mission.

Chapitre 12

La messe et le latin

- Mais la reine du crime était profondément croyante !

La conversation poursuivait son cours sous les claveaux du presbytère de Donville, entre les *Durtaliens* qui festoyaient, malgré l'absence de leur curé.

- Toute son œuvre se déroule dans un monde imprégné par la morale du christianisme.

Gargarin était intarissable au sujet des livres en général et des romans policiers en particulier.

- N'oublions pas qu'Agatha Christie s'était inspirée d'Hercule Flambeau, détective ami de *Father Brown*, pour créer son propre détective, l'emblématique Hercule Poirot.

- Si on s'appelle *Christie*, c'est vraiment difficile de n'être pas chrétienne, suggéra le père Marsac, qui se plaisait de plus en plus à faire des bons mots.

- Voudriez-vous affirment que Chesterton a lourdement compté dans les succès de l'œuvre d'Agatha Christie ? avait interrogé Amanda en surveillant Lisa du coin de l'œil, pendant qu'elle griffonnait des personnages dans un grand cahier à dessin.

- Chesterton est très mal connu en France. Penchez-vous sur la liste de ses admirateurs, et demandez-vous ce qui cloche dans le goût des lecteurs français : Hemingway, Graham Greene, Evelyn Waugh, Kafka, Borges, Garcia Márquez, J.R.R. Tolkien, Karel Čapek, Paul Claudel, Etienne Gilson, Pierre Klossowski, Orwell, Jean Paulhan, Anthony Burgess, Welles, Dorothy Day, Gene Wolfe, Tim Powers, Martin Gardner, Neil Gaiman, Simon Leys, et bien d'autres encore…

- Anthony Burgess ? *Orange mécanique* ?
- Exactement !
- Mais c'est un auteur violent.
- Pourquoi donc ?
- Un univers malsain et plutôt dérangeant.

- Son livre est une merveille. Une prophétie, un roman d'anticipation sur la folie brutale de nos sociétés modernes.

- Le film a fait un scandale au moment de sa sortie. Ils ont été obligés de le déprogrammer.

- Oui, la vérité fait toujours peur. Dans un entretien, Burgess explique que, depuis le péché originel, l'être humain est pécheur, violent, anti-social mais que tout ça fait partie de sa nature. Pour lui, le péché originel a été choisi par l'homme, et cette nature violente de l'homme est donc sa propre volonté.

- Saint Augustin sur les rives de la Tamise ! avait coupé le dominicain, non sans un petit pli malin au coin des yeux.

- Or, volonté, choix, libre-arbitre sont des qualités, des éléments positifs. Ce dilemme permet à l'homme de vouloir sa propre vie, de faire des erreurs mais aussi et surtout, de créer du Beau, du Bien, de l'Art. Ah, l'Art ! L'homme est caractérisé par ce choix : la violence et l'amour du beau.

- Mais il fait l'apologie du viol, insistait la policière.

- Pas du tout, la scène de viol, qui est tournée en dérision dans le film de Kubrick, reste une dénonciation au vitriol, une sorte de diamant noir d'humour noir.

- Pas évident à digérer !

- L'auteur veut choquer, bien sûr, c'est son intention. Il faut savoir que Burgess s'est inspiré d'une histoire personnelle, sa première femme, Lynne, ayant été agressée par quatre GI déserteurs en 1944.

- Ah, j'ignorais !

- Vous avez deviné, Amanda, qu'*Orange mécanique* est une œuvre d'inspiration catholique ?

- Non, pas vraiment !

- Burgess est né dans une famille catholique. On peut le compter dans la famille des romanciers anglais catholiques.

- Ah, je comprends mieux ses liens avec Chesterton !

- Ses romans sont baignés d'humour, avec de nombreux jeux de mots et de jeux onomastiques. Il maîtrise à la perfection le comique de situation et la parodie, employant de nombreuses références théologiques, intellectuelles, philosophiques.

- C'est lui qui avait inventé la *novlangue* ?

- Non, c'était Orwell, dans 1984.

- Ah oui, je me souviens !

- Burgess avait inventé le *nadsat*, un langage très fleuri, une sorte d'argot anglo-russe.

Après les *œufs pochés à la Sévigné* et les *filets de bœuf à la Chateaubriand*, Gargarin avait dressé de gigantesques babas au rhum, en forme de bouchon de champagne, ouverts en deux, au milieu desquels une crème chantilly insolente étalait toute la beauté de son nappage immaculé.

- Non, je ne veux pas vous convaincre que Burgess soit un saint ou un théologien, mais c'est un artiste inspiré par la Foi catholique.

- Un peu comme vous finalement, avait raillé la jeune policière, impressionnée par la taille des babas.

- Dans ses notes sur la préparation d'*Orange mécanique* l'auteur affirme que son époque est un *enfer mécanique*, au sein duquel les humains deviennent réduits à l'état de rouages, dévorés par une machine implacable, privés de leur condition naturelle. Son roman s'inscrit dans une structure fondée sur l'*Enfer* de Dante.

- Ce qui m'étonne, avec vous Gargarin, c'est que tout le monde est catholique !

- Mais je n'invente rien. Il a aussi écrit les dialogues de *Jésus de Nazareth*, pour le film de Zeffirelli.

- Ah bon ?

- Croyant, mais pessimiste, il était hanté par l'idée de la fin du christianisme. Sur sa tombe, il fait graver ce cri du Christ en croix : *Abba, Abba !*

- Le fameux *Eli, Eli, lama sabachthani*, précisa le père Marsac, un nuage de chantilly au coin des lèvres.

- Ce qui veut dire ?

- *Père, pourquoi m'as-tu abandonné ?*

- *Abba* est la forme araméenne de l'Hébreux *Père*, nota le dominicain, avec tout le sérieux d'un exégète.

- Burgess reste un prophète des temps modernes !

- Que voulez-vous dire ?

- Dans son roman *1985*, inspiré par celui de George Orwell (autre lecteur assidu de Chesterton) et publié en 1978, il écrit ceci : *Au début de ce siècle, G.K. Chesterton publia un roman intitulé* L'Auberge volante, *où il décrivait, sous des couleurs fantastiques une Angleterre battant pavillon à l'étoile et au croissant ; la boisson y est interdite et l'on voit deux hommes avec un chien rouler un baril de rhum par les routes, constamment en danger de tomber sur la police musulmane, mais s'efforçant de maintenir vivant le souvenir de l'alcool. J'entrevois directement la possibilité d'une telle vision, aux environs de 2100, mettons.*

La surnature abhorre le survide. Avec la mort du christianisme institutionnel, on verra s'étendre l'islam.

- Attention Lisa !

La petite fille, en coloriant ses cahiers, avait débordé sur la table et, dans son élan, avait rayé la nappe.

- Ne vous inquiétez pas, fit remarquer le père Marsac avec aménité, la machine à laver s'en chargera !

Amanda observa le dominicain, puis le libraire. Aurait-elle pu imaginer, quelques mois en arrière, se retrouver heureuse en compagnie d'un homme d'église et d'un libraire baroque, à la personnalité tellement étonnante que notre langue française, pourtant si riche en vocabulaire, suffirait avec peine à qualifier ?

- Un prophète, sûrement. Mais pourquoi s'opposer à la marche des siècles ? Nous n'allons pas tous revenir à la messe en latin ?

- Et pourquoi pas ? s'était écrié jovialement Gargarin.

- Mais c'est impossible !

- En matière de liturgie, comme en matière de roman policier, moi j'écoute Agatha Christie !

- Quel rapport avec la messe en latin ?

- Cette grande dame avait quand même fait plié le pape sur la messe en latin !

- Plié le pape ? Que voulez-vous dire ?

- Je sais que tout ça est un peu compliqué. Je vais tâcher de vous simplifier la compréhension, sous l'autorité du père Marsac.

- Mais je vous en prie Gargarin, fluta le dominicain.

- Après les réformes liturgiques du Concile Vatican II, à la fin des années 1960, un nouveau missel exigeait de célébrer la messe dans une forme nouvelle, selon la langue de son choix. C'était inédit, puisque depuis Saint Pierre, crucifié à Rome, les chrétiens de tradition catholique célébraient la messe en latin.

- C'est pourtant bien d'entendre la messe dans sa langue maternelle. On comprend mieux ce qui se passe ?

- Vous pensez que les chrétiens n'ont rien compris à la messe pendant 2000 ans ? C'est une question d'habitude. Enfin, le sujet n'est pas là, puisque les prêtres avaient encore le choix de célébrer en latin, mais selon la forme nouvelle, que certains appellent Paul VI, par facilité.

- Donc il y avait deux formes de messes ?

- Pas vraiment, puisque l'ancienne forme, qu'on appelle la messe tridentine, (en lien avec le Concile de Trente, où sa forme fut fixée au XVIème siècle) devenait interdite.

- Si je comprends bien, la forme nouvelle avait remplacé la forme ancienne ?

- Exactement, Amanda. Sauf que des voix se sont élevées pour demander de ne pas laisser disparaître le bel héritage de la forme ancienne, pour des motifs liturgiques ou esthétiques.

- Ce n'est pas parce qu'on écoute *Queen*, qu'on ne peut plus jouer Mozart ? C'est un peu ça, non ?

- D'un certain point de vue, oui, avait acquiescé le père Marsac en souriant.

- Mais que vient faire Agatha Christie dans ces histoires de missel ?

- Dans le *Times* du 6 juillet 1971, un étonnant appel fut adressé au Pape Paul VI, par une liste de personnalités britanniques, pour octroyer un *indult* assurant la possibilité de célébrer la messe tridentine en Angleterre, à l'initiative de la grande dame.

- Un indult ? Quel joli mot !

- Un privilège accordé par le Pape en simple dérogation du droit commun.

- Ah le droit, et son cortège d'exceptions !

- Parmi les noms les plus connus, on trouvait Agatha, bien entendu, Vladimir Ashkenazy, Robert Graves, Graham Greene, Cecil Day-Lewis, George Malcolm, Nancy Mitford, Raymond Mortimer, Iris Murdoch, Joan Sutherland, Yehudi Menuhin, bref, tout le gratin de l'élite intellectuelle britannique de cette époque.

- Ah oui, en effet ! Et qu'a fait le Pape ?

- La légende raconte qu'en lisant la lettre, Paul VI s'est exclamé : *« Ah, Agatha Christie ! »*, puis il a décidé d'accéder à la demande en accordant un indult, portant le nom de la célèbre romancière.

- L'*indult Agatha Christie* ?
- Oui, on nage en plein roman policier. C'est fascinant, fit remarquer le dominicain.

Un petit pli s'était formé entre les sourcils d'Amanda, dont le visage était pourtant inondé de joie.

- Formidable. Mais comment s'appelait cet évêque français qui s'opposait à cette nouvelle liturgie ?
- Mgr Lefebvre.
- Oui, c'est ça. Donc, cet évêque n'avait aucun droit de célébrer la messe dans l'ancienne liturgie, alors que les Anglais, eux, avaient le droit ?
- *Vérité au-delà de la Manche, erreur en-deçà*, s'était embrouillé le père Marsac, parodiant Montaigne.
- Exactement, si Mgr Lefebvre était allé chercher l'asile politique à Londres, tels de Gaulle ou Chateaubriand, il n'aurait pas connu tous ces tracas.
- Sublime revanche de Napoléon ! avait alors clamé le père Marsac avec les yeux de *Big Moustache*, quand il émerge du tonneau de la cave de la *Kommandantur*, sur un ton qui aurait pu être celui d'Adam Wayne, le jeune héros du *Napoléon de Notting Hill.*
- Ou clin d'œil de Chesterton depuis les nuées célestes. Vous ne trouvez pas ça incroyable que les *Rosbeefs* nous aient damé le pion sur la question de la messe traditionnelle ?

- Et en France, il n'y a pas eu de pétition à l'anglaise ? avait ébiselé la belle Amanda qui essayait de comprendre toutes les subtilités des reformes liturgiques romaines.

- Un manifeste en faveur de la messe tridentine, paru en 2006, en soutien à la volonté du pape Benoît XVI d'encourager la préservation des trésors de l'ancienne liturgie.

- Et qui a signé ce manifeste ?

- Des intellectuels, artistes, écrivains, grands patrons, historiens : René Girard, Michel Déon, Bertrand Collomb, Jean Piat, Claude Rich, Jean Raspail, Jean-Laurent Cochet, François Ceyrac, Charles Beigbeder, Yvonne Flour, Jean des Cars, Denis Tillinac, Jean-François Hénin, Jean-Christian Petitfils, Jacques Heers, et d'autres noms.

- Mais, franchement, vous ne trouvez pas que c'est un combat du passé ?

- *Quel est donc le premier sot*, répond Léon Bloy, *qui a dit que le Latin est une langue morte ?* murmura le libraire.

- En matière de beauté, il n'y a ni passé, ni présent, ni avenir, susurra le dominicain, exprimant l'idée de l'Aquinate sur les trois qualités de la beauté : intégrité, proportion, clarté.

- Aujourd'hui, de plus en plus de jeunes sont attirés par cette messe traditionnelle. Regardez le vrai succès du pèlerinage de Chartes, souligna le libraire. Chaque année, ils sont de plus en plus nombreux. Henri d'Anselme en parle dans son livre sur le tour de France des cathédrales.

- Le jeune héros au sac à dos ?
- Oui, celui qui s'est opposé au djihadiste à Annecy.
- Et vous, mon père, qu'en pensez-vous vraiment ? tenta d'épanneler la conversation notre jeune policière, en direction du moine qui écoutait sans prendre part aux arguments de Gargarin
- Qu'il faut considérer comme une grâce la diversité des formes et des rites dans l'Eglise catholique. Après tout, cette messe ancienne était celle de nos aînés dans la Foi ! Ce qui est sacré un jour est sacré toujours, disait le regretté Benoît XVI.

Amanda gardait les yeux mi-rêveurs, mi-amusés :

- Tout ceci me rappelle les explications du père Brun sur l'origine du Grégorien, le latin et le chant vieux romain. Je ne sais pas pourquoi mais je me dis qu'entendre chanter du latin à Rome ça doit être encore plus beau !
- Ah si vous saviez, répondit le père Marsac, j'ai eu la joie d'entendre une messe chantée par le chœur de la chapelle Sixtine. Vous n'imaginez pas l'élan de la prière, l'harmonie des sons, la beauté des voix !
- L'un des plus anciens chœurs religieux au monde, ajouta Gargarin d'une voix lointaine.
- Oui, actuellement une vingtaine de voix d'hommes et une trentaine de voix de garçons.

Un bref silence était venu se poser sur les consciences, un de ces silences qui font plus de bruit que les paroles. Quand, soudain, Amanda, le visage illuminé, s'écria :

- Et si on partait à Rome, rejoindre le père Brun ?

- A Rome ? avait bondi Gargarin.

- Oui, la semaine prochaine, pour les fêtes pascales !

- Mon Dieu, quelle bonne idée, lança le père Marsac, je serai avec vous en union de prière, à la collégiale.

- Mais j'ai la librairie, avait bredouillé Gargarin, à qui la perspective d'un voyage avec Amanda ne semblait pas moins réjouissante que saugrenue.

- Vous pouvez bien fermer pour quelques jours. Si nous partons mercredi, nous serons de retour le lundi, qui est férié. Il ne se passe rien au commissariat en ce moment, et je peux caser Lisa chez mes parents qui seront ravis !

- A Rome ! répéta Gargarin en levant son verre.

- A Rome ! stridulait Amanda.

- A Rome ! reprit avec nostalgie le moine blanc.

Après ce toast fervent à la gloire de la Rome éternelle, au bonheur de voyager, aux souvenirs émus, Gargarin reprit les arguments d'Agatha Christie :

- Je pense que l'Eglise a beaucoup perdu en perdant le latin, soupira Gargarin qui avait déjà l'esprit du côté du Tibre.

- Mais vous disiez qu'on pouvait célébrer la nouvelle liturgie en latin ? tentait de comprendre Amanda.

- Mais personne ne l'a fait ! A partir du moment où les langues vernaculaires ont été adoptées, l'usage du latin a bel et bien disparu. La langue universelle de l'Eglise romaine, depuis 2 000 ans ! A Nouméa, Rio, Dakar, Paris, New-York, Saïgon, Londres, Tokyo, Buenos- Aires, Abidjan, Dublin, Mexico, bref, partout sur la planète, on trouvait la même messe dans la même langue. Quel beau symbole d'une humanité unie, dans notre monde de plus en plus connecté.

- C'est vrai !

- Et puis, la messe en latin, c'est quand même Brassens qui en parle le mieux, écima d'un seul coup Gargarin qui aimait faire conglutiner ses idées par des prolepses hyperboliques.

- A Brassens ! lança le libraire en levant son verre.

- A Brassens ! répéta la policière en haussant le sien.

- A Brassens ! reprit le dominicain son verre en l'air.

Alors, maintenant son verre à hauteur des yeux, comme s'il portait ses tripes dans ses mains, à la façon du *roi Renaud* des chansons du Frère Jean des Entommeures, il se leva pour fredonner d'une voix tonitruante, qui pouvait laisser croire qu'il possédait, telle la *Quintessence* du Cinquième Livre des œuvres de Rabelais, le pouvoir de guérir par des ritournelles ; voix qui résonna sous les voûtes du presbytère, plus fortement que les doubles canons, basilics, serpentines, couleuvrines, bombardes, faucons, passe-volants, spiroles, et autres pièces d'artillerie du roi Picrochole, sous les remparts de Lerné :

> *Ils ne savent pas ce qu'ils perdent*
> *Tous ces fichus calotins*
> *Sans le latin, sans le latin*
> *La messe nous emmerde*
> *A la fête liturgique*
> *Plus de grand's pompes, soudain*
> *Sans le latin, sans le latin*
> *Plus de mystère magique*
> *Le rite qui nous envoûte*
> *S'avère alors anodin*
> *Sans le latin, sans le latin*
> *Et les fidèl's s'en foutent*
> *O très Sainte Marie mèr' de Dieu*
> *Dites à ces putains*
> *De moines qu'ils nous emmerdent*
> *Sans le latin !*

Chapitre 13

Le dimanche des rameaux

Les Ligures étaient un des peuples celtiques du nord de l'Italie, peut-être apparentés aux Lygiens, dont l'ethnonyme est lié au dieu Lug qui avait pour emblème symbolique la lance, ou encore la harpe, le sanglier, le corbeau, et la fronde, mais aussi plus trivialement la tige ou la paille, le fil ou la corde, le crin ou le poil, l'attache ou le lien ; Lug dont le nom survit en Europe, à Lyon (Lugdunum) Laon, Legnica (Pologne), Lugano (Suisse). En dialecte ligure, le mot *parmureli* signifie *petite palme jeune*. Il s'agit d'une tradition antique consistant à créer des feuilles de palmiers tissées à la main de manière très élaborée, qui provient des villes de Sanremo et Bordighera. La Ligurie est une région qui longe la Méditerranée, connue pour ses palmiers luxuriants, mais ce n'est pas la seule raison qui explique la présence de ces feuilles tissées, sur la Place Saint Pierre, pour la procession de la *Domenica delle palme* : le dimanche des Rameaux.

Depuis l'entrée du Christ à Jérusalem, assis sur un ânon, accomplissant les paroles du prophètes Zacharie, prononcées sous le règne de Darius Ier, grand roi achéménide, durant le VIème siècle av.

JC : « *Voici ton Roi qui vient à toi ; humble, il vient monté sur un ânon, le petit d'une bête de somme* », depuis cette entrée à Jérusalem pour venir célébrer la Pâque juive, avec ses disciples, les chrétiens fêtent le Dimanche des Rameaux pour marquer l'entrée dans la Semaine sainte. Au milieu de la foule imposante, massée entre les colonnades du Bernin, sur la Place Saint Pierre, la grande procession s'écoule depuis le haut des marches de la basilique éponyme, dans une file immense, jusqu'à l'obélisque dressé au milieu de la place depuis Sixte V. La Tradition affirme que c'est ici, au coeur du cirque de Néron, que Saint Pierre fut crucifié, la tête en bas, au milieu d'autres chrétiens transformés en torches vivantes, accusés à tort d'avoir allumé le grand incendie qui avait ravagé Rome durant six jours et sept nuits.

Dans le Sud de l'Europe, on utilise encore des branches de palmier, de même dans certains pays d'Afrique. En Espagne et en Italie, outre le palmier, on aperçoit en certains endroits des branches d'olivier. En France, et généralement dans les pays d'Europe du Nord, on utilise du houx, du buis, et même des branches de saule portant des « chatons ». Aux Antilles, des feuilles de *Cycas revoluta*, appelées « petit rameau » peuvent servir pour la cérémonie. Au Vietnam, ce sont des feuilles de cocotier. En Arménie, des couronnes sont faites de branchettes de saule pleureur. Dans les pays scandinaves sont utilisés de l'if ou du sapin. Le monde catholique est aussi vaste qu'un herbier. Les rameaux restent conservés durant toute l'année après leur bénédiction, pour être fixés dans les maisons, au-dessus d'un crucifix ou d'une icône, puis sont ramenés pour le *Mercredi des Cendres* du carême suivant, afin d'être brûlés et transformés en cendres imposées au cours de la messe sur le front des fidèles : *Souviens-toi que tu es poussière !*

D'abord, s'avancent les servants de messes, portant croix, cierges, encens, vêtus de soutanelles rouges et de surplis blancs. Suivent, au rythme des cantiques, prêtres et séminaristes en soutanes noires et surplis blancs, précédant les évêques en soutanes violettes avant le collège des cardinaux, puis le Souverain Pontife. Tous portent des rameaux, en communion avec les processions du monde entier, dans toutes les paroisses. La liturgie catholique ne prescrivant pas d'espèce particulière pour cette procession, selon les régions et les coutumes, on choisit donc quelque chose qui fait écho à cette parole de l'Evangile selon Saint Jean : « Alors les gens arrachèrent des rameaux aux palmiers et sortirent à sa rencontre en criant : *Hosanna ! Béni soit celui qui vient au nom du Seigneur ! Vive le roi d'Israël ! ».* De cette Procession des Rameaux, sur la Place Saint Pierre, il reste quelque chose de la pompe qui éclatait jadis dans les rues de la Ville éternelle au jour des Triomphes. Si tous les fidèles brandissent des rameaux simples, seuls le pape et les cardinaux sont munis de grands *parmureli,* dont les couleurs ivoirines tranchent avec le rouge de leurs chasubles. Le Triomphe célébrait la victoire d'un général et son entrée dans Rome, suivie d'une procession menant le vainqueur badigeonné de rouge, ainsi que la statue de Jupiter Capitolin, couronné de laurier, passant au milieu des acclamations de la foule, montant vers le Capitole, pour offrir un sacrifice à l'une des trois divinités de la Triade Capitoline : Jupiter, Junon ou Minerve ; suivaient ses légionnaires sans armes, couronnés de lauriers et de chêne, dont le défilé constituait le retour à la vie civile des soldats romains.

Vêtu d'une aube blanche, le père Brun marchait dans la longue file des prêtres en chantant des cantiques, un rameau à la main, observant l'obélisque, dernier témoin du massacre des chrétiens. Connu comme *l'aiguille de Rome*, voire comme un emplacement du tombeau de César, il était coiffé d'une sphère de bronze surmontée d'une pointe qui aurait enfermé, selon la légende, les cendres de Jules César. Seul obélisque de la Ville à n'être jamais tombé, sa surface est criblée de balles tirées par les Lansquenets de Charles Quint, lors du sac de Rome. Par sa taille, il est le deuxième obélisque après celui du Latran, car sa hauteur atteint 25,31 mètres. On estime son poids à 322 tonnes, et celui de son piédestal à 174 tonnes. Il s'agit d'un ouvrage égyptien, constitué de granit rouge d'Assouan, transporté à Rome sur ordre de Caligula, pour orner la *spina* de son nouveau cirque du Vatican. Même s'il est dépourvu de tout hiéroglyphe, il n'est pas anépigraphe, puisqu'il comporte, sur deux de ses faces, des dédicaces à

Auguste et à Tibère, dues à Caligula : DIVO CAESARI DIVI IVLI F(ILIO) AVGVSTO TI(BERIO) CAESARI AVGVSTI F(ILIO) AVGVSTO SACRVM. *Au divin César Auguste fils du divin Jules. A Tibère César Auguste fils du divin Auguste.*

Tandis que dans le sein de la procession, il chantait l'hymne *Gloria, laus et honor*, attribué à Théodulf d'Orléans, selon une tradition bénédictine du Xème siècle, le père Brun se remémorait des légendes voulant que l'obélisque eût été extrait par le roi Salomon ou transporté en une nuit par le poète Virgile. Au long des siècles, il fut partiellement enterré par exhaussement du sol. Son emplacement primitif reste aujourd'hui marqué par une plaque au sol, sur la place des Protomartyrs, entre la basilique actuelle et le cimetière teutonique. Quatre papes ont souhaité le déplacer, dont Paul III, mais Michel-Ange refusa de se charger de cette entreprise. C'est finalement Sixte V qui a ordonné son installation au milieu de la place Saint Pierre. Son déplacement, le 10 septembre 1586, a nécessité pas moins de 900 hommes, 140 chevaux et 44 treuils. Une foule s'était rassemblée pour assister à son élévation vers son nouvel emplacement. Sachant qu'il y avait peu de place pour l'erreur, étant donné la taille massive de l'objet, le pape avait imposé un silence complet sur toute la place. Quiconque parlerait serait exécuté.

La foule chantait *Hosanna !* en agitant ses rameaux, un mot hébreux qui signifie *De grâce, sauve* ! Nul doute, se disait en lui-même le père Brun en examinant l'obélisque, au pied duquel le Saint Père avait maintenant pris place, pour la grande bénédiction des rameaux, nul doute que la foule inquiète du 10 septembre 1586, aurait chanté *De grâce, sauve !* si elle avait eu le droit de dire un mot. Car les choses n'allaient pas dans le bon sens. Alors que l'obélisque était érigé, le poids du monument exerça une forte traction sur les cordes qui commencèrent alors à s'effilocher. Soudain, l'ouvrage s'était mis dangereusement à osciller. Il commençait presque à danser sous les yeux de la foule apeurée, où un capitaine de navire, Benedetto Bresca, vit ce qui se passait, et cria aussitôt : « De l'eau ! De l'eau sur les cordes ! - *Aiga ae corde !* ». En tant que marin expérimenté, il savait que mouiller les cordes les tendrait et les renforcerait. L'ingénieur qui supervisait l'opération suivit le conseil de Bresca et fit rapidement verser de l'eau sur les cordes. Alors, l'obélisque commença par se stabiliser, avant d'être finalement mis en place avec succès. On avait frôlé la catastrophe.

- In nomine Patris, et Filii, et Spiritus Sancti chanta le Souverain Pontife en bénissant les rameaux. La foule répondit d'un seul chœur en chantant à son tour : *Amen !* Le père Brun était heureux d'être là, au milieu des fidèles. Une joie profonde l'unissait à ses frères chrétiens, sous le regard de Dieu. Pendant quelques secondes, il imagina la liesse des badauds qui avaient assisté à l'installation de l'obélisque. En criant ainsi,

Benedetto Bresca avait outrepassé l'ordre du pape, mais il avait également sauvé l'obélisque, et peut-être aussi la vie de certains ouvriers, au péril de la sienne. Sixte V était un pape intelligent. Au lieu de punir le capitaine courageux et pragmatique, il reconnut sa contribution, en faisant de lui, ainsi que de ses descendants, les fournisseurs officiels des palmes du Vatican pour le dimanche des Rameaux.

Après toutes les prières, les bénédictions du Saint Père, entouré par l'ensemble des cardinaux, la procession reprit le chemin du parvis de la basilique pour commencer la célébration de la messe. Plus de quatre siècles après la récompense offerte au capitaine Bresca, la tradition se poursuit jusqu'à nous. Plus de 2000 *parmureli* sont préparés chaque années pour les fidèles présents sur la place Saint Pierre. Une bonne centaine de ces feuilles de palmier d'environ d'un mètre de long sont remises aux cardinaux. Le pape reçoit, quant à lui, le *parmurelo* le plus grand et les plus élaboré, d'environ 2,5 mètres. Au fil du temps, les *parmureli* sont devenus plus raffinés, mais restent toujours tissés à la main à Sanremo et Bordighera, en mémoire du capitaine Bresca et de son idée ingénieuse pendant l'érection de l'obélisque. Observant une dernière fois la silhouette effilée du monument, le père Brun se concentra dans la prière, en fermant les yeux, pour suivre la messe solennelle, chantée par le chœur de la Chapelle Sixtine, interprétant des chants grégoriens ou des textes de musique polyphonique prévus par la liturgie, afin de donner aux célébrations splendeur et solennité. Lorsqu'il ouvrit les yeux, un vol de blanches colombes s'ébrouait en jouant des ailes devant la façade monumentale de la basilique.

A la fin de la messe, alors qu'il s'éloignait au milieu des pèlerins qui refoulaient vers le Tibre, des poignées de rameaux dans les mains, voulant se dégourdir les jambes avant d'aller déjeuner chez le cardinal Contani, le père Brun entendit sonner son téléphone. Le nom d'Amanda s'affichait en toutes lettres sur le cadran lumineux :

- Allô mon père ?
- Amanda, quelle bonne surprise !
- Quel temps fait-il à Rome ?
- Toujours aussi beau. Et chez nous ?
- Horrible ! Il pleut sans cesse et il fait froid.
- Je suis de tout cœur avec vous.

Le moine entendit un petit rire de gorge, ainsi qu'une voix sourde qui rocaillait à côté d'Amanda, aussi discrète que Boiorix envahissant la Gaule cisalpine avec ses thanes.

- Je suis à côté de Gargarin, qui vous salue. Nous avons une surprise pour vous !
- Diantre, une surprise, mais de quel genre ? Saluez notre ami pour moi !
- On s'est dit qu'on ne pouvait pas vous laisser seul avec ce climat dangereux. Vous risquez l'insolation !
- Ah bon ? Et donc ?
- Nous arrivons mercredi soir pour célébrer les fêtes de Pâques à Rome !

- Qui ça, nous ?
- Gargarin et moi !
- Et que faites-vous de Lisa ?
- Chez mes parents. Ils sont ravis ! J'ai posé des jours, j'en ai en retard. Et bizarrement, quand vous n'êtes pas dans les parages, on a moins de travail !
- Pour une surprise, c'est une surprise !

En raccrochant, le moine était partagé entre la joie de revoir ses amis, ici à Rome, et l'ennui de devoir poursuivre son enquête dans la plus grande discrétion. Après avoir flâné un moment près du pont Saint-Ange, pour humer l'air frais du fleuve, il rebroussa chemin vers le Vatican, afin de se rendre au bureau du cardinal. Il passa devant les gardes suisses de la porte de Bronze, à l'entrée de la vaste et longue galerie, conduisant au vestibule de l'Escalier royal, construit selon les plans du Bernin, sous le pontificat d'Alexandre VII, décoré sur la droite par une statue du Bernin, celle de l'empereur Constantin devant la vision de la Christ, lors de la bataille du Pont Milvius. Quelle merveille de l'architecture baroque, cet Escalier royal menant à la Salle royale ! Avec l'insertion d'une colonnade interne, la diminution progressive de la hauteur de la voûte et du diamètre des colonnes, Le Bernin offre l'illusion d'un escalier beaucoup plus large et profond qu'il ne se trouve en réalité. Mais juste à droite, après le Corps de garde, le père Brun avait emprunté l'escalier de Pie IX, pour accéder au premier étage, dans les locaux du secrétariat du préfet de la Maison pontificale.

Dans sa hâte, il s'était heurté, au détour d'un couloir, à un jeune prêtre qui se pressait en sens inverse, provoquant une petite collision, laquelle eut pour effet de faire chuter les livres que le jeune abbé tenait en ses mains, le poussant à prononcer un chapelet de mots exotiques que l'auteur de cet ouvrage, sans un soupçon de malignité déshonnête, aurait bien du mal à transcrire dans ces lignes intègres.

- Ah, Nasser, je suis désolé ! avait clamé notre moine en se penchant pour ramasser les ouvrages.

- Moi aussi, bredouilla Nasser, qui était sous le coup de la surprise.

Le père Brun tendit au jeune prêtre les deux livres qu'il avait récolté sur le sol du palais :

- *Harry Potter* ? avait questionné le père Brun, étonné d'empoigner ce roman de sorciers, pour adolescents, dans les couloirs du Vatican. Nasser avait rougi avant de baisser la tête.

- Ce ne sont pas mes livres. Je les ai empruntés à Don Alvaro. Il me les réclament depuis des semaines. Pour tout vous dire, je n'ai guère eu le temps de les lire, précisa-t-il avec un soupçon de flottement dans la voix, qui ressemblait fort au tremolo d'un mensonge.

- *Electromagnetic metasurfaces* annonça le père Brun en lisant le titre du $2^{\text{ème}}$ livre, écrit en anglais. Mais Don Alvaro s'intéresse aux sciences physiques ?

- Je vous avoue que je n'ai rien compris,

- Karim Achouri et Christophe Caloz, de Polytechnique Montréal. Référence mondiale, ce livre propose le dernier tour d'horizon complet des développements récents, il définit aussi les concepts fondamentaux dans chacun des domaines liés aux applications des métasurfaces.

- Je veux bien vous croire.

- Cet ouvrage s'adresse aux chercheurs en sciences des métamatériaux, aux ingénieurs versés dans les technologies micro-ondes et optiques.

- Pour moi c'est du charabia.

- Il retrace l'histoire des métasurfaces, pour explorer les connaissances physiques qu'on pourrait essayer de tirer à partir des paramètres matériels de la métasurface. Je me demande bien ce que Don Alvaro est venu pioché dans ce type de lecture.

- Surtout, pas un mot au cardinal, je vous prie. Je crois que Don Alvaro m'étranglerait.

- Comptez-sur moi ! Je serai aussi muet que si j'avais rencontré la Méduse. On se retrouve au déjeuner ?

- Oui, je file déposer mes livres chez Don Alvaro, et je vous rejoins !

Chapitre 14

Les papes de la Renaissance

- J'ai une grande tendresse pour les papes de la Renaissance. On imagine mal ce qu'il leur a fallu de génie visionnaire et de clairvoyance pour qu'en moins d'un siècle ce gros bourg médiéval, insalubre et dangereux, véritable ossuaire de l'Antiquité, retrouve son lustre, ni la force de détermination des papes pour y asseoir leur pouvoir à leur retour d'Avignon.

Le cardinal Contani avait invité le père Brun à déjeuner dans son bureau, en présence de ses collaborateurs, pour établir un point d'avancement sur le cours de l'enquête. Les convives se régalaient d'un délicieux plat de spaghettis, arrosé de chianti, sauf pour le petit prêtre espagnol, dont le régime alimentaire se résumait en tout point à des carottes rappées, à quelques olives et à une courte série de quignons de pain.

- Même pour Jules II ? avait interrogé le cardinal, non sans une pointe de malice dans ses yeux sévères.

- Grand rival des Borgia, le nouveau pape Jules II brisa net leurs ambitions dynastiques.

- Sans les papes de la Renaissance, avait interjeté Don Alvaro, entre deux bouchées de carottes rappées, on n'aurait jamais connu ce diable de César Borgia, funeste modèle pour *Le Prince* de Machiavel.

- Et l'on ne pourrait pas venir déjeuner tranquillement dans les palais du Vatican. Ces papes appartenaient à leur époque, et comme les autres princes de la Renaissance, ils étaient épris de beauté, de faste et d'art. C'est Nicolas V l'initiateur véritable de cette renaissance. Un vrai Romain, érudit, habile diplomate, qui saisit tout le parti qu'il peut tirer du courant humaniste alors en vogue, pour associer l'image de la Rome antique à celle d'une Rome pontificale, dont le pape serait le grand souverain. Il avait à coeur de manifester le pouvoir spirituel de la papauté tout en exaltant ses racines romaines, et en l'appuyant sur l'art et sur la science.

- Mais que faites-vous de Lucrèce Borgia, cette femme cruelle, capable des crimes les plus épouvantables, qui a dirigé les affaires du Vatican ? insista le petit Don Alvaro, les yeux rouges comme des braises.

- On est vraiment injuste avec cette pauvre Lucrèce qui finira sa vie à Ferrare en 1519, en épouse dévouée, prenant sur son lit de mort l'habit de *tertiaire franciscaine*.

- Ah, toujours les franciscains ! s'était plu à taquiner le cardinal avant de descendre une belle rasade de chianti.

- Oui, surtout avec Sixte IV et Jules II, pour lesquels je nourris une amitié particulière. Ainsi, permettez-moi d'être indulgent avec mes frères de bure, avait souri le moine.

- L'indulgence. Ce mot terrible ! soupira le petit Don Alvaro, avalant de travers sa dernière bouchée de carottes rappées.

- Tout a commencé avec Sixte IV, le général de l'ordre franciscain. Il avait intrigué contre ses puissants voisins, les Médicis de Florence. Comme ses successeurs, il se révèle un brillant mécène, le véritable restaurateur de la cité romaine.

- Son goût du faste coûtait cher, geignit Don Alvaro. C'est lui qui a développé le trafic des *indulgences*, lequel sera fatal à l'unité catholique.

- Lui-même se tient irréprochable dans sa vie privée et sa conduite religieuse, trancha le cardinal, comme la plupart des autres papes de la Renaissance.

- C'est vrai. Ces immenses chantiers, dont Joachim du Bellay s'émerveille dans ses *Antiquités de Rome*, excitent la convoitises et l'opposition des grandes familles romaines. Se creuse un hiatus entre l'Église du Christ et celle des papes. Nouveauté qui dérange le peuple, si habitué à l'image du pape eucharistique, instaurée par les grands législateurs du XIIIème siècle.

- Sixte IV avait placé quinze neveux à des fonctions prestigieuses, brimboriait le petit clerc, une fine lanière de carotte au coin des lèvres, prestigieuses et rémunératrices !

- Parmi eux le futur Jules II. C'était donc un bon calcul. A l'époque, les princes, religieux ou civils, avaient le devoir de préserver les intérêts de leur famille, et quand on s'appelle della Rovere, qu'on vient d'une famille modeste, l'occasion est trop belle pour damer le pion aux Médicis tout puissants. Et puis, on lui doit surtout le nom de la chapelle Sixtine !

- Son successeur, Innocent VIII, est un homme faible et sans grand intérêt, expédia le cardinal Contani.

- Il est éclipsé par le règne d'Alexandre VI, trancha le père Brun, le père de César et Lucrèce. Les Borgia ont laissé un curieux souvenir dans la mémoire collective. Mais le pontificat d'Alexandre VI est loin d'être médiocre.

- Pie III ne règne que 25 jours !

- Avant le grand Jules II, dont le nom reste associé à Michel-Ange, son artiste préféré.

- Mais Jules II aimait la guerre ! Ce n'était pas le rôle d'un pape, geignait Don Alvaro, dont le visage prenait parfois des teintes orangées en raison de son régime alimentaire.

- On le surnommait *Jules César II*. Mais vous oubliez qu'à cette époque le pape était souverain des Etats pontificaux, un territoire qui couvrait un bon tiers de l'Italie. Et quand vos voisins vous cherchent querelle, il faut bien défendre son lopin.

- Exactement ! clama Contani d'humeur brigantine, dont les yeux convolutés exprimaient le regret des temps anciens où les cardinaux pouvaient revêtir la cuirasse pour aller combattre les ennemis de l'Eglise temporelle.

- Oui, un grand pape, politique et militaire, qui restait personnellement désintéressé. Prince de son royaume, il s'est bien comporté en souverain temporel, soucieux d'agrandir et de consolider les Etats pontificaux. De belle humeur combattive, il fomenta une grande coalition internationale contre les Français qui ont eu la prétention de se mêler des affaires italiennes.

- Il avait bien raison, les Italiens sont assez grands pour laver leur linge sale en famille, s'était réjoui le cardinal.

- Il est demeuré surtout, dans la mémoire collective, un très grand mécène. Pour réaliser deux œuvres monumentales, il appelle Michel-Ange à Rome : pour accomplir son tombeau avec des dimensions colossales et surtout (grâce lui soit rendue !) le fameux plafond de la chapelle Sixtine, léguée par son oncle Sixte IV. Mais ses successeurs verront d'un mauvais œil son tombeau immense et ils le déplaceront à Saint-Pierre-aux-liens, où ne demeure que la célèbre statue de Moïse.

Don Alvaro secouait la tête en mâchouillant des olives, ce qui tendait à prouver qu'il n'était pas du tout convaincu par les arguments de notre moine franciscain.

- Vient ensuite un Médicis, Léon X, le fils de Laurent le Magnifique. Encore un grand pape ! Il participe aux guerres d'Italie et se trouve aux prises avec la Réforme luthérienne.

- Une bien sombre affaire, hochait de son côté l'homme en rouge.

- Après le bref pontificat d'Adrien VI, un deuxième Médicis coiffe la tiare, sous le nom de Clément VII. C'est avant tout un chef politique, qui forme une Sainte Ligue avec le roi de France, François Ier contre Charles Quint, à l'origine du sac de Rome. La fin de son pontificat est assombrie par le divorce du roi d'Angleterre Henri VIII et le schisme anglican.

- C'est peut-être la faute de ces papes si les Protestants se sont séparés de l'Eglise catholique, s'épanchait le petit Don Alvaro, le visage bigarade, oppugnateur et ragotin.

- Enfin le grand Paul III, de la famille Farnèse, lettré et jouisseur, qui finit par se ranger en fin de vie, ce qui lui vaut d'être élu à l'unanimité à la fonction suprême à l'âge de 67 ans.

- Quel exemple de vertu ! avait persiflé Don Alvaro.

- C'est pourtant lui qui convoque en 1536 le Concile de Trente, afin de réformer l'Eglise en profondeur. Il fixe la forme liturgique de la messe et approuve en 1540 la *Compagnie de Jésus*, fer de lance de la *Contre-Réforme catholique*. Après lui, les papes ne pourront plus impunément sacrifier au lucre et aux plaisirs de ce monde.

- Quelle époque ! s'était écrié le cardinal, égrenant les noms de ces grandes familles, dont il était lui-même plus ou moins cousin : Della Rovere, Borgia, Médicis, Farnèse...

- Une époque de décadence ! souffla Don Alvaro.

- Non, une époque miraculeuse, reprit le franciscain.

Don Alvaro examinait lentement le visage du père Brun, et son allure de philosophe grec, avec les yeux rougis d'un être qui semblait appartenir à une autre espèce humaine, dont la bouche ouverte et muette, les pupilles rondes et inexpressives, la figure figée dans une sorte de masque aporétique évoquaient la famille des jugulibranches.

- 33 ans ! C'est la durée de la vie du Christ, mais c'est aussi le temps du miracle romain, entre 1500 et 1533. Il suffit de mesurer les événements pour comprendre l'importance de ce qui s'est passé. 1500 : l'astronome Nicolas Copernic observe une éclipse à Rome. 1533 : l'Eglise d'Angleterre se sépare du Saint-Siège. 33 ans ! Entre ces deux dates, Bramante commence les plans de Saint-Pierre, lance le chantier, poursuivi après sa mort par Raphaël qui, par ailleurs, va peindre dans les *Chambres*, réaliser ses cartons pour la chapelle Sixtine, puis concevoir plusieurs palais romains. Michel-Ange travaille au tombeau de Jules II et réalise en quatre ans le plafond de la chapelle

Sixtine. Bien avant lui, Botticelli, Le Pérugin, Ghirlandaio, Le Pinturicchio, Piero di Cosimo, Rosselli, Brunelleschi et d'autres artistes avaient embelli les murs. Dans le même temps, Jules II lance des travaux d'urbanisme. Un nouveau tracé est conçu dans la Ville éternelle, sous la direction de Bramante, en vue de restaurer l'antique parcours triomphal des empereurs, avec l'ouverture de la *Via Giulia*. Des palais sont édifiés le long de cette nouvelle voie. Rome devient un spectacle : elle doit de nouveau impressionner le monde entier avec ses fontaines, ses palais et ses fêtes, sans oublier les débordements du carnaval. Qu'on s'imagine un peu l'audace de cette époque et l'esprit du temps ! Le pape ordonne tout bonnement à Bramante de faire détruire l'ancienne basilique constantinienne de Saint-Pierre, afin d'en construire une nouvelle. Projet quasi-pharaonique. La basilique, celle que nous connaissons aujourd'hui, va rester un immense chantier pendant tout le XVIème siècle. Les dépenses sont à la mesure du chantier. Le pape a recours aux *indulgences*, qui permettent la rémission, totale ou partielle devant Dieu, de peine temporelle encourue en raison d'un péché déjà pardonné, rémission pouvant s'obtenir par diverses bonnes œuvres, par exemple des pèlerinages, des prières, des dévotions ou bien des dons pour financer l'édification d'une église. C'est contre ces pratiques, qui ont drainé à Rome l'argent allemand, que Luther s'élèvera, en 1517, dans ses *95 thèses de Wittenberg*, menaçant la papauté, qui se trouvait, en dépit de politiques princières flamboyantes, plus fragilisée que jamais.

- Mais vous êtes intarissable ! s'écria le cardinal, ravi d'écouter le plaidoyer du franciscain, devant les sourires de Nasser et d'Aristide Jeudi, qui contribuaient en silence à cette joute ecclésiastique.

- Oui, Rome faisait des miracles, notamment en 1513. Raphaël, Léonard de Vinci et Michel-Ange se trouvent réunis sous son ciel pendant quelques mois. Leur présence conjointe couronne une forme d'apogée artistique, le point d'orgue d'un âge d'or romain de la Renaissance. Chacun se trouve à un moment clé. Au sommet : Léonard, célèbre, déjà vieillissant, à l'opposé de Raphaël, jeune et surdoué, lequel s'est imposé de façon fulgurante. Entre les deux, un homme en pleine force de l'âge, sculpteur reconnu, à la personnalité tourmentée : Michel-Ange.

- Pendant que les Italiens livraient leur âme au luxe, les Espagnols, eux, sauvaient la religion authentique ! Notre siècle d'or commence en 1492 ! C'est la fin de la Reconquista, la découverte de Christophe Collomb ! En 1516, Charles Quint devient roi, le roi des rois, le plus puissant pays du monde ! Le Greco, Velasquez, Zurbaran ! Foi, Espérance, Charité ! Le triomphe de la Foi, la réforme du Carmel : Thérèse d'Avila et Jean de la Croix. Le triomphe de l'Espérance, la naissance des Jésuites : Ignace de Loyola. Le triomphe de la Charité : Jean de Dieu ! Pour débiter avec force son flot d'avilances, le petit Don Alvaro s'était paré d'une voix tripoléenne, avec la mine d'un tire-laine, aux reflets navel, prêt à détrousser des innocents.

- Les Espagnols ? Parlons-en, rétorqua le père Brun, en 1527 le sac de Rome va durer 9 mois ! L'armée impériale de 40 000 hommes, Lansquenets luthériens, Espagnols mais aussi Italiens ramassés en chemin vont se livrer à une orgie de violence. Dès leur entrée dans la Ville, 4 000 personnes sont assassinées, davantage que lors du futur massacre de la Saint Barthélémy en France.

- Mon Dieu miséricorde !

- Plus de 10 000 périssent dès la première semaine. A la fin du sac, la ville aura perdu 80% de sa population. Le sac du barbare Alaric en 410 n'avait duré que 3 jours ! Et encore, tout en étant de confession arienne, il avait cherché à protéger les églises catholiques.

- On a malheureusement oublié tout ce sang, murmura le cardinal, visiblement affecté.

- Vos Espagnols et leurs amis Lansquenets ont saccagé la basilique Saint Pierre. Les peintures de Raphaël, dans les Stances, ont été gravement endommagées. Les blasphèmes et les sacrilèges commis par les luthériens pullulaient. Du haut des remparts du Château Saint-Ange, le pape Clément VII avait vu un simulacre de procession, par des Lansquenets recouverts d'ornements sacerdotaux pillés dans les églises. L'un d'eux, à cheval, portait la tiare et l'habit pontifical, entouré de soldats affublés de la pourpre des cardinaux. Ce funeste cortège s'était arrêté devant la porte du château et avait demandé au pape de faire son testament, aux cris de *« Vivat Lutherus Pontifex ! »*.

- Misère ! s'était alors écrié le cardinal Contani, avec une fougue tragique, comme s'il était, en ce moment même, sur les murs du Château Saint-Ange, aux côtés de Clément VII.

- D'autres cortèges avaient circulé en ville. Les reliques étaient volées ou détruites dans les églises. Rien ne fut épargné aux religieux. Un prêtre avait même été tué pour avoir refusé de donner la communion à un âne déguisé en humain. Des prêtres, des évêques, des cardinaux étaient vendus comme du bétail.

- *Lasciate ogne speranza, voi ch'intrate !* le cardinal avait sangloté ces mots de couleur obscure, inscrits au-dessus de la porte infernale, au début du Chant III de l'*Enfer*, de la *Divine Comédie*. (Laissez toute espérance, vous qui entrez).

Don Alvaro restait silencieux. Une soudaine humidité grasse était apparue sur sa peau sèche, dont les petites gouttes suintaient le long des ridules minuscules, telle une saumure ruisselante et glacée, pendant la saison du salange. Puis, il vira au blême, avant de reprendre la parole en suffoquant :

- Supposons que Christophe Colomb fût soutenu par la France au lieu de l'Espagne. Le fait était d'ailleurs probable, pendant un certain temps. François Ier, maître de l'Amérique, eût alors reçu sans doute la couronne impériale à la place de Charles Quint.

- Poursuivez, formula le père Brun qui clignait des yeux sous l'effet de la curiosité.

- La première période baroque, du sac de Rome aux traités de Westphalie, qui était un *siècle espagnol* dans l'art, la religion, la pensée, la politique et les mœurs, (ayant été en tout et pour tout la base du siècle de Louis XIV) eût donc reçu sa forme de Paris et non de Madrid. Au lieu de Philippe, d'Albe, Cervantès, Calderon, Velasquez, nous nommerions aujourd'hui les noms de grands Français qui n'ont pas vu le jour.

- Drôle d'idée ! interjeta Contani.

- Le style ecclésiastique, définitivement fixé jadis par l'Espagnol Ignace de Loyola, dont l'esprit dominait le Concile de Trente ; le style politique, alors défini par l'art militaire de la grande Espagne ; la diplomatie secrète des cardinaux espagnols et l'esprit de cour de l'Escurial jusqu'au Congrès de Vienne et même au-delà, dans ses traits essentiels jusqu'après Bismarck ; l'architecture baroque, la peinture, le cérémonial, la société aristocratique des grandes villes, tout, l'Europe moderne doit tout à l'Espagne. La logique intérieure d'une grande époque qui s'achèvera dans le bain de sang de la Révolution française, par le triomphe des idées anglaises.

- Je crois me rappeler qu'Oswald Spengler défend une thèse similaire dans *Le déclin de l'Occident*, toutefois, il n'en tire pas les mêmes conclusions que vous.

- Le basculement de Colomb se produit au moment du premier conclave dans la chapelle Sixtine. Ce n'est pas un hasard si la Providence a favorisé l'Espagne !

- Ainsi, vous balayez d'un revers de main les violences des Espagnols, pendant le sac de Rome ?

- Je ne crois qu'on a beaucoup exagéré.

- La violence était générale. Les soldats des armées impériales y participaient. Les Espagnols, toujours prompts à afficher leur catholicisme, n'étaient pas en reste, tuant, pillant, comme à Milan, l'année précédente. Dans les maisons, ils torturaient le maître, violaient les femmes, martyrisaient les enfants. Certains pères ont préféré tuer leurs filles, plutôt que de les abandonner aux mains de ces tortionnaires. Des femmes se jetaient par la fenêtre pour échapper à un sort qu'elles jugeaient plus funeste. Les viols des nonnes sont systématiques. Une fois forcées, les malheureuses sont souvent tuées. Pour un rien, on frappe, on tue. On coupe les doigts pour attraper les bagues, on jette les cadavres dans les rues, sans sépulture. La peste et la malaria s'installent. Rome devient un immense cloaque !

Le petit prêtre espagnol ne disait plus rien, n'ayant plus à opposer aux paroles du franciscain que son visage rabougri et tout en coquecigrue.

Alors que la conversation s'était apaisée, un soldat aux couleurs de la Maison Médicis fit soudain son apparition. D'un mouvement fluide, des bandes de tissus bleues et jaunes interrompaient le rouge de la veste et du pantalon. Une fraise immaculée ennoblissait son port de tête. Sous la cuirasse, on devinait une puissante musculature. Le casque argenté, appelé morion, était coiffé d'une plume rouge, signe des hallebardiers, où figurait le chêne de la famille Della Rovere du pape Jules II, fondateur de la Garde, représenté en relief de chaque côté. A sa main, l'homme tenait d'ailleurs une grande hallebarde. On avait l'impression qu'il arrivait tout droit du sac de Rome, dans son uniforme chamarré, aux couleurs du Pape Clément VII, de la Maison Médicis. C'était juste un garde suisse qui apportait une nouvelle lettre, placardée sur la porte de la chapelle Sixtine, que le cardinal, front chalin, visage vultueux, tendit au père Brun d'un geste las, pour en donner lecture à haute voix :

« Mes Seigneurs,
Gloire à notre Dieu de miséricorde qui vous a permis de résoudre la première énigme.
Je vous avais promis un signe de ma part, puisque la charité me commande de vous offrir une chance de vous racheter.
Dieu soit loué, notre chapelle trois fois sainte reste toujours fermée aux foules obscures.
Mais avant de rouvrir ce lieu saint pour y faire célébrer les litanies, les chants sacrés, les offices pieux, vous n'ignorez pas que le poème du Dante compte trois cantiques. Vous êtes sortis de l'Enfer, à présent vous pouvez entrer au Purgatoire. Avant d'atteindre le Paradis, vous devrez donc

répondre à deux nouvelles énigmes. Voici la première :

    In tenebris luceo.
    In duobus gradibus.
    Novem numerus meus est.
    Sed solus sum verbum.
    Iter Lupus custos memoria mea.
    Quis sum ?

Veillez et priez
Michel-Ange

*PS : J'attends votre réponse sous forme d'un article, à paraître en ligne, avant demain soir minuit, dans l'édition numérique de l'*Osservatore romano ».

Chapitre 15

Le loup voyageur

Un gros orage s'était abattu sur la *Ville éternelle*, et le père Brun était arrivé mouillé à la Villa Médicis, sur la colline du Pincio, après avoir gravi les escaliers de la Place d'Espagne. Fort opportunément, le grand capuchon de son habit franciscain avait permis d'abriter son chef, afin d'arriver à l'Académie de France à Rome, sans le désagrément d'offrir à contempler son visage tout trempé. Les ombres de Fragonard, Ingres, Flandrin, David d'Angers, Baltard, Garnier, Carpeaux, Berlioz, Bizet, Debussy, planaient sur les lieux. Depuis 1803, dans ce magnifique palais de la Renaissance, aux jardins somptueux, des artistes français sont hébergés, en récompense du *Prix de Rome*. Dès l'entrée du palais, Tugdual attendait son ami, heureux de l'inviter dans ces lieux prestigieux pour venir entendre un récital de musique de chambre avec piano de Mozart. Une fois installés, tandis que patientait le public, en bavardant à haute voix, le moine jeta un œil distrait sur le programme, lorsque ses yeux se fixèrent, sans savoir pourquoi, sur le nom du célèbre compositeur : *Wolfgang Amadeus Mozart*. Il tourna et retourna un moment ce nom si familier dans son esprit. Puis, il pivota nonchalamment vers son ami :

- Dis-moi, Tugdual, sais-tu ce que veut dire Wolfgang ?

- C'est le prénom de Mozart !

- Oui, ça je le sais, merci. Mais connais-tu le sens de ce prénom germanique ?

- Je crois que ça veut dire *Loup voyageur*, ou quelque chose comme ça. Mais pourquoi me demandes-tu ceci ?

- Pour rien, merci, répondit le moine avec un sourire qui valait bien celui de Sganarelle, au moment même où les musiciens pénétraient dans la pièce, applaudis par le public.

Un cocktail achevait le concert, dressé dans les anciens jardins du célèbre Lucullus, qui avait brillé dans les arts de la guerre contre Mithridate, avant de s'illustrer dans ceux de la table contre lui-même. Nos amis se rafraichissait d'un verre de champagne, quand une voix de femme résonna dans le dos du père Brun :

- Vous êtes venu mettre en application vos théories sur la musique ?

Le père Brun avait souri en reconnaissant la femme brune qui s'était plantée à ses côtés. C'était la Contessa, en compagnie d'Isabelle.

Les présentations faites, la conversation prit aussitôt un tour léger, les esprits encore imprégnés de la gaité de Mozart.

- Quelle belle soirée ! proféra la Contessa, visiblement heureuse de retrouver le franciscain.

J'ai eu peur à cause de ce gros orage, et maintenant nous avons une belle nuit, avec un ciel plein d'étoiles.

- Toutes les étoiles ne sont pas dans le ciel, professa Tugdual en offrant aux dames son plus beau sourire.

- Ah les Français ! Toujours le mot juste, se défendit la Contessa, par un petit sourire qui voulait signifier qu'elle avait bien compris que ce joli compliment ne lui était pas adressé.

Ils continuèrent d'échanger quelques douces paroles, et lorsque vint le moment de se quitter, la Contessa, ayant observé les yeux de Béatrice, fit preuve de tact et de générosité à l'égard de Tugdual. Elle s'adressa au Père Brun, en ces termes :

- Demain, nous irons prendre le café chez mon ami le Prince Lavinia, à la *Villa Belloni*. Venez avec votre ami, nous ferons mieux connaissance.

Sur le chemin du retour, Tugdual, les yeux restés dans les étoiles, ne cessait de presser son ami d'un flot de paroles enflammées.

- As-tu vu Béatrice ? Elle a un corps et un visage dignes d'Hélène de Troie !

- Tugdual, de grâce !

- J'ai trouvé ma Béatrice ! Je suis un poète comblé !

- Pour l'instant, c'est plutôt Claudia !

- Ah, devenir Catulle, détesté de tous les puissants, mourir phtisique à 30 ans ! Quel destin !

- Mais tu as plus de 30 ans !

- Le premier des romantiques. Les Romains n'ont rien compris au drame amoureux !

- Bonne remarque. L'*Amour courtois* peut-il exister en dehors d'un monde chrétien ?

- Je vais relire Denis de Rougemont pour ma causerie à la Villa Médicis. Mais dis-moi, crois-tu qu'elle viendra ?

- Tugdual, mon ami, voudrais-tu me faire le plaisir de descendre jusqu'au Tibre, pour t'y jeter ?

Le lendemain, les deux amis se présentèrent à la Villa, dans le quartier du Quirinal. C'était une villa Renaissance, appartenant à la famille Lavinia depuis sa construction, avec un aspect austère du côté de la rue, et une ravissante façade sur le parc, orné de palmiers, de lauriers rose, de pins parasols. Sous la colonnade ouverte, le Prince était installé en compagnie de deux dames brunes.

Le père Brun et Tugdual furent accueillis avec aménité par le Prince Lavinia. L'homme était encore jeune mais déjà mûr, un solide gaillard au regard fauve, avec des manières de grand seigneur qui imposait le respect. A mieux y regarder, son allure était fière et hiératique. Était-il beau ? Non, il était mieux que beau, élégant, noble et distingué, auréolé de cette puissance physique appartenant aux chefs de guerre des temps héroïques, à ce genre d'homme qu'on ne peut abattre qu'à coup de hache, et dont la silhouette semble se dresser comme la statue d'une divinité antique, avec tunique d'ivoire, chevelure d'or, sandales d'or, foudre d'or, et même peau d'argent sur les membres.

- Quelle joie de recevoir le célèbre père Brun !

- Vous me faites trop d'honneur.

- Et l'auteur de *Sylphides*, que j'ai lu avec bonheur.

- J'en suis vraiment touché, avait répondu Tugdual, en lorgnant maladroitement du côté de Béatrice.

- Savez-vous que Chateaubriand venait ici, chez mes aïeux, assis comme vous l'êtes pour prendre le café ?

- Ah non, j'ignorais,

- Il logeait au Palais Simonetti, situé à l'extrémité du Corso, non loin de la place de Venise, et venait rendre quelques visites à mon aïeul, admirer sa collection d'armes, ainsi que sa serre de papillons exotiques.

La maison Lavinia demeurait l'une des plus anciennes famille de Rome. Elle tenait son nom de la fille de Latinus, Roi des Latins. D'après Virgile, Lavinia avait eu un fils avec Enée, Silvius, roi légendaire d'Albe. Le prince était glabre, selon la coutume étrusque, dont Rome avait hérité.

- Voici d'ordinaire comment les choses se passaient au palais Simonetti : M. Belloc, le premier secrétaire, arrivait au commencement de la soirée et allait causer quelques minutes dans un coin avec l'ambassadeur, tandis que l'abbé Delacroix, attaché à Saint-Louis-des-Français, le visiteur assidu de Mme de Chateaubriand (dont il n'est pas dit un seul mot dans les *Mémoires d'outre-tombe*) entretenait l'ambassadrice du détail des affaires ecclésiastiques de la cour de Rome.

- On s'y croirait, commenta la Contessa.

- S'il n'arrivait pas d'étrangère, M. de Chateaubriand provoquait M. de Givré à faire avec lui une partie d'échecs, jeu auquel il se croyait, à tort ou à raison, d'une certaine force, ce qui ne l'empêchait pas de perdre souvent, mais sans trace de mauvaise humeur.

- Fier, mais jamais présomptueux, ajouta Tugdual.

- La conversation débutait par un morceau à effet sur le torse antique dont Michel-Ange, devenu aveugle, aimait sur ses vieux jours palper les formes de ses mains, ne pouvant plus le contempler avec ses yeux.

- Encore Michel-Ange ! soupira le père Brun.

- On passait ensuite au Laocoon, et puis à l'Apollon du Belvédère, à la comparaison entre l'art romain, grandiose, mais froid comme le peuple dont il personnifiait le génie, avec l'art grec, tout plein de délicatesse, de charme et de poésie.

- Détestable pour les Romains ! réfuta Béatrice.

- Suivait une digression sur les deux pays : la Grèce et l'Italie ; sur la campagne monotone, sévère, mais cependant magnifique de Rome et sur les plaines de l'Attique ondulées et grâcieuses, toutes souriantes à la mer et au soleil. Les lieux et le climat ne sont-ils pas les vrais inspirateurs des artistes ?

- Parlez-nous, cher Prince, des fêtes somptueuses qu'il donnait au palais Simonetti ! avait réclamé la Contessa, comme si le Prince arrivait tout droit du XIXème siècle.

- Aux jours de réception et de gala, les salons du palais étaient évidemment très fréquentés, comme ceux de tous les autres ambassadeurs accrédités près du Saint-Siège. Cependant M. de Chateaubriand exagérait singulièrement l'effet produit à Rome parce qu'il appelait *l'éclat de ses fêtes*. Son erreur était complète quand il supposait que, par la magnificence inaccoutumée de ses bals, de ses soupers, il aurait excité la jalousie de ses collègues. Il n'en fut rien du tout. Outre que les appartements du palais Simonetti se prêtaient mal au déploiement d'un luxe grandiose, il ne faut pas oublier que Rome, depuis l'Antiquité, et depuis la Renaissance, a connu les plus grandes fêtes données dans le monde.

- Bien avant l'arrivée de François-René, avait glissé le père Brun avec un petit sourire amusé.

- Et comme disait M. de Talleyrand : « Il y a une chose plus terrible que la calomnie, c'est la vérité ». A dire vrai, Mme de Chateaubriand, faute d'entrain et de santé, son célèbre mari, par manque de naturel, d'aisance, toujours préoccupé de l'effet produit par sa personne, n'étaient pas d'excellents maîtres de maison.

- On ne peut pas tout demander à un génie, s'insurgea Tugdual en tournant le visage vers Béatrice.

- En sa qualité de grand politique, de poète et d'orateur, M. de Chateaubriand ne laissait pas de s'exprimer sur le ton du dédain qui lui était habituel, sur le sujet des méchantes petites affaires quotidiennes, de toutes les puériles questions de forme et d'étiquette auxquelles les chancelleries des diverses légations à Rome avaient, suivant son propre aveu, le ridicule d'attacher une importance démesurée.

- Le dédain n'empêche pas la curiosité, accentua le père Brun, non sans un brin de malice dans le regard.

- Offusqués, et quelque peu éclipsés aux yeux du public, par la réputation européenne du nouvel ambassadeur de France, les hommes du métier, habitués depuis de si longues années à traiter avec le Vatican, contestaient l'aptitude du grand écrivain à soutenir les intérêts de son pays, auprès du Saint-Siège, et à défendre avec succès les causes dont il était chargé.

- Un vrai paon ! avait fustigé Béatrice, son visage orné d'une moue délicieuse, parce qu'elle ne digérait pas les vilains mots du poète sur l'art et le caractère froids des Romains.

- A tout péché miséricorde ! lança Tugdual comme une bouteille à la mer.

- Les poètes ont toujours raison ! admonesta le Prince en riant, qui s'amusait du petit jeu entre les tourtereaux.

- Les Princes aussi, renchérit la Contessa, qui ne voulait pas être en reste.

- Et les rois ! compléta le Prince Lavinia, les yeux pleins de malice. N'est-ce pas le roi David, mon père, qui demandait miséricorde, dans le Psaume 50, après sa très grande faute *(sua maxima culpa)* avec Bethsabée ?

- *Miserere mei Deus !* vous avez raison, ce sont bien les paroles du Psaume 50.

Subitement, alors qu'il venait de prononcer les mots du roi David, le père Brun se leva d'un bond, comme illuminé par une révélation, et s'adressant à la petite société qui le regardait avec des yeux étonnés, il s'écria sans s'inquiéter de l'effet qu'il pouvait produire :

- Pardonnez-moi, je dois vous quitter en hâte, j'ai une urgence à traiter !

Il s'était rué jusqu'au bureau du cardinal, qu'il trouva en compagnie des trois jeunes prêtres.

- Excusez-moi de déranger votre réunion, mais je crois avoir déchiffré la deuxième énigme.

- Ah ? Vraiment ? Vite, expliquez-nous !

- Commençons pas la fin de l'énigme. *Iter Lupus custos memoria mea. Le Loup qui voyage garde ma mémoire.* Avez-vous remarqué que Loup prend une majuscule ?

- Ah oui, en effet. Ce serait un personnage humain ?

- Bravo, et même un prénom. En langue germanique, *Loup voyageur* se dit Wolfgang.

- Wolfgang, comme Mozart ?

- Souvenez-vous de son passage à la chapelle Sixtine, en 1770, alors qu'il avait 14 ans.

- C'est Mozart le mystérieux *Quis sum* ?

- Attendez un peu !

- Il entend le cantique d'Allegri.

- Exact, destiné à l'usage exclusif de la chapelle Sixtine pour *l'Office des Ténèbres* de la Semaine sainte.

- *Je brille dans les Ténèbres*, dit l'énigme. *In tenebris luceo*!

- Une œuvre conçue pour neuf voix a capella.

- *Novem numerus meus est*. Neuf est mon nombre !

- Répartie en deux chœurs de 5 et 4 voix, chantant en versets alternés avant de se rejoindre à la fin.

- *In duobus gradibus.* C'est bien le sens de l'énigme. En deux degrés ou en deux temps.

- Bravo, je vois que vous me suivez !

Le père Brun était aussi aiguisé que Jugurtha au siège de Numance.

- Mais que peut bien signifier : *Sed solus sum verbum* ?

Devant le visage impénétrable du père Brun, le cœur du cardinal était tombé comme une pierre jusqu'au fond de ses entrailles. Esprit clair et déterminé, il détestait ces petits jeux de devinettes.

Il dévisagea le franciscain avec les yeux angoissés de Phèdre pour Hyppolite. Savait-il seulement où il allait ?

- Reprenons le texte de l'énigme :
In tenebris luceo.
In duobus gradibus.
Novem numerus meus est.
Sed solus sum verbum.
Iter Lupus custos memoria mea.
Quis sum ?

Tous regardaient le franciscain comme s'il portait sur l'épaule, les *fasces* des licteurs (les faisceaux de verges noués de cordelettes écarlates). Dans les murs de Rome, ils portaient la hache sans les faisceaux, ouvrant le chemin des magistrats. En dehors du *pomérium*, l'enceinte sacrée de la Ville, ils portaient les verges serrées en faisceaux tout autour de la hache ; unique incarnation visible de leur *imperium*, cette sorte d'autorité absolue qu'un dieu descendu sur terre pouvait posséder.

- Je brille dans les ténèbres (donc le Vendredi Saint), en deux temps, (les deux chœurs), neuf est mon nombre (neuf voix chantent), le loup voyageur garde ma mémoire (Mozart dans la chapelle Sixtine). Reste à trouver le sens de : *Sed solus sum verbum* : « Je ne suis qu'un mot ».

- Ce serait donc ce mot qu'il faut trouver ? s'inquiéta le cardinal, paraissant plus vieux que jamais.

- Mais que venait écouter Mozart, reprit le père Brun, dans la chapelle Sixtine ?

- Un motet ! avait envoyé Aristote Jeudi, avec la même force qu'un ballon de football dans les buts de l'adversaire.
- Bravo ! poursuivit le moine, du latin *motectum*, qui donne en italien *mottetto*, ou en ancien français *motet*, qui veut dire : « mot » ! Et quel est le titre de ce motet d'Allegri ?

Et tous de reprendre en chœur ce cri lancé par le Roi David, depuis l'incipit du *Psaume 50*, qui demandait pardon devant Dieu pour avoir séduit Bethsabée, la femme de son officier Urie le Hittite, chanté, depuis la *Règle de Saint Benoît*, en 530, dans les abbayes bénédictines, chaque matin pour les laudes, et chaque vendredi dans la *Liturgie des Heures*, repris au début de chaque messe, par l'invocation du *Kyrie*, selon son antique forme grecque, récitée le *Mercredi des cendres,* pour le début du carême, ce psaume 50 dont le verset 9 (*Asperges me, Domine, hyssopo et mundabor : lavabis me et super nivem dealdabor*) est utilisé, hors du temps pascal pendant le rite de l'aspersion, en début de chaque messe dominicale : *Miserere !*
- C'est donc *Miserere*, le fameux mot ? implora sans honte le cardinal qui voulait être certain d'avoir tout compris.
- C'est lui !

Chapitre 16

Au petit matin

- A qui profite le crime ? se demandait-il en vain, tandis qu'il tourneboulait cette question sous tous ses aspects. Célèbre question dans les annales de l'Histoire criminelle, qui fut posé à Rome pour la première fois, par un jeune avocat de vingt-sept ans lors du très fameux procès de Sextius Roscius, citoyen du municipe d'Ameria, fortuné propriétaire foncier, assassiné au profit de ses neveux. *Cui bono ?* avait martelé le jeune avocat. (A qui profite le crime ?) avant d'emporter l'acquittement du fils de Sextius, accusé à tort (ABSOLVO), sans se douter un instant que sa formidable expression serait reprise pendant des siècles pour constituer l'une des pierres d'angles de toutes les enquêtes policières. *Cui bono ?* clamait le jeune homme, dans une anaphore de circonstance, avec sa grosse tête sur son corps maigre, qui portait le quolibet d'un pois chiche (*cicer* en latin) en raison d'un ancêtre affublé d'une verrue, et qui restera l'un des plus grands orateurs romains, sous le quolibet de Cicéron.

Le cardinal avait passé une mauvaise nuit. Longtemps il avait tournéviré sur sa couche, avant de s'endormir. A présent qu'il ouvrait les yeux, après quelques heures d'un sommeil agité, une atroce migraine lui taraudait le crâne. Que faire ? Le jour ne paraitrait pas avant une bonne heure, mais incapable de fermer l'œil de nouveau, il décida de se lever. Vêtu de sa robe de chambre, enveloppant son pyjama, il alla se planter devant la fenêtre, contemplant les toits de la ville, depuis son balcon. Il aspira une bouffée d'air pur, observant le dôme de Saint Pierre qui se détachait sur le gris du ciel. Là-bas, se dit-il, le *clavigero* devait commencer sa tournée pour aller ouvrir les portes des musées. Une sourde angoisse étreignit son cœur. Et si les lettres de ce Michel-Ange n'étaient que pure fantaisie ? Qui se cachait derrière le nom du peintre. Avait-on affaire à un fou qui ne rendrait jamais la clé ?

Comme il aimait cette ville, et comme il la détestait ! La Ville ! Rome vivait depuis toujours dans le mensonge. Depuis toujours. Le monde dans lequel la *Ville éternelle* s'était installé était un univers peuplé d'ivrognes, de mendiants, d'acteurs, de poseurs, de catins, de charlatans, d'escrocs. Pas une seule rue sans croiser une mystification, un mensonge, une calomnie. Il bailla comme un enfant qui cherche le sommeil. A l'aube, on prend souvent le pouls de ce qui ne va pas. Pour beaucoup, cette ville n'était que théâtre de farce, une plaisanterie fellinienne, une comédie de Plaute ou de Térence, affichant sans prétention la niaiserie des spectacles de mimes, avec ses catins dévêtues, ses idiots balourds, ses pets sonores, ses mauvais tours, ses intrigues absurdes d'un répertoire indémodable. Pour lui, cette ville n'était qu'une tragédie aussi bizarre et compliquée que tout le drame de vivre, imaginé par Sophocle dans ses pires moments de pessimisme. Avec son café noir, très noir, il prit un comprimé d'aspirine. Cette enquête le minait, lui retournait les parois de l'estomac, lui broyait les méninges. Il ne supportait plus les réunions pour faire cogiter son équipe, les énigmes alambiquées, mais surtout cette attente insupportable. Il s'était mordu la lèvre en pensant qu'un nouveau déjeuner l'attendait à midi.

- *Moi je me plais à Rome, c'est une espèce de jungle tiède et tranquille. On ne peut se cacher nulle part aussi bien*, affirme Marcello Mastroianni, dans la *Dolce Vita*, assis à côté d'Anouk Aimée, dans une splendide Cadillac. Se cacher nulle part aussi bien, c'était justement ce qui déplaisait au cardinal tandis qu'il trottait d'un pas alerte sur le pont Saint-Ange pour se rendre dans les bureaux de la *Via della Conciliazione*, après une petite marche sur les rives du Tibre. Oui, à ses yeux, Rome était un jungle, pas si tiède et tranquille. Il faisait chaud, ce jour-là, mercredi saint. Il avait dû s'essuyer deux fois le front, en ruminant des idées sombres sur le déroulé de l'enquête. Avant le repas de midi, une réunion l'attendait sur l'état des finances de ses services. Il détestait ces séances avec les gens du chiffre, comptables, banquiers, contrôleurs des finances et autres rabat-joies de tout poil. Pour Contani, l'argent devait circuler, comme le sang dans les veines ou l'eau dans les rivières. Il ne devait pas pouvoir en manquer. Ce n'était pas son affaire. Et si les fâcheux le pressaient de questions, s'ils insistaient pour savoir comment il comptait boucler son budget à l'équilibre, il levait les bras au ciel, ainsi que Moïse devant les Amalécites, en s'écriant d'une voix sans appel :

- La Providence, messieurs, la Providence !

Dans la fable d'Esope, c'est la tortue qui remporte la course, précisément parce qu'elle est lente, mais solide, avait dit le père Brun. Foutaises ! Ce franciscain n'était qu'un poseur de plus. La seule tortue que Contani entendait respecter était celle des Légionnaires romains. Parce qu'ils savaient faire bloc contre l'adversaire, tous regroupés en carré, boucliers des premiers rangs en avant, les autres mis à l'horizontal au-dessus des têtes, pour former une carapace, quasi-inviolable. L'ancêtre des véhicules blindés. Faire bloc contre les ennemis de l'Eglise, voilà ce que devrait faire tout chrétien, au lieu de venir le tracasser, comme ces fesse-mathieux, avec leurs tristes histoires d'argent. Et, d'une humeur massacrante, il entra dans la salle de réunion, bien décidé à faire payer à tous l'angoisse qui le rongeait depuis la disparition de la clé.

Contre toute attente, la réunion se présenta sous de bons auspices. Pour la première fois depuis des années, les services du cardinal n'étaient pas déficitaires. Le ton des financiers était poli, pas vraiment jovial, mais une pointe de légèreté perçait tandis qu'un jeune contrôleur projetait des tableaux de chiffres sur la toile d'un écran blanc. Alors que tout le monde plongeait son nez dans ses dossiers, le cardinal prit le temps de passer en revue chacun des présents, quand son regard se fixa sur l'un des administrateurs. Angelo Cazzo, un personnage hybride qu'il ne portait pas dans son cœur, affublé de grosses lunettes lilas et vêtu comme un créateur de *startup*, petit maillot et costumes moulants, tennis blanches, cheveux coiffés en pétard. Vivant à cheval entre les milieux d'art contemporain et le monde de la grande finance, il était immensément riche. Contani n'avait aucune idée de la manière dont il avait atterri dans les réseaux du Vatican, mais il fallait bien compter avec lui, en sa qualité d'administrateur dans une kyrielle d'organisations. Toutefois, notre cardinal, pour une raison qui ne trouvait pas d'explication, ne pouvait s'empêcher de le considérer comme un de ces verbes en anglais qu'on appelle *faux-amis*.

- Et pour la chapelle Sixtine, que comptez-vous faire ?

Le cardinal avait sursauté. La voix qui avait posé cette question était celle d'Angelo Cazzo. Il fixa le personnage qui affichait toujours un sourire insolent. Pourquoi nommait-il la chapelle Sixtine, se demanda Contani, l'esprit copieusement agité. Il chercha la réponse qu'il pouvait formuler, mais ne trouva rien à dire, et se contenta de faire expliciter sa question par l'homme aux cheveux en pétard.

- Est-ce que vous accepterez un jour une exposition d'art contemporain dans la chapelle Sixtine, pour dépoussiérer l'image de l'Eglise ?

S'il était possible de fusiller quelqu'un avec le feu de son regard, il ne fait aucun doute qu'Angelo Cazzo serait mort à cet instant. Non seulement ce type n'avait aucun goût, mais en plus il était sacrilège.

- Nous sommes réunis pour évoquer les finances de mes services, pas pour l'organisation d'une kermesse.

Mais c'est le propre des ânes de ne pas reculer. Cazzo ne voulut pas céder. Qu'il fût d'une humeur faustienne ce jour-là, ou bien qu'il eût décidé de taquiner le cardinal, il revint à la charge, avec la légèreté d'un hussard. La discussion tourna quelques instants sur la place de la chapelle dans le dispositif des musées, quand soudain, l'homme aux lunettes lilas, sourire méphistophélique aux lèvres, demanda :

- J'ai entendu dire que la chapelle Sixtine était fermée pour raison de sécurité ? Est-ce que c'est vrai ? Pourriez-vous nous en dire davantage ?

D'abord, saisi par une sorte de frisson, le cardinal s'était aussitôt contenu. Il avait examiné droit dans les yeux ce Cazzo de malheur, pour lire, au fond de ses prunelles, une lueur de satisfaction qu'il s'était juré d'éteindre au plus vite. Quel idiot avec ses lunettes ridicules ! Pourquoi se croyait-il tout permis ? A cause de son argent ? C'est alors qu'une idée curieuse germa dans l'esprit du cardinal, une idée troublante qui ne cessa de le hanter, même après la fin de la réunion. Une fois de plus, il avait esquivé la réponse, en arguant que le périmètre de leurs attributions restait circonscrit aux finances des services dédiées aux questions de sécurité. Mais, à peine la séance levée, il se dirigea vers son bureau du Palais apostolique en ruminant cette idée aussi entêtante que la couleur des lunettes de Cazzo.

Le meilleur moyen de ne pas rater son train, pour Chesterton, est d'attendre le suivant. C'était la philosophie que le père Brun avait imposée, non sans douleur, au cardinal. Une prudence passive qui ne s'accordait pas à son tempérament de nerfs en pelote. Soudain, il aperçut une petite gerbe de plantes, au-dessus de sa porte, un cadeau de Sœur Gertrude qui croyait aux vertus des *Herbes Saint Roch*, ce grand saint populaire qui protège contre les maladies contagieuses et les épidémies. Ses yeux se fixèrent un instant sur ces petites plantes vivaces, mais séchées, qui poussaient dans les prairies humides, les marais, les berges et les fossés. A Rome, depuis l'Antiquité, on faisait des petits tas de pulicaire (dérivé du latin *pulex* : puce) pour les sécher à la fin de l'été, avant de les glisser dans tous les coffres à vêtements, dans le but d'éloigner les puces et la vermine. Ah si seulement il existait une plante sacrée pour éloigner tous les fâcheux, les importuns, les toxiques ! Pour tenir à distance tous les Cazzo ! Pour garder nos âmes pures de toute tentation. O grand Saint Roch, éloignez de nous la lèpre morale du péché ultime : le découragement !

Sœur Gertrude régnait sans partage sur la cuisine du cardinal, à la manière de ces intendantes qu'on a coutume d'appeler *matrone*, une maîtresse-femme à l'aspect redoutable, catégorie poids lourds, dont la taille avait embounie avec l'âge, sous le voile bleu des cisterciennes, en tenue de travail, menton puissant, couronné d'un appendice nasale dont les dimensions évoquaient beaucoup celui du regretté Roi-Sergent, un lointain aïeul, du côté de sa mère, descendante d'une vieille famille prussienne, dont les ancêtres teutoniques avaient occis pendant des générations les infidèles qui venaient s'en prendre aux pèlerins chrétiens, sur le chemin de Jérusalem. Du côté de son père, elle avait hérité le sens pratique, une famille prospère de commerçants hollandais, ayant fait fortune dans le négoce de noix muscades, peut-être aussi dans la vente d'esclaves, avec pour toute devise, celle (officieuse) de la Compagnie des Indes Hollandaises : *Jesus Christus is goed maar handel is beter.* (Jésus-Christ c'est bien mais le commerce c'est mieux).

Elle portait sa tenue de travail pour servir le déjeuner, une sorte de grand froc indigo, ceint à la taille par une lanière de cuir, avec un voile de la même couleur, mais on l'imaginait sans peine en tenue de régiment, avec calot, col amidonné, une brochette de médailles accolée sur son himalayenne poitrine. Elle devait en imposer suffisamment pour flanquer la frousse au plus courageux des Gardes Suisses. Devant le monde entier, le cardinal Contani faisait preuve d'*auctoritas* - ce mélange de volonté, de pouvoir, et de renommée typique chez les Romains. Mais devant Sœur Gertrude, il se pliait comme un buisson de tamaris sous le vent du large. Un grand plat de cannelloni (les meilleurs de Rome à en croire Aristide Jeudi) circulait entre la petite troupe des abbés qui entourait le cardinal, en compagnie du père Brun.

- Mes amis, je crois que Michel-Ange vient de se trahir, avait lancé l'homme en soutane rouge, tandis qu'il se régalait à déguster les cannelloni de Sœur Gertrude, en raison de ce petit mélange d'épices à base de noix muscade qui conférait un goût rare et délicieusement raffiné en bouche.

Chacun leva les yeux vers le cardinal.

- Une nouvelle lettre ? demanda Nasser.

- Non, mais si mon intuition est juste, il peut se trouver dans les circuits du Vatican, sans manquer d'idées scabreuses pour désacraliser la chapelle Sixtine. Sa fortune immense est tout à fait capable de financer le cambriolage de la clé.

- Désacraliser la chapelle ? avait interrogé Aristide Jeudi qui voulait comprendre.

- Oui, la rendre aussi banale qu'une salle de spectacle.

- Mais les lettres de Michel-Ange réclament l'inverse, avança timidement le petit Don Alvaro.

- Justement ! c'est pour mieux nous égarer, opposa le cardinal avec un air de supériorité qui décontenança le petit prêtre, apparaissant plus que jamais *un frêle enfant de la vie,* selon l'expression de Settembrini dans *La Montagne Magique.*

En quelques mots, Contani avait tracé une description de Cazzo, sans concession.

- Il n'aurait jamais agi seul, commenta Nasser.

- Il se trouve peut-être à la tête d'un réseau puissant ? avait ajouté Aristide Jeudi, le regard perclus d'appréhension.

- Et vous, qu'en pensez-vous Cavalio ?

Le père Brun était resté silencieux, comme à chaque fois qu'il cherchait à fouiller une situation.

- Je ne pense rien sans indices précis et encore moins sans preuves.

Le cardinal accueillit sans broncher cette pierre dans son jardin, comme une induration de sa propre volonté. L'exigence du père Brun n'était pas du tout pour lui déplaire. Et, non sans une pointe de ces sarcasmes moelleux, qu'on distribue parfois pour montrer la superbe de notre détachement face à la morsure des contrariétés, le cardinal renvoya la pierre dans le jardin du franciscain :

- Mais c'est précisément pour cette raison que je vous ai demandé d'enquêter.

Peu d'entre nous sont capables de marquer la distance devant les événements qui nous bousculent sans cesse. Le père Brun possédait cette vertu aristocratique du vrai détachement, celui qui permet la tranquillité de l'âme, en bannissant tout luxe inutile par une pauvreté joyeuse. Peu d'entre nous sont capables de goûter les grands bonheurs du monde, en empruntant la voie d'une satisfaction paisible, par une vie frugale, répondant aux besoins du corps, et abandonnant tout ce qui est superflu. Peu d'entre nous sont capables de s'épanouir entre les plaisirs de l'esprit, la pleine possession de chaque instant, sans crainte ni espoir inutile. Le père Brun, lui, cultivait cette vertu si rare, que possèdent bien peu d'aristocrates, ou prétendus tels. Que peut-on craindre de l'avenir, quand on sait revivre en esprit chaque moment du passé, quand on sait jouir de la plénitude, avec le sentiment que l'on dispose continûment de son être, sous le regard de Dieu, en totale liberté. Notre moine était pleinement libéré des affres du temps, et par conséquent, des craintes que ce temps, coulant sans cesse, échappe comme le sable entre les mains et n'entraîne l'esprit à la peur de sa disparition. Aussi, n'avait-il prêté aucune importance au besoin du cardinal de laisser fleurir ce bourgeon de raillerie, à la fois perceptible dans le petit tressaillement de sa lèvre inférieure et dans la courte étincelle qui avait cisaillé ses yeux.

- Mais vous ne mangez rien ! Vous n'avez pas d'appétit à votre âge ? Vous n'aimez pas mes cannelloni ? fanfounnait Sœur Gertrude sur le dos du petit Alvaro qui n'avait pas touché à son assiette.

- Ah, s'amusa le cardinal, pour une fois qu'il n'était pas la cible des flèches de sa religieuse cuisinière, Don Alvaro n'a pas osé réclamé ses carottes rappées à Sœur Gertrude !

- Des carottes rappées ? s'écria la religieuse offusquée, comme si les mots étaient sacrilèges, c'est bon pour les lapins ! Allez, pas d'histoire, mon garçon, quand je fais des cannellonis, tout le monde en prend. Allez, allez ! ordonna-t-elle en lâchant un accent prussien ronflant qui ne souffrait aucune contestation.

Don Alvaro s'exécuta de mauvaise grâce, comprenant qu'il n'avait aucun moyen de racasser contre la volonté de sœur Gertrude, sous le regard hilare de ses commensaux.

Quand arriva le moment du café, à la fin du déjeuner, chacun se détendit un peu en lançant des mots d'esprit.

- Le café, pour Talleyrand, est noir, chaud, pur et doux. Noir comme le diable. Chaud comme l'enfer. Et pur comme un ange. Aussi doux que l'amour, avait plaisanté Aristide Jeudi, en faisant tourner sa cuiller dans sa tasse fumante.

L'esprit du cardinal restait accaparé par l'enquête :

- Je ne sais pas si j'ai raison, l'avenir nous le dira. Mais je peux vous l'avouer : dès mon premier mouvement, j'ai pensé que ce Cazzo ne nous voulait pas du bien.

- Il faut se garder des premiers mouvements, nous met en garde Talleyrand, ils sont presque toujours honnêtes, avait ajouté Nasser, en souriant.

- Méfions-nous aussi des idées reçues. S'il faut en croire John Mortimer, l'auteur du célèbre avocat-détective Rumpole, ayant porté perruque blanche pour faire carrière au barreau, les criminels, selon lui, sont d'une manière générale d'un esprit profondément conservateur, avait commenté le père Brun, avec un sourire entendu.

- Qui sont les conservateurs aujourd'hui ? interrogea le petite Don Alvaro, le visage encore tout chantourné d'avoir dû avaler ses cannelloni.

- Le progressisme, affirme G.K. Chesterton, est toujours un conservatisme, car il conserve la direction du progrès, avait ajouté malicieusement le nommé Jeudi.

- C'est vieux comme le monde, renchérit le père Brun. Conservateurs ou progressistes. Ce ne sont que des mots et rien d'autre en politique. Pensez donc aux Pères Conscrits du Sénat romain, corrompus jusqu'à la moelle des os. Tous auraient dû pourrir sur pied ! Pas du tout, chacun était dur comme le silex, froid comme la glace, plus subtil qu'un satrape perse. Des vrais pieuvres. A peine en avait-on apprivoisé un, jusqu'à le rendre totalement servile, l'instant d'après il avait disparu, pour faire face à des circonstances tout à fait différentes.

- Vous voulez dire que ce Cazzo est un caméléon ?

- L'instinct de conservation, nécessaire à notre survie, peut conduire à toute sorte de contorsion, et même à la pire des entreprises criminelles. Relisez Agatha Christie !

- Alors il faut le démasquer ! s'enflamma le cardinal.

- Attention, précisa le moine, en l'absence de preuves, il faut rester diplomate.

- Et quel serait le meilleur moyen de rester diplomate ? s'alarma le cardinal, en proie à une petite brise d'inquiétude.

- Le meilleur auxiliaire d'un diplomate, pour le Prince de Talleyrand, c'est évidemment son cuisinier, avait conclu le père Brun, et croyez-moi, éminence, Sœur Gertrude vaut mieux que tous les Ambassadeurs du monde !

Chapitre 17

Le chapeau de paille

Tel Sylla pendant ses campagnes grecques, il portait un chapeau de paille à larges bords, lui conférant à la fois la fière et noble allure de l'hidalgo Alonso Quichano, ainsi que l'aspect rude et élémentaire de son fidèle serviteur Sancho Panza. De fort mauvaise humeur, il avait combattu contre un moustique la moitié de la nuit. Gargarin était descendu au petit déjeuner, prêt à tuer quiconque lui adresserait la parole. Puis, en présence du visage d'Amanda, tout à la joie de se trouver à Rome, il n'avait pu résister à proférer une tirade, dont lui seul avait le secret.

- Si le diable existe - que dis-je ? Le diable existe ! il a la forme d'un moustique. Un tout petit être qui n'a été créé que pour notre malheur. Je me suis battu la moitié de la nuit contre cet ennemi invisible ! Un coriace ! Comment ce nuisible, s'il n'est pas diabolique, peut-il déployer une telle stratégie ? Avec une cervelle plus petite qu'une tête d'épingle ! Non, ne riez pas, il possède une cervelle minuscule, 200 000 neurones, contre un million pour l'abeille. Il est doté d'une vision et d'un odorat redoutables. En plus il a une mémoire prodigieuse.

Sinon, expliquez-moi pourquoi il attend le moment propice pour nous attaquer ? Cet instant béni où nous éteignons la lampe, avant de plonger dans le sommeil comme dans les eaux du Léthé. Hop, à peine la lumière disparue : bzzzzz. La sérénade commence. Alors on rallume. Et là, comme par enchantement, plus de son, plus d'image ! On éteint : bzzzzz. On allume : chut ! On éteint, on rallume, on éteint, on rallume et on devient fou !

Amanda riait de bon cœur devant la colère du libraire, qui se sentit vexé, au point de lancer un trait de conclusion, lequel ressemblait à une mauvaise réplique de Térence :

- J'aurais préféré affronter les Légions de Pompée !

Muni de son chapeau de paille informe, il avait entrainé la jeune femme dans les rues de Rome, comme à l'assaut d'une ville fortifiée. Déjà venu plusieurs fois dans la Ville éternelle, Gargarin était si heureux d'être là, qu'il ruait comme un ours au moment de démolir une ruche d'abeilles gorgée de miel frais. Il avait foncé vers le Capitole, tout à la joie de mettre ses pieds dans ceux des grands ancêtres, afin de commencer leur périple, à côté du Forum, au cœur de la vie antique, malgré les touristes qui commençaient à affluer dès le début de la journée.

Juché en haut du Capitole, sur les terrasses du Tabularium, lieu où l'on conservait les archives publiques, depuis l'époque des travaux de Catulus, suite à l'incendie du Temple de Jupiter, les yeux de

Gargarin erraient sur les ruines des monuments qui avaient fait la gloire du monde antique, Curie Julia, colonnes éparses, temples des Dioscures, de Saturne, de Vesta, Rostres impériaux, Arc de Septime Sévère, non sans laisser divaguer sa pensée dans des brumes solitaires, lorsqu'il reconnut la voix d'Amanda qui l'interpelait ;

- Est-ce que cette colline du Capitole a encore une influence dans l'Histoire du monde moderne ?

- Oui, plus forte qu'on ne pense. D'abord, les mots *capitole* et *capitale* viennent tous deux du mot *caput*, signifiant *tête* en latin. Varron dit quelque part qu'on a donné ce nom à la colline quand on a trouvé un crâne humain, en creusant les fondations du temple de Jupiter.

- C'est joyeux !

- Cette colline sacrée a aussi a donné son nom au bâtiment de Washington, qui abrite le Congrès des Etats-Unis, et dont on doit l'architecture néo-classique à un français, Pierre-Charles L'Enfant, débarqué en Amérique dans les bagages du général de La Fayette.

- Ah je n'avais pas fait le rapprochement. Et pourquoi le nom de Capitole ? La Tribune aux harangues et le Sénat romain se trouvaient en bas, tout près du Forum ?

- On ignore la raison exacte qui avait poussé Thomas Jefferson, à le baptiser ainsi. On comprend ce qu'il a voulu signifier. Un capitole était le lieu le plus sacré d'une ville.

- Ce que les partisans de Trump ont oublié en 2021 !

- Le Capitole séparait le Forum du Champ de Mars, le lieu où le peuple romain en armes se rassemblait, pour préparer les guerres ou célébrer les événements à caractère militaire. On peut imaginer que les partisans de Trump se sont égarés, ils auront confondu Capitole et Champ de Mars, comme avant eux les *tifosis* de Sylla.

- Et ce Pierre-Charles L'Enfant ? Quel fut son rôle ?

- Architecte au caractère irascible, le projet lui sera retiré en 1793. Il emportera ses plans avec lui, par dépit.

- Et on lui a volé ses plans ?

- Vous ne connaissez pas les Américains ! Ses plans seront reconstitués de mémoire par Banneker, un mathématicien travaillant avec les géomètres Andew et Ellicott.

- Bien avant la CIA !

- Quel superbe symbole, pendant cette funeste année 1793, que le pillage du génie français par les Américains !

- En effet, c'est étonnant !

- A cause de sa réaction, il tombera en disgrâce et ne sera jamais payé, à part une maigre pension à la fin de sa vie, octroyée par le Congrès. Il mourra dans la pauvreté, ne laissant derrière lui que trois montres, trois boussoles, des livres, des cartes, des instruments géodésiques, pour une valeur totale estimée à environ quarante-six dollars. *Sic transit gloria mundi!*

Face au Forum, Gargarin méditait sur les gloires déchues de ce monde, en laissant filer ses pensées :

- *L'homme moderne, au lieu de chercher à s'élever à la vérité, prétend la faire descendre à son niveau.*

- Que dites-vous ?

- Rien, je méditais une phrase de René Guénon.

- Qui est-ce ?

- Un penseur du XXème, féru de métaphysique, de symbolisme et d'ésotérisme.

- Drôle de mélange !

- Son œuvre oppose les civilisations restées fidèles à l'esprit traditionnel à l'ensemble de la civilisation moderne considérée comme déviée.

- Ah, je comprends mieux pourquoi vous le citez !

Il avait jeté les yeux du côté de la *Via Sacra*, qui traversait le Forum, depuis la *Porta Triumphalis*, sur toute sa longueur, pour monter vers le temple de Jupiter, au sommet du Capitole. Les allées du Forum étaient grouillantes de monde, surtout au moment des élections, des jours fastes et des discours. La circulation des charrettes, et de tout autre véhicule, était donc interdite. Ici, on avait exhibé, des siècles durant, devant le peuple de Rome en délire, enchaînés, humiliés, les rois barbares capturés pendant les guerres. On avait déployé les trésors pris à l'ennemi, sous les yeux étincelants des foules en liesse. Combien de processions religieuses, civiles ou militaires avaient défilé le long de cette *Voie sacrée* ?

Il ferma les yeux un court instant, pour se remémorer le triomphe de Caius Marius, après sa victoire en Numidie, qui resta longtemps dans la mémoire des Romains. De nombreux chars fleuris représentaient les divers épisodes de la campagne d'Afrique. L'un exposait une prophétesse syrienne sur un sofa de pourpre et d'or ; un acteur incarnait le souverain capturé, un autre Caius Marius. Il y avait des pleines charretées de butin, de trophées, des singes, des lions en cage, vingt éléphants. Les six Légions de l'armée d'Afrique prenaient part à la cérémonie, mais glaives, dagues, pilums, étaient remplacés par de simples bâtons, couverts de lauriers, pour symboliser victoire et retour à la vie civile. Jugurtha, lui aussi, avait pris part au défilé, vêtu de pourpre, la tête ceinte pour la dernière fois, d'un ruban blanc, symbole de son rang. Au soleil, scintillaient ses colliers, ses bracelets d'or. C'était une de ces journées d'hiver assez douces et pendant lesquelles il n'y a pas le moindre signe de vent.

Amanda examina le libraire, dressé devant le Forum, ses yeux à demi fermés :

- Qu'y a-t-il Gargarin ?

- Rien, je contemplais la défaite de Jugurtha.

Puis, remuant sa grosse tête sous son chapeau de paille :

- Devant ces ruines, je ne peux m'empêcher de spéculer avec René Guénon : *« La croyance à un*

« progrès » indéfini, qui était tenu naguère encore, pour une sorte de dogme intangible et indiscutable, n'est plus aussi généralement admise ; certains entrevoient, plus ou moins confusément, que la civilisation occidentale, au lieu d'aller toujours à se développer dans le même sens, pourrait bien arriver un jour à un point d'arrêt, ou même sombrer dans quelque cataclysme».

- C'est plus fort que vous !
- Quoi ?
- De critiquer le Progrès. Vous croyez qu'ils étaient plus heureux dans ce temps-là ? fit Amanda en désignant les ruines du Forum d'un geste ample, mais suffisamment flou pour ne pas préciser quelle époque elle voulait désigner.
- A vrai dire, je n'en sais rien, se défendit Gargarin,
- Parce que vous pouvez toujours idéaliser votre Rome antique, mais, voyez-vous, le Progrès permet d'acheter une prise électrique anti-moustique, ce qui évite de passer la moitié de la nuit à faire des moulinets dans sa chambre.

Gargarin n'avait pas bougé un cil, drapé comme un bloc de marbre, dans la dignité d'un *Flamen dialis*, comme s'il avait été chargé lui-même du culte de Jupiter. Comment avait-elle osé se montrer si triviale, ici, sur la colline sacrée du Capitole, devant le cimetière des siècles ? La *dignitas*, voilà bien ce qui manquait aux modernes, se raisonnait Gargarin sans dire un mot, une qualité intensément personnelle, intime, qui pesait sur tous les aspects publics de la vie d'un homme. Non, impossible à comprendre pour l'esprit d'un moderne. Et si difficile à définir ! Raison pour laquelle il existait un mot pour l'exprimer. Plus que la grandeur morale ou la gloire d'un individu, elle le résumait tout entier, transfigurant ses vertus : sa fierté, son intégrité, sa parole, son intelligence, ses actes, ses compétences, sa culture, sa stature ; tout ce qui faisait de lui un homme, un vrai. Et surtout, elle survivait à sa mort. La *dignitas* assurait le triomphe d'un être sur son propre anéantissement. Comment comparer le vol d'un moustique à celui des Aigles ? Après tout, soliloqua en silence notre libraire, si Amanda était douée pour mener des enquêtes de police, c'était sûrement parce qu'elle gardait son esprit si terre à terre.

- *La grande habileté des dirigeants, dans le monde moderne, est de faire croire au peuple qu'il se gouverne lui-même ; et le peuple se laisse persuader volontiers qu'il en est flatté et que d'ailleurs il est incapable de réfléchir assez pour voir ce qu'il y a là d'impossible.*

- Toujours René Guenon ?

- Avouez que c'est très bien vu ! se contenait Gargarin, qui ne voulait pas céder au désir de se venger pour une simple affaire de moustique.

- C'est la vision d'un pessimiste !

- Toutes les décisions qui engagent des vies humaines sont prises par ceux qui ne risquent rien, remarquait Simone Weil, la philosophe. C'est vrai pour le monde moderne, parce que dans l'Antiquité, les dirigeants mettaient leur vie en péril, à la tête des armées, ou en risquant l'assassinat politique. Est-ce que vous imaginez nos dirigeants, serrés dans leurs petits costumes de comptable ou de banquier, casque sur le crâne et cuirasse sur le torse, se mettre à la tête d'une armée pour aller combattre nos ennemis ?

L'idée fit sourire Amanda. De nouveau, Gargarin marquait un point, dans sa critique féroce de la modernité.

- *Arx Tarpeia Capitoli proxima !*
- La roche tarpéienne est proche du Capitole ?
- Exactement, tenez, la voici là-bas.
- Pourquoi ce nom ?
- Parce que, répondit Gargarin avec le plus grand sérieux, les jeunes Romains venaient ici pour fumer des *tarpés*.

Amanda se figea un instant, puis sursauta, enfin se reprit, avant de s'effondrer dans un grand rire en proclamant :

- *Tarpé diem* !

A son tour, Gargarin fut parcouru de grands soubresauts hilarants, secouant toute sa carcasse ursine, oubliant ses propres pensées sur la *dignitas*, puis il prononça d'un air solennel :

- Un partout ! Amanda, vous devenez, ici-même, sur cette colline sacrée du Capitole, une vraie *durtalienne* !

Le visage de la jeune femme était rayonnant. Le soleil glacé du matin jetait une poudre d'or sur le Forum là même où, jadis, il faisait scintiller les dorures du char à quatre chevaux de la Victoire, au sommet du temple de Jupiter Optimus Maximus.

Gargarin s'était redressé, tentant soudain de rassembler des lambeaux de *dignitas* :

- Malgré mon amour pour Baudelaire, de ma vie je n'ai fumé ces saloperies !

Nous n'insisterons pas, cher lecteur, sur la fille de Sempronius Tarpeius, nommé gouverneur du Capitole par Romulus, laquelle donna son nom à la roche. Nous ne parlerons pas de cette héroïne sabine de la guerre entre Rome et les Sabins, l'une des quatre premières vestales, selon Plutarque. Nous ne dirons pas que la forme de son nom n'est pas latine, mais sabine, ayant le sens de *vaincre*, ni que l'autre nom de la colline du Capitole, *Mons Tarpeius*, serait le mont de la Victoire. Car il est inutile de raconter ici ce genre d'histoire, non seulement parce que vous, lecteurs de ce modeste ouvrage, êtes des gens instruits, bien au-dessus du *copain des mortels*, mais aussi parce que le narrateur n'entend pas faire assaut de pédanterie, péché d'orgueil contre lequel il se défendra toute sa vie durant jusqu'à la dernière vigueur.

- Ecoutez Gargarin, lui répondit Amanda, le visage toujours ensoleillé, recoiffant une mèche rebelle, je vous rappelle que je ne suis pas en service, et encore moins votre confesseur !

Jamais elle n'avait été plus belle, avec cette autorité digne d'une *Iulia*, ces femmes appartenant à la gens des *Iulii*, modeste famille patricienne, étrangère aux cinquante familles de la *nobilitas* qui fournissaient la plupart des consuls, installée, au Ier siècle av. JC, dans le quartier populaire de la *Subura*, et qui donnera son plus beau fleuron, sous le nom de Caius Julius César, au moment le moins attendu. Comme elles toutes, Amanda était mince, élancée, héritière d'une grâce innée, dotée d'une chevelure blonde, ondulée, avec des grands yeux clairs et larges, permettant de regarder la vie avec force et précision. Amanda, sans conteste, aurait pu servir de modèle à la statue équestre de Cloelia, ayant trôné en haut du Forum, sur la *Via Sacra*, l'héroïne qui avait réussi à traverser le Tibre à la nage, échappant à la surveillance de ses ravisseurs étrusques.

Le visage de Gargarin s'était soudain assombri.

- Que se passe-t-il donc Gargarin ? Vous êtes souffrant ?

Il se para d'un long silence, avant de répondre :
- Non, je regardai les Rostres en bas.
- Et alors ?
- C'est ici que Marc-Antoine fit exposer la tête et les mains de Cicéron, après l'avoir fait assassiné.

Les Rostres, où Sylla, pendant sa dictature, avait inauguré la méchante coutume d'exposer les têtes de ses adversaires politiques.

- Les amours d'Antoine et Cléopâtre ! soupirait Amanda en se rappelant la tragédie de Shakespeare qu'elle avait étudié en cours d'anglais.

- Cléopâtre mourut d'amour pour Antoine, aidée par un petit serpent, dans le but échapper au pouvoir d'Octave (le futur Auguste). Ce dernier voulait protéger Rome, ainsi que le *mos majorum* (les vieilles coutumes de ses ancêtres) des tentations de l'exotisme, mais aussi des sortilèges de cette reine orientale, dont Flavius Josèphe nous dira (sans mansuétude) qu'elle fit de ce pauvre Antoine *l'ennemi de sa patrie par la corruption de ses charmes amoureux.*

- Le *mos majorum*, les coutumes des ancêtres ?

- Oui, on compte les fondements du *mos majorum* sur les doigts d'une main. La *fides*, tout d'abord, qui rassure les citoyens et garantit la sécurité des rapports sociaux, grâce au respect de la parole donnée, aux vertus de la loyauté, la foi qui ouvre les conditions de la confiance et de la réciprocité, laquelle ne saurait prospérer sans le sens du devoir, de la dévotion, du patriotisme, toutes notions assimilées dans la *pietas*. Quant au sentiment de grandeur, si loin de notre époque - *dont certains échos résonnent parfois sous le souffle puissant de Beethoven* - il naît dans le cœur des citoyens, sous le nom de *majestas*, dès l'instant qu'ils s'unissent au destin d'une œuvre d'envergure, et que leur cœur tout entier choisit, dans la *virtus - pour nous rappeler que la vie est un combat* - les chemins du courage et de la vitalité. Enfin, la *gravitas* ordonne à chacun le sens de l'équilibre et de la retenue, qui sont afférents à la dignité des hommes libres.

- *Il y a de l'avarice dans l'amour qui se laisse mesurer*, déclamait Amanda qui citait

Shakespeare. Mais l'amour, chez les Romains ? Existait-il vraiment ?

- Les grandes époques ont souvent considéré l'amour comme un passe-temps joyeux, ou comme une religion, mais jamais comme un mauvais ragoût de sentimentalité. Les passions d'Antoine et de Cléopâtre ne sont pas humaines, elles appartiennent à la légende des siècles, et sont frappées du sceau tragique de la destinée, qui empêchera toujours les amants de s'aimer, quand ils sont jeunes, qu'ils sont beaux, et qu'ils sont rois - *comme les héros des tragédies antiques* - au point de les détourner de leurs vices, pour les conduire à la mort, et briser à jamais cet élan de jeunesse qui les poussaient à tomber aux bras de l'autre, avec l'espoir insensé de se griser des chaos du monde, pour s'immerger dans les torpeurs du néant.

- *La nature est trop pauvre pour lutter de prodiges avec l'esprit*, murmurait Amanda qui continuait à citer Shakespeare. Et la sagesse ? La philosophie ?

- Les Romains se méfiaient des sagesses, et des philosophies, auxquels ils opposaient des mœurs et des coutumes. Cette suspicion à l'encontre des raisonneurs se traduisait dans la conception du pouvoir, et aussi dans les institutions, par un rejet permanent des idées orientales, du mysticisme, du culte royal, de la sensualité, comme ces folies incarnées par Caligula, initié au secret des cultes du soleil, fasciné par la métaphysique et le plaisir, au point de s'immerger dans un bain d'or, en forme de communion épidermique avec la chair des dieux, capable de rendre sa vertu à ce métal divin, ravalé par l'état romain au rôle impur de monnaie, et banalement destiné à courir de main en main.

- *L'ambition fait préférer une défaite à une victoire qui ternit la renommée du chef*, balbutiait Amanda, surprise de se rappeler toutes ces phrases de Shakespeare, sur lesquelles elle avait planché pendant qu'elle était collégienne.

- La victoire d'Auguste sur Antoine, à Actium, est celle de la raison, de la romanité, de l'administration, du droit, des vertus civiques, du stoïcisme, du matérialisme, le gouvernement du pragmatisme, tandis que la défaite d'Antoine est celle des idéaux, de la philosophie, de la sensualité, de l'exotisme, du mysticisme, du culte royal, comme l'image de ce crocodile, accroché au stipe d'un palmier (dans le blason de la ville de Nîmes) qui montre combien le danger peut surgir à tout moment de cet Orient compliqué (où de Gaulle volait avec des idées simples) au point que cette conception du monde va dominer l'Occident pendant des siècles, en raison du succès des mœurs romaines.

Chapitre 18

La chape de Saint Martin

Que serait le nom de la Chapelle Sixtine, si le grand saint Martin, à la porte d'Amiens, au milieu d'un hiver dont les rigueurs avaient fait périr beaucoup de personnes, n'avait point partagé son manteau avec le pauvre que Dieu lui avait *réservé*, selon l'expression de Sulpice Sévère ? Dans la nuit, le Christ apparut au saint homme, vêtu de son manteau. Alors, se tournant vers les anges qui l'entouraient, Il leur dit d'une voix haute : *«Martin n'étant encore que catéchumène m'a revêtu de ce manteau»*. En revêtant le pauvre, il avait vêtu le Christ, ainsi que le Seigneur l'avait annoncé par ces paroles : *« Tout ce que vous avez fait au moindre des pauvres vous me l'avez fait à moi-même ».* La dévotion à Saint Martin a rencontré une telle ferveur populaire, que le nom de sa relique a fini par être donné à l'endroit où elle était vénérée, avec tout le trésor rassemblé par l'abbé de Tours, sous l'autorité régalienne. Son manteau, sa *capa sancta* était exposée à la vénération des fidèles. Au VIIème siècle, la *cappa* désigne un grand manteau à capuchon. Ce mot latin fait référence au verbe transitif *capello, capellare*, qui signifie « enlever, ôter » en latin classique. Il a laissé en ancien français le mot féminin *chape*. Et c'est ainsi que le lieu où était vénérée la *chape* de Saint Martin finira par s'appeler *chapelle*.

Ainsi était né le mot *chapelle* de la dévotion populaire au manteau de Saint Martin. Depuis ce temps, des chapelles ont fleuri partout dans nos villes et nos campagnes, pour façonner à jamais l'esprit de nos paysages. Aujourd'hui les chapelles sont des lieux de prières, où l'on vient célébrer Dieu et ses saints, mais où est honorée aussi, de façon inconsciente, la mémoire de Saint Martin. N'est-il pas merveilleux de penser que la chapelle Sixtine, à sa manière, s'inscrit dans cette tradition populaire ? Il n'est pas certain que le voleur de la clé avait cette idée en tête lorsqu'il vint placarder, dans le plus grand secret, la nouvelle lettre contenant la troisième énigme. D'ailleurs, qu'avait-il en tête ? Si le cardinal Contani avait pu le savoir, il n'aurait pas eu besoin de faire appeler le père Brun en toute urgence, pour venir déchiffrer ce nouveau message mystérieux. Que voulait donc à la fin ce voleur avec ses lettres et ses versets latins ? A quoi jouait ce Cazzo de malheur ? Était-ce vraiment lui ? Ces questionnements incessants, plus torturants les uns que les autres, rongeaient profondément le moral du dignitaire.

« Mes Seigneurs,
Gloire à notre Dieu de miséricorde qui vous a permis de résoudre la deuxième énigme.

Je vous avais promis un nouveau signe de ma part, puisque la charité me commande de vous offrir une chance de vous racheter

Dieu soit loué, notre chapelle trois fois sainte reste toujours fermée aux foules obscures.

Mais avant de rouvrir ce lieu saint pour y faire célébrer les litanies, les chants sacrés, les offices pieux, je vous avais dit que le poème du Dante comptait trois cantiques. Vous êtes bien parvenus au Purgatoire, mais pour accéder au Paradis, vous devez maintenant répondre à la dernière énigme que voici :

 Sanguinei bovis sum
 Arabico turris natus
 In gehennam octo flammae meae ardeant
 Pretiosus liquor odium meum est
 Carius venenum meo sanguine
 Ut vitam occido et occidere vivo
 Sit nomem nostrum maledictum in saecula
 Quis sum?

*   Veillez et priez*
*   Michel-Ange*

*PS : Vous le savez bien. J'attends votre réponse sous forme d'un article, à paraître en ligne, avant demain soir minuit, dans l'édition numérique de l'*Osservatore romano ».

Le père Brun s'était aussitôt lancé dans la traduction qu'il prononça à voix haute, tandis que les trois collaborateurs du cardinal arrivaient un à un :

Je suis un bœuf de sang
Né dans une tour d'Arabie
Mes huit flammes brûlent en enfer
Ma haine est une liqueur précieuse
Un venin plus cher que mon sang
Je tue pour vivre et je vis pour tuer
Notre nom est maudit à jamais
Qui-suis-je ?

- Un bien joli programme, commenta le père Brun, qui ne perdait jamais une occasion de sourire ; attitude qui avait le don d'agacer l'homme en rouge.

- Un bœuf de sang, une tour d'Arabie ? Mais qu'est-ce que c'est que ce cirque ? avait maugréé Contani.

- Peut-être un sacrifice à Jupiter ? risqua Aristote Jeudi.

- *Crassus a du foin autour des cornes*, murmura Nasser.

- Qu'est-ce que vous racontez ?

- Je crois que notre ami Nasser fait allusion à un passage de Plutarque, s'amusa le franciscain.

- Oui, dans *Vies des Hommes illustres*. Sicinius engageait de nombreux procès, après la dictature de Sylla, pour attaquer ceux qui s'étaient enrichis aux dépens des proscrits. Toutefois, il ne s'attaquait jamais à Crassus. Pourtant, tout Rome savait qu'il s'était enrichi mieux que personne sur le dos des ennemis du dictateur. Il fit cette réponse, parce que c'était l'usage à Rome, lorsqu'un bœuf était sujet à frapper de la corne, de lui attacher du foin autour, pour avertir les passants de se garder de lui.

- Mais que vient faire Crassus dans la chapelle Sixtine ? se crispait le cardinal qui, sans toujours bien saisir le fil des conversations, ne perdait jamais le sens des réalités.

Nasser avait baissé les yeux pour examiner les jointures sans défaut du parquet magnifique, remanié à la française, au XVIIIème siècle, sous le pontificat de Benoît XIV.

- Et si l'on cherchait un bœuf dans la chapelle ? se mit à proposer le petit Don Alvaro.

- Bonne idée, Alvaro ! cautionna le cardinal, s'il vous plait Nasser, allez de ce pas nous chercher les planches photographiques !

En attendant le retour du jeune prêtre, le père Brun avait pris la parole, son visage perplexe de philosophe grec en pleine réflexion, comme s'il venait de descendre d'un mur, après avoir conclu à l'instant, en plein coeur de la fresque de Raphaël, un dialogue exigeant avec un groupe de savants de *L'Ecole d'Athènes* :

- Si ma mémoire est bonne, je ne vois pas de bœuf dans la chapelle Sixtine.

- Attendez un peu, nous allons vérifier ! interrompit le cardinal, qui ne pouvait s'empêcher de félir comme un fauve en cage, dès que le père Brun tentait de modérer les analyses.

Les cinq têtes se penchèrent dans même élan spontané sur les documents apportés par Nasser :

- Ah, j'en vois un ici, avec le *sacrifice de Noé*, s'était réjoui Aristide, comme un enfant sur la piste d'un trésor.

- Dans les scènes de la *vie de Moïse*, on a un *Veau d'or*, mais ce n'est pas un bœuf, abouta Nasser, non sans déception.

- On a même des dromadaires ! avait gaiement suppléé le père Brun, qui se moquait sincèrement d'irriter la mauvaise humeur du prince de l'Eglise.

- Je ne vois pas d'autre bœuf que celui qui est proche de Noé, avait conclu Contani, d'un air maussade.

- Vous oubliez la *Nativité*, interrompit Don Alvaro, il y avait bien un bœuf dans la crèche ?

- Oui, mais vous voyez bien qu'il n'y a aucune *Nativité* dans la chapelle Sixtine, déplora le cardinal.

- Il y avait celle du Pérugin, sur le mur du fond, qui a été détruite pour réaliser la fresque du *Jugement dernier* de Michel-Ange, s'empressa de corriger le petit Don Alvaro, non sans une pointe de fierté.

- Décidément, Alvaro, vous m'épatez ! s'était enjoué le cardinal, vous avez raison, que ce soit avec Noé ou la Nativité, nous sommes dans l'idée d'un bœuf en lien avec un sacrifice.

Mais une remarque du père Brun n'allait pas manquer de refroidir les ardeurs de l'homme à la soutane rouge.

- Je pense que nous nous égarons.

Le cardinal n'aurait sûrement pas manqué d'écornifler notre moine, s'il avait été pourvu d'une robuste paire de cornes, ce que Dieu, dans son infinie sagesse, n'avait pas permis.

- Tout ceci me parait trop complexe. Je doute fort que notre Michel-Ange se soit creusé la tête aussi profondément. Et ça ne colle pas avec notre énigme : *né dans une tour d'Arabie*.

Un lourd silence de mort avait ponctué la remarque du moine.

Si Eratosthène n'avait pas su mesurer la circonférence de la Terre, à partir du puits de Syène en Egypte, utilisant la position des ombres, en 240 av. JC, entre un bâton planté à Alexandrie, le jour du solstice d'été, et le puits éclairé de soleil sans projeter d'ombre, serions-nous encore à ce jour dans l'illusion que la Terre est plate ? Non, puisque la forme du globe était admise par de nombreux autres savants antiques. Avec Platon et Aristote, tout le monde antique admettait la forme sphérique de notre vieille planète. Mais alors l'Eglise ? Quoi l'Eglise ? N'a-t-elle pas proclamé, pendant tout le Moyen-âge que la Terre était plate ? N'a-t-elle pas induit ses malheureux fidèles dans cette piètre erreur cosmologique ? N'a-t-elle pas étendu le manteau de son aveuglement sur tous ces temps d'obscurité ? Foutaises, bon lecteur ! Foutaises ! Légende urbaine concoctée par ce vieux singe de Voltaire. Sa haine de l'Eglise le poussait sans cesse à mentir, à corrompre la pensée, à manipuler les idées. Notre « philosophe », amoureux de la vérité, avait arrangé un bien joli mensonge, exhumant un vieux texte obscur de Lactance, sans aucune portée scientifique (qui n'avait pas circulé en Occident) pour en faire l'archétype de la pensée chrétienne. Non, mon vieux singe, l'Eglise n'a jamais cru de telles erreurs. Malgré tes mensonges, elle n'a jamais enseigné que la Terre était plate. Se baser sur un texte ténébreux et isolé pour affirmer que c'était la doctrine officielle, imposée à tous les cerveaux du Moyen-âge, c'est simplement de la bêtise, voire de la malveillance. Ou les deux. Voilà *de quoi faire hennir les constellations*, disait Léon Bloy. Parce que, là-dedans, tout est faux.

Il faut être particulièrement idiot pour imaginer que le Moyen-âge croyait à une Terre plate, puisque tous les rois se faisaient couronner un globe à la main. Idiot, ou ignorant. Car il faut laisser au vieux singe, le privilège de la malveillance. Saint Augustin tire argument de la rotondité de la Terre pour refuser le polygénisme, cette doctrine selon laquelle l'espèce humaine proviendrait de plusieurs souches différentes, alors que la Bible fait de nous tous des enfants d'Adam et Eve. Un des manuscrits les plus populaires du Moyen-âge, l'encyclopédie d'Isidore de Séville (Vème siècle) affirme la rotondité de la Terre. Bède le Vénérable (VIIème siècle), Saint Thomas d'Aquin ou encore Gautier de Metz (XIIIème siècle), pour ne citer qu'eux, affirment tous la rotondité de la Terre. Et que dire du *Traité de la Sphère* de Nicolas Oresme (+ 1322) l'évêque de Lisieux ? Que dire du cardinal Nicolas de Cues, avec son brillant ouvrage *De la docte ignorance* (1440) où figuraient des conceptions astronomiques, lesquelles annonçaient la « nouvelle astronomie », c'est-à-dire rien de moins que la révolution copernicienne du siècle suivant ? Vous avez bien compris, lecteur intelligent, que ce vieux singe de Voltaire ferait une carrière étincelante sur les *réseaux sociaux*, pour répandre ses rumeurs et ses mensonges. On peut se permettre ce genre d'excentricité quand on s'autoproclame *philosophe* et qu'on est adulé par un siècle corrompu. Mais pas quand on est enquêteur d'affaire policière, sérieux et rigoureux, car s'il existe un endroit où la Vérité trouve son refuge, au beau milieu des mensonges, simulacres et autres fourberies de notre époque, c'est bien l'enquête policière. Aussi, tel Diogène, sa lanterne à la main, notre franciscain recherchait inlassablement le vrai coupable.

S'il nous fallait seulement triompher du hasard, la vie serait déjà complexe, mais il faut en plus pourfendre la vilénie et le mensonge des vieux singes qui traversent nos routes. Nul n'ignore, depuis Juvénal, l'existence du *cygne noir*. *Rara avis in terris nigroque simillima cygno* (un oiseau dans le pays, rare comme un cygne noir). On a longtemps pensé qu'il n'existait pas de cygne noir. Nassim Nicolas Taleb s'est appuyé sur cette idée pour développer une théorie, puisant dans la métaphore qui constitue une analogie montrant la fragilité des systèmes de pensée. Un ensemble de conclusions est potentiellement réfuté dès qu'un de ses postulats fondamentaux est réfuté. De la sorte, l'observation d'un seul cygne noir peut désavouer la logique de n'importe quel système de pensée, autant que n'importe quel raisonnement qui suit la même logique sous-jacente. Au XIXème siècle, John Stuart Mill utilisa l'expression *cygne noir* comme un nouveau terme pour illustrer la notion de réfutation.

Le *cygne noir* est le meilleur ennemi de l'enquêteur. Il le redoute, le maudit et le traque en permanence. Dès qu'il se montre, avec son plumage arrogant, l'enquêteur doit le mettre en joue pour le faire disparaître. Tout son travail en dépend. Si l'oiseau noir parvient à survivre, c'est toute l'enquête qui vient à mourir. Une lutte sans merci. Car la réfutation met à mal tout l'édifice. Tout bon enquêteur apprend à débusquer ces oiseaux de malheur, au fil de ses investigations. Mais il existe une autre sorte de cygne noir, encore plus dangereuse, démasquée par Tchaïkovski. Lorsque Siegfried balle avec le cygne noir, il ne sait pas qu'il danse avec Odile, la fille du méchant sorcier Rothbart. Ce diable d'homme a jeté un sort sur Odette, la jeune et belle princesse qu'il avait capturée. Elle est condamnée à vivre le jour sous l'apparence d'un cygne et la nuit à retrouver sa propre apparence. D'autres jeunes femmes la rejoignent au bord du *Lac des cygnes*, lac formé par les larmes de ses parents, le roi et la reine décédés, lorsqu'elle fut enlevée par le méchant sorcier Rothbart. Fou d'amour pour la belle Odette, Siegfried danse au bal avec Odile, le sosie de la princesse cygne blanc, vêtue de noir. Abusé par la ressemblance, il déclare son amour à la fille du sorcier, puis annonce à la cour son intention de l'épouser. Au moment où vont être célébrées les noces, survient la véritable princesse Odette. Horrifié et conscient de sa triste méprise, Siegfried s'en va courir vers le lac des Cygnes, tel un enquêteur égaré par son erreur. A qui, l'enquêteur, abusé par un cygne noir, peut-il confesser son erreur ? Où courir se cacher, quand on a confondu cygne blanc et cygne noir, sinon au fond d'un lac ?

Trop de cygnes noirs paradaient sur le lac stérile de cette enquête. Il restait encore des béances à combler. Cazzo était-il le coupable, avec sa livide et ignominieuse figure, selon la description du cardinal, à la raucité sauvage, exprimée par les mots de Shakespeare ? Un teint plus blanc que pâle. *A whiter shade of pale*. Le titre du premier succès d'un célèbre groupe de rock progressif, baptisé par un délicieux nom latin : *Procol harum* (le nom du chat d'un de leurs amis) au milieu des années 1960, en plein *Swinging London*. Dans ce tube célébrissime, la belle phrase d'orgue s'inspire de deux pièces de Jean-Sébastien Bach, la *sinfonia* en fa majeur de la cantate *Ich steh mit einem Fuß im Grabe* (BWV 156) et la *Suite pour orchestre n°3 en ré majeur* (BWV 1086). Chanson qui entre en résonnance avec la théorie exposée par le père Brun, au début de cette affaire, pendant le dîner chez la Contessa. *Tous les grands logiciens nous enseignent que sortir du système est le meilleur moyen d'en pénétrer les secrets.* C'est pourquoi, tout enquêteur, s'il veut piéger les cygnes noir doit cultiver sa capacité de regarder au-delà des choses, aptitude qui implique le talent de se tenir loin d'elles. C'est le sens exact de l'expression *procol harum*, en latin. Aussi, le père Brun avait-il rapidement pris congé du haut dignitaire à la soutane rouge, afin de s'ébrouer l'esprit, pour humer un air neuf et pister ailleurs le chemin des bonnes sources d'inspiration.

Chapitre 19

Les trois Alliances

Nous sommes en progrès constant, affirme Henri Miller, dans Le *Colosse de Maroussi*, mais un progrès qui nous conduit à la table d'opération, à l'hospice des pauvres, à l'asile d'aliénés, et aux tranchées. Partagée par de nombreuse plumes, cette détestation de la modernité offrait au père Brun des conversations passionnantes avec de nombreux disciples du Progrès. En dépit des apparences, ces discussions restent liées aux avancées de notre enquête qui semble néanmoins piétiner, malgré les nombreux efforts de l'auteur pour conduire chacun d'entre vous jusqu'à la résolution de l'énigme. Mais, parce que vous êtes condamnés à croire le narrateur sur parole, lecteur impatient, il vous sera demandé de poursuivre le récit de notre affaire, au moins pour un temps, par un chemin de traverse. Ces petits détours offrent bien des avantages. Tout d'abord à l'auteur, qui prend le droit de donner libre cours à sa fantaisie. Ensuite au lecteur qui peut se reposer sans crainte de louper un indice. Et surtout au récit qui s'enrichit de façon clandestine certes, mais efficace. C'est le formidable jeu triangulaire de la *pragmatique narrative* dont les trois pointes sont : le narrateur, le récit, le lecteur. Et ce triangle, en ce qui nous concerne, répond à une mission simple : comprendre clairement comment raisonne l'enquêteur.

Les sociétés humaines se distinguent de toutes les autres sociétés par un trait spécifique : elles se racontent des histoires. C'est par ces histoires que sont liés entre eux les individus d'une société donnée. Des plus grandes épopées antiques aux romans contemporains, le récit est toujours créé sur une même réalité : l'homme est mortel, et il lui faut intégrer cette donnée pour se fonder. Les épopées classiques commencent par ce que les érudits ont nommé un *proème* : quelques vers liminaires qui annoncent au lecteur le sujet de l'œuvre - le cadre de l'action, l'identité des personnages, la nature des thèmes. Mais parce que nous se sommes pas ici dans une épopée classique, et que l'auteur, à juste titre, n'a pas pris soin de rédiger un proème en guise d'introduction, il est autorisé, en vertu des lois du récit romanesque, à faire des remarques sur les sujets que son œuvre peut aborder quand bon lui chante. C'est ainsi que nous nous retrouvons projetés sur la terrasse d'un café romain de la *Via Veneto*, comme dans les premières images du film *Plein Soleil*, pour une conversation à trois : le père Brun, son ami Tugdual ainsi que le petit mathématicien, rencontré chez la Contessa.

- Selon Baudrillard, l'Amérique reste la grande société primitive des Temps modernes, soutenait Tugdual en dégustant son *ristretto*, la version originale de la modernité, dont nous ne serions, en tant que non-américains, que la version doublée ou sous-titré.

- Songez à tous les progrès que l'Amérique a permis au reste de l'humanité.

- Vous parlez d'Hiroshima ? avait grincé Tugdual avant de vider le fond de sa tasse.

- Si Hiroshima n'avait pas eu lieu, la guerre se serait poursuivie pendant des mois, s'était insurgé le petit Gödel, tout acquis à sa cause. Un bref silence avait enveloppé chacun, puis le plus petit des deux tourna ses yeux remplis de curiosité vers le franciscain :

- Et vous mon père, vous ne dites rien ? Donnez-moi un seul argument contre les bienfaits de la modernité ? Mais un argument d'ordre scientifique, je serais curieux de l'entendre.

Le père Brun buvait son café avec lenteur, par une longue série de petites gorgées placides et gustatives.

- C'est assez simple, en réalité.

Le petit mathématicien retira ses lunettes, avant de les essuyer d'un geste pressé, pour les remettre avec un air sévère qui signifiait qu'il ne voulait pas se laisser impressionner.

- La modernité fonctionne en mode binaire, alors que le réel est fondé sur un mode trinitaire.

- Qu'est-ce que vous dîtes ?

- Commençons par examiner le mode binaire.

- Je vous écoute.

- Je pense que le piège binaire est en train de se refermer sur la civilisation.

- En d'autres termes ?

- Autrement dit, la pensée binaire née à Athènes, avec le *logos* et sa logique bivalente, relancée par la raison moderne et sa *mathesis universalis*, se déploie de façon irrésistible jusqu'à l'actuelle révolution numérique.

- Jusque-là, je suis d'accord.

- Sans remettre en question l'efficacité binaire, il faut nous interroger sur l'existence d'alternatives. Jusqu'au XVIIème siècle environ, la sphère complète du langage englobait presque toute l'expérience et la réalité. De nos jours son domaine est plus étroit. Aujourd'hui, il n'articule ni ne relie plus les principaux genres d'action, de pensée, de sensibilité. Des zones étendues de la connaissance, ou de la *praxis* appartiennent maintenant à des langages non verbaux : mathématiques, logique informatique, formules de relations chimiques, et tout type de dialecte numérique. Le monde des mots s'est rétréci.

- Je ne peux pas vous donner tort. Mais en quoi ceci est-il contraire à l'idée de progrès ?

- René Guénon disait que la civilisation moderne est vraiment ce qu'on peut appeler une civilisation quantitative ; ce qui n'est qu'une autre façon de dire qu'elle est une civilisation matérielle.

- *Eperdus de matérialisme,* nous dit Céline dans *L'école des cadavres*, était intervenu Tugdual, empruntant une petite voix de fausset nasillard (imitant celle de Louis-Ferdinand et son ton de geignard grinçant, quand il se régalait à balancer ses vacheries tellement savoureuses), *passionnés de « choses », de luxe, de pondérable, de raisonnable, de bouffable, de roulable de vendable, de ventrable, la matière nous a muflisés, avilis, banalisés, ahuris, affadis, asservis à en dégueuler de nous connaître.*

- En dégueuler de nous connaître ? Fichtre !
- Dans le *Gorgias*, reprit le moine, le grand Platon réduit en miettes la rhétorique et contribue à développer une méthode dialectique qui, une fois dévoyée par certains disciples, sera le grand pilier de la vision binaire. Ceci est logique ou ceci n'est pas logique. Ou, ou. Pas d'alternative.
- C'est un peu raccourci, mais ce n'est pas faux.
- Le grand triomphe des syllogismes, et plus particulièrement des enthymèmes chez les orateurs antiques.
- Une logique de combinaison variable, en somme, pour une combinaison d'entrées donnée, il ne correspond qu'une et une seule sortie.
- Exactement ! C'est ainsi que naquit la pensée algorithmique.

Les yeux du petit mathématicien brillaient d'excitation, tandis que la voix du père Brun, calme et pondérée, poursuivait sa démonstration :

- Et puis l'algèbre de Boole, la partie des mathématiques qui s'intéresse à une approche algébrique de la logique, pour traiter les expressions à deux valeurs du calcul des propositions. Il donnera le branle à un mouvement qui conduira à la logique moderne, jusqu'à l'alphabet binaire des langages machines de l'informatique.

- Et pourquoi l'opposer au Progrès ?

- J'y viens !

- Le système binaire (du latin *binarius* : double) fait des miracles en mathématiques, depuis son essor moderne. Un système de numération, utilisant la base 2, avec seulement deux chiffres : 0 et 1. Très utile pour représenter le fonctionnement de l'électronique numérique, c'est le langage des ordinateurs.

- Grâce au langage binaire, l'ordinateur peut ordonner le monde. C'est vraiment fantastique ! s'enthousiasmait le petit Gödel.

- En effet, le langage binaire ordonne le monde actuel. Nos cerveaux sont de plus en plus soumis, jour après jour, à la loi des algorithmes, à leur vision binaire. Ceci ou cela. Pas d'alternative. Avec le numérique, si vous ne cliquez pas sur la bonne réponse, vous devenez hors circuit. Ou vous acceptez ou vous serez bloqué !

- Tant que l'humanité progresse, où est le problème ?

La merde a de l'avenir, pensait Tugdual, en méditant cette phrase de Céline, avec un petit sourire imperceptible, *vous verrez qu'un jour on en fera des discours.*

- Le problème ? C'est tout simplement que le réel n'est pas fondé sur un principe binaire mais trinitaire.

- J'attends votre démonstration.

- Qu'est-ce qu'une relation à trois termes ? Souvent les logiciens se sont interrogés sur ce problème. De leurs travaux, on peut retenir ceci : même si on peut décomposer une relation trinitaire en relations binaires (A,B,C / AB, AC, BC). Il reste impossible de recomposer une structure à trois termes à partir de relations binaires. C'est tout le drame de la modernité.

Le père Brun, but le verre d'eau qui accompagnait son café, puis il reprit d'une voix éclaircie :

- Le temps, l'espace, le corps, l'esprit, le langage, tous les principes de vie obéissent à des trinités. [De la même façon que la composition triangulaire de la *pragmatique narrative* (Si vous permettez au narrateur de donner son modeste avis) dont les trois pointes sont : le narrateur, le récit, le lecteur].

La paire d'yeux du petit mathématicien zigzaguait entre ses deux interlocuteurs à la vitesse d'une fouine.

- Le temps obéit plusieurs fois au rythme ternaire. Le passé, le présent, le futur. Mais aussi les trois âges de la vie : *quatre pieds le matin, deux l'après-midi et trois le soir. Qui est ergo tempus ?* dit Saint Augustin, *si nemo ex me quærat, scio* ; si *quærenti explicarae velim, nescio* !

Le petit Gödel fronçait les sourcils derrière ses lunettes cerclées de noir, tandis que le franciscain poursuivait :

- *Qu'est-ce que le temps ? Si personne ne me demande, je le sais ; mais si on me sollicite, je ne sais pas !*

- Mais ça ne prouve rien !

- L'espace est organisé sur la base de trois dimensions : hauteur, longueur, largeur. En langage géométrique, je ne vous explique pas les axes x, y, z, qui favoriseront l'installation de la perspective dans la peinture occidentale à la Renaissance.

- De simples loi de l'optique !

- Le corps humain est divisé en trois, selon *l'Arbre de vie*, inspiré des *Sephiroth* de la Kabbale. Annick de Souzenelle, dans un très beau livre, nous apprend à décrypter le langage trinitaire du corps, d'après les grands mythes de l'humanité. L'avoir, l'être, le devenir. Au tout départ, l'avoir, le temps de l'acquisition, *sur quatre pieds*, puis vient l'être, le temps de la réalisation, *sur deux pieds*, et enfin le devenir, le temps de l'accomplissement, *sur trois pieds*. Autrement dit, le ventre, le cœur et l'esprit. La base du royaume jusqu'au fondement, la beauté prise dans un carré, formé des épaules (entre Justice et Miséricorde) et les hanches (entre Puissance et Majesté), enfin la couronne avec la tête (entre Sagesse et Intelligence). L'avoir nous relie à la terre, l'être à la lune et le devenir au soleil. Parce que l'accomplissement se fait dans la lumière !

Le petit mathématicien était si raide sur sa chaise qu'il donnait l'expression d'épouser la forme de ses quatre pieds.

- Le monde est gouverné par un principe triadique. Nous ne savons plus exprimer la simplicité de la ternarité. Regardez, même notre nourriture se divise en trois, puisque nous prenons trois repas par jour. Et le repas principal est lui-même structuré sur une base triadique.

- Entrée, plat, dessert ! ajouta Tugdual qui s'amusait de voir la mine déconfite du petit mathématicien.

- Selon les études rares du neuropsychiatre Jean-Michel Oughourlian, nous possédons même trois cerveaux : le premier, cognitif et rationnel. La pensée abstraite. Le deuxième, émotionnel et affectif. Nos émotions. Enfin, le troisième, que les scientifiques qualifient de mimétique et relationnel.

Le père Brun se tut un instant pour libérer un bâillement vigoureux, en grimaçant si fort que le petit Gödel céda lui aussi au besoin de bâiller.

- Le troisième cerveau, les *neurones miroirs*, découverts par l'équipe du Pr Giacomo Rizzolatti, dans les années 1990, au sein de son département des neurosciences de la faculté de médecine de Parme. Les *neurones miroirs* qui sont à l'origine de nos comportements sociaux, et qui génèrent des attitudes inconscientes de mimétisme. Par exemple, lorsque je me mets à bâiller, vous allez bâiller à votre tour.

Le petit mathématicien avait sursauté sur sa chaise, car il venait de comprendre qu'il avait été l'objet, à son insu, d'une expérience scientifique.

- Nos trois cerveaux qui s'exprimaient dans le discours antique, avec les trois piliers de la persuasion, inventoriés par les grands orateurs : ethos, pathos, logos. Ethos, le comportement (cerveau mimétique). Pathos, l'émotion (cerveau émotionnel). Logos, la raison (cerveau cognitif).

- Quand la science moderne rejoint le savoir antique, murmurait Tugdual, plein d'admiration.

- Même notre langage obéit à une forme trinitaire. Moi, toi, l'autre. C'est le fameux : je, tu, il. La valse des pronoms.

- Mais toutes les langues ne possèdent pas de pronoms, objecta le petit scientifique, très satisfait de son argument.

- Vous avez raison. Benveniste explique toutefois que ces langues possèdent des flexions verbales où se marquent les distinctions de personnes. Ainsi l'ensemble des formes verbales, pronoms ou flexions, ramènent en fin de compte aux systèmes des *oppositions,* lesquels différencient les personnes. Selon lui, tous les systèmes plus complexes et diversifiés de toutes les langues peuvent en dernier ressort se ramener à cet ensemble trine du : *je, tu, il*. Les trois pronoms sujets : moi, toi, l'autre.

- Alors vous balayez les structuralistes, avec leurs *dualités oppositives* ?

- Benveniste avait mis en exergue une anomalie dans le raisonnement de Saussure, sur le signe linguistique qui unit un concept et une image acoustique. Saussure avoue que la nature du signe est arbitraire, puisqu'il ne tient avec le *signifié* aucune « attache naturelle dans la réalité ». Pour Benveniste, le recours inconscient et subreptice à un *troisième* terme, n'est pas compris dans la définition initiale.

- Un peu tiré par les cheveux ! s'importuna le petit Gödel qui n'était guère mieux pourvu en compréhension des phénomènes anthropologiques qu'en matière de cheveux.

- Peirce, logicien, sémiologue, philosophe, va esquinter, lui aussi, cette vision de la binarité, en prenant appui sur une critique de *l'algèbre de Boole*. Quand on lit Peirce, la pensée dualiste apparaît comme prélogique. Car tout chez cet auteur se répartit en trois classes. Tout est *trichotomie*, selon son propre terme. Sa définition du signe en *icône, indice, et symbole*, est l'exemple le plus connu de cette activité *trichotomique*.

Le petit homme en noir accusait un certain désarroi, une mine d'enfant gâté, à la fois gauche et contrariée, qui ne sait pas comment prendre le dessus devant l'assurance d'un adulte.

- *Pour être sujet, il faut être deux, mais quand on est deux, on est déjà trois*. Un égale deux, mais deux égale trois. En bref, cela donne : Un égale Trois.

- C'est une bien curieuse façon de faire des mathématiques !

- En d'autres temps, et d'une autre façon, cette curiosité mathématique avait été dénommée le « mystère de la Sainte Trinité ». Puis-je vous renvoyer aux travaux de Dany-Robert Dufour sur la question ? Je vous précise que ce chercheur n'est pas chrétien.

Papillonnant comme des électrons sous la focale d'un microscope, le mathématicien clignotait des yeux derrière les verres de ses lunettes.

- Même le désir est triangulaire. C'est la grande loi du *désir mimétique* de René Girard, qu'on pourrait résumer de la sorte : tout *sujet* a besoin d'un *modèle* pour savoir *quoi* désirer. Les trois pointes du triangle mimétique sont : le sujet, l'objet, le médiateur.

Le petit Gödel gigotait sur sa chaise, en proie à une idée apparemment lumineuse, idée exceptionnelle qui, remontant depuis son cerveau mimétique, débordait visiblement de son cerveau cognitif, pour inonder son cerveau émotif :

- Mais l'amour ? L'amour ? Il obéit bien à un principe binaire ! Pour faire un couple, il faut être deux !

- Le fruit de l'amour, c'est l'enfant. De deux on devient trois. C'est la règle dans tout le monde sexué. *Pour être sujet, il faut être deux, mais quand on est deux, on est déjà trois.*

- Papa, maman et moi ! lança Tugdual, ajoutant aussitôt, en guise de marteau sur un clou :

le fameux *triangle œdipien* ! sur un ton railleur qui traduisait son plaisir de voir s'empêtrer le petit homme à lunettes.

Alors, dépité, le petit homme en noir tenta une nouvelle approche. Il respira d'abord à grand poumon, avant de se lancer dans une autre attaque, tête baissée :
- Mais dans votre Bible, mon père, on ne compte que deux Testaments. Un pour l'ancienne Alliance et un autre pour la nouvelle ? Je ne crois pas me tromper ?
- Il y a peut-être Trois Alliances ?
- Quoi ? Trois Alliances ? Vous parlez d'une Alliance secrète ?
- Non, je pense à la philosophie des Grecs.
- Vous considérez que les Grecs, au même titre que les Juifs, sont une sorte de peuple élu, parce qu'ils ont donné au monde la philosophie ?
- Ce n'est pas moi qui l'affirme, répondit le moine en souriant ; non ce n'est pas moi, mais Saint Clément d'Alexandrie, Père de l'Eglise, pendant le IIème siècle, au chapitre 14 de son Vème *Stromate* :

« Tandis que, en vue de les préparer au Christ, les Juifs ont reçu l'Ancien Testament, les Grecs quant à eux ont reçu la philosophie *comme l'Alliance qui leur est propre* ».

L'esprit sombre du petit Gödel était absorbé. Tentant de résister au roulis autant qu'à la houle, il explorait un océan de pensées qui balançait son cerveau comme un esquif. Tout son être avait l'impression de rester suspendu au-dessus d'une sorte de vide intérieur, dont le tréfonds abyssal lui semblait épouvantable. Toutefois, il n'eut pas le temps de se noyer, car la voix du père Brun le tira de son hypoxie mentale :

- Le monde antique avait une connaissance bien plus approfondie de la question trinitaire.

- A partir du Dieu des chrétiens !

- Et que faites-vous des études de Georges Dumézil sur les triades divines dans les religions indo-européennes ?

- Les triades divines ?

- Ici, à Rome, avec la *triade capitoline* : Jupiter, Minerve et Junon. Dans la mythologie nordique et germanique, la triade d'Odin, Thor, Freyr. Chez les Celtes : Taranis, Esus et Teutatès. On retrouve en Inde les mêmes triades que dans les mythologies européennes. Et l'hindouisme conçoit la *trimûrti* (*trois formes* en sanskrit) comme une triade divine, comprenant Brahmâ, Vishnou et Shiva.

- *Brahmâ la guerre, et Vishnou la paix !* avait prononcé Tugdual en s'esclaffant, ravi de citer le sketch de Pierre Dac et Francis Blanche, dans ces circonstances improbables.

- Triades théologiques adorées par les sociétés antiques, pour engendrer, en miroir, une organisation traditionnelle de la cité en trois groupes bien définis : prêtres, soldats, productifs (artisans, paysans et commerçants). La fonction religieuse étant liée au sacré, la fonction militaire à la force, et enfin la fonction productive à la fécondité. Relisez la *République* de Platon.

- Mais binaire ou trinaire, qu'est-ce que ça peut faire après tout ? lança le mathématicien qui commençait à montrer des signes de lassitude.

- Plus la modernité s'enfoncera dans le langage binaire et moins elle répondra aux besoins de l'homme et du monde, animés par des principes trinitaires.

Une dernière lueur animait les yeux du petit homme dans son costume noir. Le mathématicien ressemblait à un boxeur coincé dans un angle du ring, le dos brisé par les cordes, espérant tout de même un dernier coup gagnant, malgré ses bras chancelants.

- Mais l'enquête policière ? Elle est binaire ! C'est bien une sorte de duel. L'affrontement du détective contre l'assassin.

- Vous oubliez un élément : la résolution de l'enquête. Elle transforme l'assassin en coupable. Un duel reste une lutte à mort. En dépit des apparences, on n'est pas deux. Non, on est trois : les deux protagonistes, face à face, et le troisième, celui des deux qui, dans l'instant suivant, sera mort.

- Vous avez un don pour métamorphoser la vie ! Et vous allez me dire que le crime est une autre forme du sacrifice religieux ?

- Dans le sacrifice antique, la mise à mort, du fait même qu'elle est criminelle, place sacrifice, sacrificateur et assistance en possession d'une chose sacrée : la victime. Mais cette chose sacrée est elle-même interdite, le contact en est sacrilège : elle n'en reste pas moins proposée pour tous à la consommation rituelle. Par cette consommation en même temps sacrilège et prescrite, il est possible de participer au crime, qui devient alors crime des participants : c'est la communion.

— La communion dans le crime ? C'est du joli !

— La consommation du sacrifice et la communion du crime fondent ainsi la possibilité de la communication dans le groupe. *Consommation, communion, communication*. Ce sont des *termes trinitaires.* Ils prennent tout leur sens à partir du sacrifice. Parler, communiquer, a toujours consisté à manger le morceau ensemble, n'est-ce pas ?

— Ce qui m'agace avec vous, les catholiques, c'est que vous avez réponse à tout !

Le père Brun avait dévisagé le petit homme en noir qui sautillait sur sa chaise. A vrai dire, il ne faisait preuve d'aucune ouverture d'esprit, enfermé dans ses convictions rationalistes, comme au sein d'une citadelle imprenable, sacrifiant sa raison sur l'autel des mathématiques. Est-ce que le voleur de la clé lui aussi était un scientifique ? Un de ces petits êtres qui professent le sectarisme au nom de la tolérance ? A tout prendre, ce petit diable avait une tête de parfait coupable ! Et si c'était lui ? Et s'il avait tout simplement organisé le cambriolage ? Avec ses connaissances, ce n'était pas difficile. Un mathématicien de son niveau était tout à fait capable de projeter l'ouverture d'une serrure électronique.

Mais le père Brun n'avait aucun début de preuve. Était-il lié à Cazzo ? Il le saurait bien assez vite. Après tout, avait-il pensé en esquissant l'ombre d'un sourire, un mathématicien ne laisse aucune *trace des fractions.* Voilà un bon mot qui avait réjoui notre moine, au point de commander un autre café.

Alors, utilisant une voix contrefaite, laquelle surpris son interlocuteur, qui ne comprenait pas que le franciscain citait un auteur, il reprit gaiment la conversation :

- *Je ne veux pas vous chagriner, mais le catholicisme est la seule religion.*

- Normal, vous êtes un prêtre catholique !

- *La raison d'être d'une Foi, c'est d'apporter une certitude.*

- C'est ce qui m'agace chez les croyants !

- *A quoi sert un Credo que l'on peut discuter, un dogme aussi changeant qu'une philosophie ?*

- Le changement, c'est la vie !

- *Moi qui suis condamné par profession à étudier des êtres dont l'équilibre moral est instable, j'affirme que l'Eglise romaine a compris la nature humaine.*

- Des êtres à l'équilibre moral instable ? Vous parlez des croyants ? interrogea le petit Gödel, qui avait du mal à suivre.

- *Comme psychologue et comme médecin, j'admire l'intransigeance des conciles.*

- Ah bon ? Vous êtes médecin maintenant ?

- *A tant de faiblesse et de sottise, il faut le ferme appui d'une autorité sans tolérance.*

- Tolérance ! Voilà un mot que vous détestez tous, vous, les détenteurs de vérités révélées !

- *La valeur curative d'une doctrine n'est pas dans sa vérité logique, mais dans sa permanence.*

- Que racontez-vous à la fin ? s'énervait l'homme en noir, comprenant qu'il devenait le jouet des plaisanteries du père Brun.

- Ce n'est pas moi qui parlais, termina le moine, avec ce sourire qui agaçait bien souvent ses interlocuteurs. Je citais ce bon docteur O'Grady, psychiatre éclairé, luttant avec un pasteur anglican, dans les pages des *Discours du docteur O'Grady*, ce livre inoubliable d'André Maurois.

Chapitre 20

Une apparition

Voici qu'un phénomène est sur le point de se produire, et le narrateur fait bien de s'en étonner, afin que le lecteur, de son côté, ne soit pas interloqué. Un phénomène qui pourra permettre la résolution de notre énigme. La vie sait nous surprendre en usant de moyens peu académiques. Après avoir piétiné le long du Forum, gravi la colline du Palatin, frôlé la façade incurvée du Colisée, admiré le pilier sud de l'Arc de Titus, son bas-relief honoré du Chandelier à sept branches, et la Table des pains de proposition, (table de bois recouvert d'or où l'on plaçait douze pains saints, renouvelés tous les sept jours et que seuls les sacrificateurs pouvaient manger), illustrent le butin des armées romaines dans le Tabernacle du Second Temple de Jérusalem avant sa destruction, puis après avoir jeté un œil rapide dans la grande enceinte du *Circus Maximus*, au pied de l'ancienne loge impériale, Gargarin avait conduit Amanda jusqu'aux Thermes de Caracalla, où plutôt à ce qu'il en restait.

Inaugurés en 216 par l'empereur qui leur a donné son nom, ces Thermes sont une prouesse esthétique et technique, les plus grands thermes romains et les plus luxueux réalisés jusqu'alors, même s'ils ont été dépassés par la suite. Les ruines qu'on visite aujourd'hui ont conservé leur aspect colossal. Une superficie de plus de 11 hectares, de l'espace prévu pour 1 600 baigneurs et 64 citernes de 80 000 litres chacune, avec d'autres équipements pour des activités variées, bains publics et privés, nages, massages, gymnastique, transpirations et toute sorte d'exercices, comprenant deux bâtiments à chaque coin, au fond du grand parc arboré : une bibliothèque en latin et l'autre en grec ; ce qui explique la taille gigantesque des lieux. On y venait pour se baigner, nager, se détendre avec des amis, discuter de ses affaires, se faire masser, étudier des ouvrages ou parler de philosophie. De tout l'empire romain, c'est l'édifice thermal le mieux conservé aujourd'hui.

Amanda avait réclamé de louer des casques visuels, de façon à reconstituer, sous la forme virtuelle, une réalité qui fut celle des Thermes au moment de leur utilisation. Bien entendu, Gargarin avait grommelé contre les invasions toxiques de la technique moderne et les nuisances du Progrès, au cœur des ruines antiques, empêchant l'imagination de folâtrer à sa guise, avant de chausser le dit casque devant ses yeux, sous l'étonnant chapeau de paille qui couronnait son chef, en lui conférant une allure fantasque, oscillant entre les grivetons de la Cour des Miracles et ceux de la Guerre des Etoiles. Fort heureusement pour lui, Gargarin ne se vit pas déambuler dans ce tas de murs en ruine, avec cette boîte magique sur le radôme, s'extasiant de ce qui apparaissait sous ses yeux, comme un enfant qui aurait découvert le cinéma pour la première fois. Parce que, s'il avait bougonné contre la misérable utilisation de cet objet du diable, jugé comme une offense à l'esprit, une abdication de la pensée humaine devant la technique aveugle, sa surprise fut à la hauteur de son dégoût. Titubant entre les salles, il ne cessait de lancer des « Ah ! », des « Oh ! » ou encore des « Oulala ! » devant la beauté des images qui défilaient au sein de la drôle de boîte, inélégamment fixée devant ses prunelles.

Le long des siècles, les Thermes de Caracalla ont été une mine de trésors à l'air libre, pillée pour embellir des palais, des églises et des places de Rome. Ainsi, deux grandes piscines de granite se trouvent sur la Place Farnèse, des colonnes de la *Biblioteca delle Terme* terminent au XIIème siècle dans *Santa Maria in Trastevere*. L'Hercule, le Taureau Farnèse et le bassin de porphyre rouge du Frigidarium sont exposés au Musée archéologique national de Naples. Le deuxième Hercule, lui, se trouve au Palais Royal de Caserte. Avec les lunettes 3D sur le museau de Gargarin, toutes les œuvres étaient réinstallées à leur place d'origine, pour reconstituer les Bains tels qu'ils étaient en 216, au moment de leur inauguration : mosaïques des sols, mais aussi fenêtres, statues des 156 niches, eau de la piscine (dans le *Natatio*), plafonds à caissons sous les voûtes somptueuses de 50 mètres de hauteur. Le projet de ces lunettes virtuelles avait absorbé 30 années de fouilles, études, recherches et analyses du site archéologique. C'est dire si Gargarin en était ébloui !

Polytropos. Le premier qualificatif de toute l'Odyssée est un mot grec étrange. Le sens littéral de ce mot est « aux nombreux détours ». *Poly* signifie « beaucoup » et *tropos* est un détour. Ulysse, nous le savons, est un personnage rusé, célèbre pour ses manigances, ses pirouettes, ses mensonges et surtout pour son habileté à manier le verbe. C'est lui qui a imaginé la ruse du Cheval de Troie. En un sens, *polytropos* est à prendre au figuré, dans un poème sur quelqu'un qui se distingue par ses tours d'esprit, quelqu'un qui a plus d'un tour dans son sac. Il y a pourtant un autre sens, plus simple, à *polytropos*. Car ces « nombreux tours » font aussi référence à la trajectoire du héros dans l'espace ; c'est l'homme qui se rend à sa destination en tournant en rond. Au cours de ses aventures, il lui arrive plus d'une fois de ne quitter un endroit que pour y retourner, parfois contre son gré. Et, bien sûr, il y a le plus grand cercle de tous, celui qui le ramène à Ithaque, le point de départ de son périple, le royaume de son père. Telle était la trajectoire de Gargarin se déplaçant en rond dans les Thermes, avec sa boîte magique sur le visage.

Qui pourrait imaginer Chateaubriand ou même Stendhal avec ce boitier ridicule sur le nez, au beau milieu des ruines de Rome ? se répétait le libraire, tandis qu'il tournait et retournait dans l'édifice en ruine, indifférent aux autres visiteurs qui se retrouvaient condamnés, eux aussi, à caracoler dans l'édifice en ruine, créant une valse gigantesque, involontaire et incongrue, aux accents cosmiques, dont le seul but consistait à s'éloigner du personnage burlesque au chapeau de paille, qui tournoyait parmi eux comme un soleil au sein de sa galaxie. Chacun virait, pivotait, virevoltait, telle une pièce de manège, dans l'espoir d'éviter ses pieds, ses genoux, ses coudes, tandis que tous ses membres semblaient déployer les désirs d'une vie totalement indépendante du reste de son corps, sous l'empire aléatoire de sa trajectoire polytropique.

Il est curieux de constater que le nom de Caracalla, l'un des deux empereurs nés à Lyon, sorte de butor sanguinaire à la légende noire, reste associé pour la postérité à un lieu de plaisir, de savoir et de détente. Et c'est ce lieu précis que la Fortune, l'une des plus grandes déesses romaines, toujours animée par des désirs facétieux, avait favorisé pour accélérer la résolution de notre énigme. La situation aurait été suffisamment amusante et drôle si le phénomène annoncé au début du chapitre ne s'était produit sous le regard médusé de Gargarin, à la fois par le flux puissant des images qui avaient traversé en toute hâte ses cristallins pour venir se fixer au fond de ses rétines, comme des photographies qu'il n'était pas près d'oublier, parce qu'il avait nourri le sentiment d'une projection physique dans le siècle de Caracalla, ainsi qu'il arrive dans ces mauvais films de science-fiction où les personnages se trouvent catapultés dans une autre époque, à l'aide d'une machine improbable. Regard médusé, donc, par le flux incessant de ces impressions anachroniques, mais aussi en raison de la nature du phénomène à venir qui, s'il n'était pas rare dans la vie des hommes, puisque tout le monde l'a vécu au moins une fois dans sa propre vie, oblige à réunir des conditions rares que seule la Fortune est capable d'inventer, elle qui aime tant jouer à faire tourner sa roue ainsi qu'une lune, comme le chantaient au XIIIème siècle les goliards à l'abbaye Benedikteuern de Bavière, dans les *Carmina Burana*, une suite sublime de poèmes chantés : *O Fortuna, velut luna !*

Déconseillé aux enfants de moins de douze ans, ainsi qu'aux personnes affligées de graves pathologies oculaires, et aux personnes atteintes d'épilepsie (ce qui aurait empêché Jules César d'en porter un, avait fait remarqué Gargarin, devant la file d'achat des billets, avec une voix de stentor, qui avait fait honte à Amanda) le casque viseur en 3D se portait de manière alternative pour permettre au visiteur de rejoindre chaque point d'activation. On recommandait de porter le casque pour lorgner des endroits précis, mais il était conseillé de le retirer pour se déplacer entre deux points d'observation. Mise en garde que le chapeau de paille se plaisait totalement à mépriser.

Amanda vola au secours de notre libraire, qui tournoyait parmi les touristes, comme un éléphant d'Hannibal au milieu des légionnaires romains. Elle le prit par le bras, dans l'espoir de briser l'élan de sa course polytropique, non seulement dans le sens homérique du terme, mais aussi en application des lois de la physique. S'il avait été consulté sur ce point, le père Brun nous aurait développé qu'en Thermodynamique, un processus polytropique est une transformation réversible impliquant un transfert thermique, c'est-à-dire un échange de chaleur, entre le système étudié et son environnement. Et à regarder de près la mine des touristes, devant ce derviche au physique ursin que chacun cherchait à éviter, on devinait un échange de chaleur sur le point de se produire avec Gargarin.

Il leva son casque 3D sur le front, affichant l'allure d'un général qui juge une bataille au cœur de la mêlée. Son chapeau de paille à la renverse, maintenu en équilibre sur le sommet du crâne, il ressemblait à Périclès, son heaume relevé en arrière. D'un coup d'œil il promena son regard sur la petite foule qui déambulait entre les ruines, tout en se désolant de la tenue des touristes, avec leurs maillots fluorescents, leurs bananes sous les bedaines et leurs socquettes dans les claquettes, lorsque son regard fut attiré par une jeune fille (ou un jeune garçon) aux cheveux verts et violets, des anneaux dans les oreilles et dans le nez, laquelle brandissait une perche à selfie pour se prendre en photo devant la niche où resplendissait jadis l'ancien Hercule de Glycon, inspiré d'un original grec beaucoup plus ancien, en l'occurrence d'un bronze de Lysippe. On pouvait y admirer le fils de Zeus, dans un rare moment de repos, appuyé sur sa massue noueuse, drapée de la peau du lion de Némée. Il tenait derrière son dos les pommes des Hespérides, avec sa puissante main droite. Hercule personnifiait le triomphe du courage de l'homme sur les épreuves imposées par les dieux jaloux. Il fut le seul héros honoré dans l'ensemble du monde grec, le seul humain à se voir accordé l'immortalité parmi les dieux.

Jamais avare de compliments pour ses contemporains, il abaissa brutalement son casque en bougonnant d'une voix qui aurait pu être celle du géant aux Douze Travaux, plongeant Amanda dans un mélange de honte et de fou-rire nerveux :

- Célébration du Moi et néantisation du monde sont les mamelles de la religion woke !

Puis, il repartit de plus belle, casque sur le museau, dans son exploration virtuelle, prêt à plonger dans le premier bassin qui se présentait sous ses yeux. Gargarin avait complétement oublié sa répugnance des débuts, ses yeux éblouis par les murs des salles revêtus de marbres de couleur, ornés de bronze doré. Les plafonds étaient décorés de peinture, le pavage couvert de mosaïques, les bassins et les palestres décorés de statues et de fresques. Certaines baignoires étaient creusées dans les marbres les plus précieux, les autres exécutés en basalte, en granite, en porphyre, en albâtre. Au sein des thermes de Caracalla, on ne comptait pas moins de 1 600 sièges de marbre. Devant toutes ces merveilles, Gargarin exultait, persuadé d'avoir été enlevé par les Parques, les fileuses mesurant la vie des personnes et tranchant le destin, divinités romaines maîtresses de la destinée humaine, pour être installé jusqu'à la fin de ses jours dans le siècle de Caracalla.

Gargarinus se voyait venir aux thermes, en fin d'après-midi, pour se tremper ; prendre des bains de vapeur afin de se relaxer. Il serait passé au vestiaire, l'*apodyterium*, une salle carrée flanquée de chaque côté de deux petites pièces voûtées en berceau, installée dans le couloir autour de la palestre, comprenant aussi des baignoires et des latrines. Là, il aurait laissé ses vêtements dans une niche, confiant la surveillance de ceux-ci à un esclave. Les médecins romains ayant élaboré toute une succession d'étapes pour le bain, il était recommandé de commencer par des exercices physique pour échauffer le corps. Mais ceux qui détestaient ce type d'exercice, comme notre ami libraire, pouvaient se rendre aussitôt au *caldarium*, immense rotonde coiffée d'une coupole appuyée sur huit piliers. Deux parties : le bain chaud, et dans une pièce annexe, le *sudatorium* à chaleur sèche, destiné à activer la transpiration. Pour éliminer la sueur, les peaux mortes et la saleté, on se raclait la couenne à l'aide d'un grattoir courbe, appelé *strigile*. Puis, on puisait l'eau fraiche dans le *labrum*, la grande vasque centrale, avant d'aller s'immerger dans un des bassins latéraux.

Nous n'entrerons pas dans les détails minutieux de cette visite virtuelle, mais pouvons-nous passer sous silence le rôle primordial de l'eau, pas moins important à nos yeux que celui du sang dans notre corps ? Bien sûr, vous avez deviné, lecteur clairvoyant, que le roman policier est construit sur le modèle de ces bains. L'aqueduc tient lieu d'intrigue, pour alimenter le récit du début à la fin, avec une eau fraiche, entreposée dans des énormes citernes, situées au-dessus du niveau des Thermes afin de maintenir une pression suffisante, en vue d'alimenter les différents bassins, qui se déploient comme des chapitres. Tout un réseau souterrain se développe, pour cacher les locaux et les circulations de services (chaufferie, réserves de combustibles et tutti quanti), recouvert par un plateau artificiel, sous l'enceinte extérieure, un réseau de galeries et de tuyauteries souterrain : c'est la trame tissée par l'auteur pour faire circuler ses idées, ses crimes et ses personnages en toute fluidité.

Pour chauffer l'imagination du lecteur, rien de tel qu'un système imitant l'hypocauste, ce foyer souterrain, qui propulse de l'air chaud sous les sols à l'intérieur des murs constitués de piliers en brique, sous le parement de marbre. L'eau, chauffée dans une grande chaudière au sous-sol, située dans le *præfurnium*, au-dessus du foyer alimenté avec du charbon de bois, entretenu par des esclaves, arrive dans les bains par un savant système de tuyauteries, comme affluent les figures de style, métaphores, litotes, antithèses ou oxymores, pour réchauffer savamment le sens des phrases. L'air chaud circule sous les bains, dans les murs par de multiples conduits, ce qui ne manqua pas d'inspirer la vision cosmique des *Géorgiques*, puisque le poète Virgile nous affirme que la terre est parcourue par des « passages » et des conduits dans lesquels circulent des sucs nourriciers, comme les suspicions affluent au cours du récit pour diluer l'esprit du lecteur dans toute sorte de direction. Les bains les plus chauds peuvent atteindre jusqu'à 30° ; dans l'espace suffoquant du *sudatorium* la température peut s'élever qu'à 60°, comme celle du lecteur, quand survient le moment de découvrir la résolution de l'énigme tissée depuis le début du récit.

     L'énigme de la clé disparue aurait-elle été résolue sans l'apparition du phénomène ? Nous ne le saurons jamais. Car la vie est ainsi faite qu'on ne peut s'opposer au flot de l'existence, sans perdre son âme dans un bain de conjectures baroques et totalement inutiles. Ce que notre ami Gargarin préférait ignorer, d'abord parce qu'il n'avait aucune connaissance de l'affaire (personne ne l'ayant averti que la clé de la Chapelle Sixtine avait disparu), ensuite parce qu'il était littéralement sous l'emprise de cet objet diabolique lui ayant ôté tout sens moral de la mesure et de l'équilibre (qualités dont il était bien mal pourvu d'ordinaire, il faut hélas le reconnaître), enfin parce que, décidé à ne plus retourner vivre dans l'époque qu'il avait quittée, il se ruait de tout son cœur pour batifoler, tel un ours devant un bain de miel, dans les Thermes de l'empereur. Alors qu'il approchait de la niche d'Hercule, pied lourd et conscience légère, il se cogna de tout son élan contre le corps d'un petit personnage gras, ventru, pelliculaire, qui avait rebondi d'un bon mètre, tel une balle de tennis, tout en proférant un tissu d'injures, dans une langue à consonnance germanique. Cet incident grotesque amusa beaucoup notre libraire normand, persuadé d'avoir vengé, sans le vouloir, le massacre de Varus dans les forêts de Teutobourg. Il s'élança de plus belle dans les salles en ruine, la vue pleine de romains à demi-nus qui s'ébrouait en riant dans l'eau chaude des bassins de marbre. C'est alors qu'un dernier événement se produisit juste avant l'apparition du phénomène.

Chapitre 21

La langue de Dieu

La conférence de Tugdual, entre les murs de la Villa Médicis, fut saluée par un concert de louanges, et un flot nourri d'applaudissements mérités. Cette fois, il faisait beau, et tout le monde profita des jardins sous le soleil, surtout l'inconnu aux allures de jardinier, dont personne ne savait ce qu'il venait faire ici. Un buffet magnifique était dressé près des grands arbres. L'âme de Lucullus planait sur les terrasses. Il tombait du ciel éclatant de printemps une lumière inédite et sans pareil, pour offrir sa lucidité métaphysique aux tourments les plus obscurs et répandre une suavité bénéfique sur les âmes agitées, comme cette harmonie lumineuse qui habite les tableaux de Mike Hall, imprégnant son univers de lignes claires si rares. Tous restèrent captivés par la causerie du lauréat du *Prix Combourg*, Tugdual de Kerandat, sur la Rome de Chateaubriand. Somme toute, la présence du poète dans la Ville paraissait moins sibylline que tous les mystères du *calcul infinitésimal*.

Tugdual avait invité la Contessa et ses amis, le prince Lavinia, et le cardinal Contani, à la demande du franciscain. Le prélat était venu accompagné de ses trois jeunes collaborateurs. Le petit Gödel, trop excité de croiser le fer avec un prince de l'Eglise sur un sujet complexe, avait accaparé le cardinal dans un coin du jardin ; notre père Brun, toujours bienveillant, avait volé sans tarder au secours de l'homme à la soutane rouge :

- Lorsque le physicien Richard Feynman discutait avec le romancier Herman Wouk du projet *Manhattan*, alors qu'ils parvenaient au terme de l'entretien, Feynman lui demanda, au moment où l'autre s'apprêtait à prendre congé, s'il connaissait quelque chose au calcul infinitésimal. Non, lui avait avoué le romancier, strictement rien. *« Vous feriez bien d'apprendre*, lui suggéra Feynman, *c'est la langue de Dieu »*.

- Je croyais que c'était le latin ! persifla le petit Gödel avec une pointe d'insolence.

- Pour des raisons échappant à l'immense cohorte des mortels, l'univers reste profondément mathématique. Pour les incroyants, le fait demeure mystérieux et merveilleux à la fois ; notre univers obéit à des lois qui finissent toujours par s'avérer traduisibles dans la langue du calcul infinitésimal, relatée sous la forme de phrases appelées : les *équations différentielles*.

- Pourriez-vous traduire ? réclama le prince Lavinia.

Cette fois, le petit Gödel se fit plus aimable :

- Une équation est dite différentielle quand elle décrit la différence entre une chose maintenant et cette même chose un instant plus tard ou entre une chose et cette même chose à une distance infinitésimale d'ici. Les détails peuvent varier, mais la structure des lois est toujours la même.

Et le franciscain compléta :

- Si le calcul infinitésimal n'existait pas nous n'aurions ni téléphones portables, ni ordinateurs, ni fours micro-ondes, ni radios. Pas plus de télévision, d'échographie ou de GPS. Nous n'aurions pas pu scindé l'atome, séquencé le génome humain, ni déposé d'astronaute sur la lune.

- *Le silence éternel de ces espaces infinis m'effraie*, murmura le cardinal, en paraphrasant Pascal.

- Pour exprimer autrement, reprit aussitôt le père Brun, cette affirmation vertigineuse, il nous semble bien qu'il existe quelque chose comme un *code de l'univers*, oui, une manière de système d'exploitation qui anime tout, d'un instant à l'autre et d'un lieu à l'autre. Le calcul infinitésimal puise dans cet ordre et l'exprime.

- Ah la mystérieuse présence de Dieu ! s'enthousiasma le dignitaire en soutane rouge.

- Ce qui fait la fascination du mathématicien appliqué, ce sont les transactions entre le monde réel qui nous entoure et le monde idéal qui loge dans notre tête. Les phénomènes qu'on observe orientent les questions mathématiques qu'on se pose ; à l'inverse, voyez-vous, les mathématiques qu'on imagine annoncent parfois ce qui se produit vraiment dans le monde observable. Lorsque cela arrive, c'est assez prodigieux.

- Vous laissez entendre que c'est un langage fabuleux ? s'inquiétait le petit mathématicien, le langage d'une fable ?

- Mais le calcul infinitésimal, comme tant d'autres formes de mathématiques, est plus qu'un langage, c'est aussi un système de raisonnement d'une puissance extraordinaire. On peut même y déceler la présence de Dieu et celle du diable.

- Ahah, ricanait le petit homme en noir. Sornettes !

- Mais savez-vous que Gödel, rétorqua le père Brun en riant à son tour (parce qu'il avait l'impression de parler au plus grand mathématicien du XXème siècle en personne) savez-vous donc que Gödel lui-même croyait aux anges et au diable ?

Le petit sosie s'était tu, comme pétrifié par la foudre.

- Pour le dire d'une autre manière, si vous préférez, le calcul infinitésimal nous permet de transformer une équation en une autre par le biais de plusieurs opérations symboliques, soumises à certaines règles.

- Et quelles sont ces règles ? sollicita le prince Lavinia.

- Des règles profondément enracinées dans la logique. Si nous donnons parfois l'impression de ne brasser que des symboles dans tous les sens, nous construisons en fait de longues chaînes d'inférence logique. Etape utile, le maniement des symboles reste une sténographie nécessaire, un moyen très pratique d'élaborer des arguments trop complexes pour tenir dans notre tête.

- Je vous accorde ce point, susurra le petit Gödel.

- Le fait que le calcul infinitésimal soit capable d'imiter ainsi la nature a quelque chose de fascinant, compte tenu de tout ce qui sépare ces deux domaines. Le calcul infinitésimal est un royaume imaginaire de symboles et de logique ; la nature demeure un royaume réel de forces et de phénomènes. Pourtant, si l'on maîtrise l'art de traduire le réel en symboles, la logique du calcul infinitésimal peut s'emparer d'une vérité du monde réel pour en générer une autre. On introduit une vérité, et une autre ressort.

- Mais pourquoi diable, avait coupé le petit homme en noir qui semblait s'éveiller d'un bref évanouissement, pourquoi l'univers respecterait-il les mécanismes de quelque logique que ce soit ? A plus forte raison la logique que nous, misérables humains, serions capables de traduire ?

- Il faut écouter ce que dit Einstein : *« La chose la plus inintelligible au monde, c'est que le monde soit intelligible »*.

- Je vous avoue que tout ceci est trop compliqué pour moi, prévint soudain le cardinal, qui détestait le monde des chiffres et des formules abstraites. Mais comment fonctionne votre calcul infinitésimal ? Comment peut-ont calculer avec l'infini ?

- Sa méthode procède en deux temps : tout d'abord, il découpe, puis il reconstruit. En termes mathématiques, le temps du découpage comporte à chaque fois une infinité de petites soustractions, qui servent à quantifier les différences entre les parties. Pour cette raison, le première moitié porte le nom de calcul *différentiel*. De son côté, le processus de réassemblage suppose une infinité d'additions qui réintègrent les différentes parties au sein du tout d'origine. Et cette moitié-là s'appelle le calcul *intégral*.

Le petit mathématicien ajouta, en guise de précision :

- Pour faire toute la lumière sur une forme, un objet, un mouvement, un processus ou un phénomène continu, quel qu'il soit - *aussi insensé et complexe que cela paraisse* - il faut tout bonnement le reconcevoir comme une série infinie de parties plus simples, analyser une à une ces dernières, puis réassembler les résultats obtenus pour donner un sens au tout de départ.

- C'est le principe même d'une enquête policière ! lança le père Brun, sans sourire, du côté du cardinal.

- Dans l'histoire du calcul infinitésimal plus que dans celle de n'importe quel autre secteur des mathématiques, la logique a toujours eu un temps de retard sur l'intuition, venait de modéliser le petit mathématicien, avec un air désolé.

- La création est toujours intuitive. La raison ne vient qu'après, avoua le moine, des étoiles plein les yeux.

- Comme dans les enquêtes policières ? avait souligné le cardinal, non sans faire preuve d'une certaine ironie.

Il faisait un ciel magnifique. Tout le monde se détendait. Sous les yeux des convives, Rome déployait son océan de toits. La voix du franciscain avait de nouveau résonné :

- Je crois que Lautréamont avait raison sur ce point.

- Et que disait Lautréamont ? s'enquit le prince.

- O mathématiques sévères, je ne vous ai pas oubliées. Il y a du vague dans mon esprit, un je ne sais quoi épais comme de la fumée ; mais je sus franchir religieusement les degrés qui mènent à votre autel, et vous avez chassé ce voile obscur comme le vent chasse le damier. Vous avez mis à la place une froideur excessive, une prudence consommée et une logique implacable.

Le père Brun se tut un bref instant, puis les yeux plein d'une lumière astrale, il déclama :

- Arithmétique ! algèbre ! géométrie ! trinité grandiose ! triangle lumineux ! Celui qui ne vous a pas connu est un insensé !

Le cardinal Contani s'était avancé vers Tugdual :

- C'est donc vous l'homme de lettres ?

- Non, Eminence, je me contente de rester un homme d'esprit. *La lettre tue, mais l'esprit vivifie.*

- Ah, je vois que vous profitez des leçons du père Brun.

Le petit groupe s'approcha du reste des amis, tandis que les trois jeunes abbés se tenaient à distance. Chacun s'extasiait devant la mer des toits romains :

- Sans doute la plus belle ville du monde !
- Plus belle aujourd'hui ? Plus belle que dans l'Antiquité ?
- La Rome des papes de la Renaissance, reprit le prince Lavinia, a ouvert considérablement la ville au ciel, en dotant les sept collines de palais, d'églises, mais aussi de jardins de rêve. Avec eux, Rome est entrée dans l'éternité.
- *Vedi Roma et poi vivere !* chanta comme un poème d'amour, la Contessa en pastichant la célèbre formule italienne.
- C'est vrai que ces villas sont splendides !
- Que serait Rome sans les villas des grandes familles ?
- Et sans leurs palais !
- Leurs noms font rêver : Chigi, Borromée, Farnèse, Borghèse, Strozzi, Colonna, Pamphili, Corsini, Sforza…
- Et même Borgia ? avait plaisanté Tugdual.
- Ah non, cher ami, avait piqué Béatrice avec un sourire triomphant, les Borgia n'ont pas laissé de palais à leur nom. Ils avaient fait aménager

des appartements splendides au sein du Vatican. N'est-ce pas éminence ?

- Oh, mais je vois que nous avons affaire à des vraies romaines !

Leur conversation s'éternisait sur le ton aimable et enjoué d'un moment de grâce, pendant un beau jour de printemps. Le père Brun s'était écarté en prenant le conférencier par le bras :

- Tugdual, vieux frère, j'ai besoin de toi !
- Que puis-je pour ton service ?
- Dis-moi, tu es toujours amis avec tes généalogistes ?
- Plus que jamais, tu connais ma passion pour le sujet. Je suis même membre d'une guilde européenne.
- Alors c'est parfait. Je souhaiterais que tu fouilles dans l'arbre de cet individu, invoqua-t-il en tendant un morceau de papier, sur lequel un nom était inscrit.
- Je suppose que c'est urgent ?
- Oui, c'est pour hier. Ne me demande ni comment, ni pourquoi ! Mais fais vite, s'il te plait !
- C'est comme si c'était fait. Mais d'abord, il nous reste un point à trancher !
- Lequel ?
- Le prix de mes honoraires !

Le moine balaya l'assemblée des convives, d'un rapide coup d'œil :

- Un café avec Béatrice.
- Avec ou sans sucre ?

De retour au sein du petit groupe, le père Brun avait prié ses amis de l'excuser, car il devait s'entretenir avec le cardinal. Chacun se retira, et sur un signe de l'homme à la soutane rouge, les trois jeunes abbés approchèrent.

- J'ai trouvé le mot que nous cherchions, c'est *Borgia* !

- Borgia ? Mais pourquoi donc ?

- Les Borgia tirent probablement leur origine de la ville de Borja, en Aragon, toponyme qui vient de *borg*, (tour en arabe).

- *Arabico turris natus*, murmura Aristote Jeudi, ses grands yeux rivés sur les toits de Rome.

- Alexandre VI préfère oublier cette étymologie pour s'en forger une autre plus honorable, celle de *boarius*, relatif au fameux taureau, présent sur leurs armoiries.

- *Sanguinei bovis sum,* le taureau couleur de sang, bafouilla le cardinal, se remémorant le blasonnement du clan familial des célèbres Borgia : *d'or au taureau de gueules, sur une terrasse de sinople, à bordure du champ chargée de huit flammes du troisième.*

- Ce taureau symbolise, avec ce rapport métonymique, la puissance et la fécondité, tandis que le futur pape Calixte III fait rajouter sur le bord de l'écu un orle chargé de huit flammes représentant les huit chevaliers Borgia qui, selon leur légende familiale, auraient accompagné le roi d'Aragon Jacques Ier lors de la conquête du royaume en 1238.

- *In gehennam octo flammae meae ardeant*, leurs huit flammes brûlent en enfer ! prononça le petit Don Alvaro, avec la voix sinistre du *Grand Inquisiteur* dans la fameuse légende des *Frères Karamazov.*

- Il faut croire que notre Michel-Ange n'apprécie pas beaucoup cette famille Borgia. Mais poursuivons l'analyse de notre énigme. *Pretiosus liquor odium meum est* : ma haine est une liqueur précieuse. Là, je dois avouer qu'on ne sait pas qui parle, ou des Borgia, ou de notre Michel-Ange.

- *Carius venenum meo sanguine*, poursuivit le cardinal qui se remémorait la lettre à voix haute.

- Un venin plus cher que mon sang ! César Borgia, le fils chéri d'Alexandre VI, portait une bague à poison, qui lui permettait d'empoisonner son ennemi en lui serrant simplement la main.

- Ce qui corrobore la suite, ajouta le cardinal d'un air attristé : *Ut vitam occido et occidere vivo.*

- Je tue pour vivre et je vis pour tuer. On sait que les Borgia n'hésitaient pas à faire assassiner leurs adversaires.

- *Sit nomem nostrum maledictum in saecula,* conclut le petit Don Alvaro, comme s'il prononçait la formule finale d'un tribunal de l'Inquisition. Notre nom est maudit à jamais !

Le cardinal Contani fit silence un instant, puis il avisa l'un des trois jeunes prêtres :

- Nasser, vous savez ce qu'il vous reste à faire.

Le jeune prêtre se retira sur la pointe des pieds pour se rendre aux bureaux de l'*Osservatore Romano,* afin de faire publier le mot *Borgia*, sur le site en ligne. Puis, le dignitaire à la soutane pourpre se tortilla du côté du père Brun :

- Sans vous, nous n'aurions jamais réussi à déchiffrer cette énigme. Merci sincèrement Cavalio, merci. Je n'oublierai pas ce que vous doit le Vatican !

- Attendez d'abord d'avoir retrouvé la clé, répondit le moine en toute humilité.

La mer de toit ondulait sous les caresses du soleil. Une lumière dorée scintillait dans ses yeux. Une lumière unique. Celle de la Rome éternelle.

Chapitre 22

Le peuple des Myrmidons

Un terme revient souvent quand on étudie la littérature grecque ancienne, autant dans les œuvres d'imagination que dans les ouvrages historiques, un terme qui désigne les lointaines origines d'un désastre : *arkê kakôn*, le « début des maux ». Il faisait chaud sous le soleil déjà puissant et, maculé de sueur comme s'il sortait du *sudatorium*, le libraire réclama une pause à l'ombre, dans les solitudes arborées du parc. Amanda s'était assise sur un banc, tandis que Gargarin voulut s'allonger dans l'herbe pour compter les nuages. Un air doux caressait la peau des visages. Il faisait beau ; les ruines se dressaient là-bas dans la splendeur de leur mélancolie.

Elle entendit Gargarin qui poussait un chapelet de petits cris joyeux. Amanda tourna les yeux vers lui, il était à quatre pattes en train d'examiner des brins d'herbe.

- Mais que faites-vous ?
- Je contemple l'Histoire de Rome, avait-il répondu sur un ton plein d'enthousiasme.

Elle le regardait folâtrer comme un jeune chien fou.

- Mais que scrutez-vous ?
- C'est merveilleux ! Les livres d'Histoire nous ont menti. Tite-Live nous a trompé !
- Que racontez-vous ? insista la jeune policière, son esprit à mi-chemin entre le fou rire et l'appréhension.
- Ce n'est pas à cause du viol de Lucrèce que Lucius Brutus a eu l'idée de fonder la république romaine !

Elle ne le quittait plus des yeux. Il gardait son visage au ras du sol, comme un prédateur à la poursuite d'une trace.

- Non, c'est en regardant ceci !
- Des brins d'herbe ?
- Tout est sous nos yeux, Amanda ! Etat, guerre, butin, travail, esclavage. Le triomphe de l'intelligence. Le succès de l'organisation ! SPQR !

Amanda se pinçait les lèvres pour ne pas éclater de rire. Le discours de Gargarin était un tissu de mots assemblés sans aucun sens pour elle, mais, connaissant le libraire, elle aurait parié qu'il avait élaboré une nouvelle théorie bien à lui.

- Ah ah, les modernes sont vraiment des nains avec leur *Fable des abeilles* !
- De quelle fable parlez-vous ?
- De ce fripon de Mandeville, un pionner du libéralisme moderne. Il soutient que les appétits de chacun sont la base de la prospérité de tous, que la guerre de tous contre tous, le vol, la prostitution, l'alcool, les drogues, la cupidité, bref, le vice dans tous ses états est propice à l'épanouissement social.

- Joli programme !

- *Soyez aussi avides, égoïstes, dépensiers, pour votre propre plaisir que vous pourrez l'être, car ainsi vous ferez le mieux que vous puissiez faire pour la prospérité de votre nation et le bonheur de vos concitoyens.*

- C'est l'exaltation de l'individualisme !

- Exactement. On y trouve les ferments du wokisme. Mes droits individuels priment sur tous les autres.

Un air doux venait apaiser les consciences humaines, tandis qu'un drame gigantesque se jouait aux pieds de nos amis, ainsi que l'annonçait la littérature grecque ancienne, pour désigner les origines d'un désastre : *arkê kakôn*, le « début des maux ».

- Venez voir, Amanda, regardez ces créatures géniales !

La jeune policière approcha et se pencha pour tenter de comprendre. Elle aperçut des petits êtres minuscules, étalés sur plusieurs lignes, accaparés par l'élan d'une mission collective.

- Des fourmis ?

- Têtes roussies, allure de Légionnaires, gastre aérien, tout évoque une véritable armée plus qu'une simple colonie.

- Des Légionnaires ?

- Observez leur capacité de recrutement, et puis leur technique de chasse, sur une mouche, sur une mite. Tout leur comportement est exemplaire, mesuré, stratégique : c'est la puissance de Rome dans toute son apothéose !

Un doux zéphir jouait dans les cheveux d'Amanda. Une trouée de soleil miroitait sous les grands arbres. A l'échelle des humains, la vie était douce, tranquille. Mais Amanda résolut d'interroger le libraire, parce qu'il était toujours fascinant de le voir en crise d'érudition, même sur un sujet aussi insignifiant.

- Entre les fourmis rouges et les fourmis noires, est-ce qu'il existe vraiment des différences ?

Gargarin prit un air très sérieux :

- On compte plus de 16 000 espèces de fourmis. Savez-vous que la plupart d'entre elles ont élaboré un système pour entasser les cadavres de leurs congénères, dans un lieu dédié à côté de la fourmilière. Oui, oui, vous avez bien entendu, les fourmis ont des cimetières pour amasser les défunts. Les cadavres sont transportés dans cet endroit, absolument réservés à cette fin, et déposés, tantôt en petit tas réguliers, tantôt en rangées, alignés de façon plus ou moins symétriques.

- Mais c'est incroyable !

- Le plus étonnant, c'est que les fourmis n'accordent les honneurs de la sépulture qu'aux consœurs de la fourmilière, et non à des ennemis ou à des étrangères, qu'elles se contentent de dévorer la plupart du temps.

- C'est fascinant, s'époustouflait Amanda, en observant le vie de ces petits êtres plein de vigueur et de résolution.

- Attendez, vous n'avez pas tout entendu ! avait repris Gargarin qui se délectait de ce spectacle microcosmique.

- Je suis tout ouïe, répondit la jeune policière qui n'avait jamais imaginé qu'elle aurait pu se passionner un jour pour une colonie de fourmis.

- Connaissez-vous la *Formica sanguinea* ? Redoutable guerrière, elle pratique une politique de caste, conforme en tout point aux principes de *La République* de Platon.

- Parce qu'elles savent lire en plus ?

- Ne riez pas trop vite, les fourmis ont tant de choses à nous apprendre. La *Formica sanguinea*, qui agit là, sous vos yeux, est une espèce de fourmis esclavagistes, la seule représentante européenne du sous-genre *Raptiformica.*

- Elle possède des esclaves ?

- Mieux, elle les capture ! Tenez, observez ici, nous sommes en plein raid contre une colonie de *Formica fusca,* du sous-genre *serviformica.*

- Ah, il y a deux espèces qui se battent sous nos yeux ?

- Exactement, Amanda. Les unes, un peu plus grosses, de couleur rouge et noir, les autres plus petites, et seulement noires. Un combat titanesque à leur échelle !

- Ah oui, je vois, les rouges et noir attaquent de façon féroce ! C'est terrible ! Mais pourquoi les attaquer ? Pourquoi les tuer ? Les fourmis ne sont pas des êtres pacifiques ?

- A part Jean-Jacques Rousseau, il n'existe aucun être pacifique dans la Nature, ironisa le libraire qui suivait des yeux une ligne de *Formica sanguinea*, transportant des boules blanches si minuscules qu'il était difficile de les apercevoir.

- Vous voyez cette ligne avec les points blancs ?

- Oui, on dirait qu'elles déplacent quelque chose.

- Pauvres *Formica fusca* ! Elles ont défendu avec vaillance leur forteresse, mais leurs ennemis possèdent un art consommé de la poliorcétique.

- De la quoi ?

- La poliorcétique ! L'art antique d'assiéger une citadelle.

Malgré le temps doux, sous l'air léger qui charmait le parc ensoleillé, nos deux amis se concentraient sur les aspects tragiques de cette guerre *microcholine*, parce que le courage déployé par ces êtres minuscules valait bien la vaillance des Samnites à la bataille des Fourches Caudines.

- Je suis fascinée par ce spectacle. Mais je voudrais comprendre. Les fourmis ont un cerveau développé ?

- Les experts considèrent qu'elles possèdent 250 000 cellules cérébrales. Comparé aux 86 milliards de neurones d'un cerveau humain, ça peut sembler dérisoire. Mais croyez-moi, le cerveau de la fourmi est très puissant pour sa taille. Ces petites bêtes sont capables d'organiser et de distribuer le travail de manière très efficace, de concevoir et de construire en groupe toute une série d'édifices d'une architecture impressionnante, sans oublier de communiquer entre elles pour attaquer ou défendre une colonie. Et tout ceci sans chef d'orchestre !

- Le communisme à l'état intégral, avait alors souri la jeune femme, en pensant aux idées marxistes de son père.

- Pas faux ! On pourrait presque considérer que chaque fourmi représente un neurone et que la colonie est un cerveau global.

- Alors, ces petits points blancs, qu'est-ce que c'est ?

- Les *Formica sanguinea* ont subtilisé les cocons et vont les rapporter dans leur colonie, en les imprégnant de leur odeur coloniale, afin de tromper les *serviformica* qui agiront ensuite comme si elles étaient nées dans leur colonie d'origine.

- C'est à la fois génial et cruel !

- Les *raptiformica* ne sont plus capables de prospérer sans esclaves : elles ont perdu l'aptitude à élever elles-mêmes leur couvain au cours de l'évolution. Vous avez sous les yeux, tout le drame de l'empire romain !

- Ou du capitalisme moderne, souffla la jeune femme, les yeux dans le vide, en pensant aux envolées de son père.

- Bien entendu, les assaillants se gardent bien de tuer la reine pondeuse de la citadelle assiégée, afin de revenir un jour chercher de nouveaux cocons.

— De vrai stratèges. Sun Tzu n'a rien inventé !

— Vous avez raison, Amanda, la valeur n'attend pas le nombre des antennes. Pour ma part, je reste persuadé que le dénommé Aristoclès, surnommé Platon (en raison de sa carrure d'athlète) n'a pu concevoir *La République*, qu'après de longues siestes dans l'herbe, où il venait s'amuser à observer la vie des fourmis.

— Mais il n'y a jamais de révoltes ? Les fourmis esclaves se laissent dominer sans réagir ?

— Il arrive parfois que les esclaves, après avoir pris soin des larves, une fois survenues au stade de nymphe, les attaquent en masse pour détruire la génération suivante d'esclaves.

— Je suis sans voix !

— La guerre de Spartacus et le massacre des Saint Innocents réunis dans une fourmilière !

Amanda était pensive :

— Regardez ces deux-là, on dirait qu'elles s'embrassent.

— C'est formidable ! Les fourmis pratiquent ce qu'on appellent la trophallaxie, souvent qualifié de *baiser des fourmis*. Il s'agit d'un comportement important chez les insectes sociaux. Les fourmis possèdent deux estomacs, dont un, le *jabot social*, sert uniquement à stocker de la nourriture, pour être partagé par régurgitation.

— Elles se nourrissent en s'embrassant ?

— Absolument. Quel symbole magnifique ! Mais encore plus beau, la trophallaxie comprend le principe de *plaisir* en tant qu'opposé au principe de *réalité*. Le premier joue un rôle déterminant dans la vie des insectes sociaux.

- Non seulement elles nourrissent la voisine, à l'inverse de la Fable, mais en plus elles en sont heureuses ?

- Oui, mais La Fontaine ne s'était pas trompé. Jamais une fourmi n'embrasserait une cigale !

Amanda avait levé les yeux vers les ruines des Thermes. Là-bas, un groupe de touristes s'éparpillaient autour des arches. Cette silhouette frêle, à côté d'eux, lui disait bien quelque chose mais, l'esprit retenu par la leçon de choses unique, et tout à la merci des explications de Gargarin, elle avait rapidement baissé les yeux vers le sol pour écouter le libraire :

- Encore une preuve de mon intuition !
- Quoi ?
- Ce baiser entre les fourmis.
- Pourquoi ?
- Saviez-vous que les Romains étaient passionnés par les baisers, au point d'en pratiquer plusieurs types ?
- Ah bon ?
- Le *basium*, le baiser sur la bouche, pour exprimer la tendresse amoureuse, celui qu'on se donne entre époux.
- C'est un baiser fougueux ?

- Non, le baiser sensuel, érotique, profond, porte bien son nom. Il s'appelle le *suavium*.

- Ah oui, c'est un joli nom !

- Enfin, l'*osculum* (petite bouche) qui se donne lèvres fermées sur la main, ou la joue, et même sur la bouche entre membres d'une même corporation ou d'un même ordre social. Une sorte de baiser social, qui se retrouve chez les Russes.

- Les Russes auraient copié les Romains ?

- La Russie est un empire. Moscou se fait appeler la 3ème Rome, et le Csar est l'héritier de César.

- Et tout ça, sur le modèle des fourmis, s'exclama la jeune femme. C'est *fourmidable* !

Gargarin s'agitait en suivant une longue trainée :

- Regardez ! Les *Formica sanguinea* repartent vers leur citadelle avec le butin et les prisonnières.

- Comme dans une vraie guerre. Elles sont drôlement organisées. C'est réellement incroyable !

- Il y a des soldates, des exploratrices, des agricultrices, des puéricultrices et des esclavagistes. Chacune à sa place pour assurer le fonctionnement de la cité.

- Les soldates ne font que livrer la guerre ?

- Non, elles creusent aussi le nid dans lequel on dépose les couvains, avec le réseau de galeries. Elles ont d'énormes mandibules, ce qui les rend particulièrement adaptées à ce type de travail. En plus, elles sont porteuses d'une sorte de venin. Elle attaquent les intrus, en leur infligeant une blessure dans laquelle elles injectent l'acide formique. Elle protègent aussi les exploratrices pendant leurs expéditions.

- Vous avez raison, c'est une vraie cité antique !

- Les exploratrices sont les fourmis les plus âgées du groupe, qui partent à la recherche de nourriture. Elles ont le plus grand risque de se faire piétiner ou de devenir les proies de toute sorte d'animaux carnivores. Pour cette raison, la colonie expose les plus âgées.

- Mais c'est complétement dingue. Il y a de vraies règles de vie sociale !

- Quelques fourmis assument le rôle d'agricultrices, en cultivant leur propre nourriture à l'aide de pucerons dont elles sucent le liquide, pucerons apportés au nid par les exploratrices. L'agricultrice développe une technique de travail sophistiquée pour faire pousser les récoltes, en secrétant des substances chimiques qui possèdent un effet antibactérien, afin de prévenir la présence de moisissures.

- Je suis vraiment impressionnée !

- Les puéricultrices s'occupent des larves qui sortent des œufs de la reine, laquelle ne peut pas le faire elle-même.

- Mais comment font-elles pour être si bien organisées ? Pour communiquer entre elles avec autant de précision ? Elles ont inventé un langage ?

- Oui, elles communiquent de façon tactile, sonore et visuelle, mais surtout à partir de signaux chimiques.

- C'est-à-dire ?

- On les appelle phéromones. Des signaux qui se traduisent par des odeurs, l'équivalent chez nous des hormones. De ce fait, ils peuvent induire des réactions physiologiques et des comportements. Par exemple, quand des soldates attaquent elles diffusent une odeur de panique pour perturber la colonie adverse.

- C'est stupéfiant. J'étais loin de me douter qu'il existait un monde plein d'intelligence chez ces petites bestioles.

- Mais l'intelligence est vraiment partout chez Dame Nature, Amanda. Comment douter de l'existence de Dieu, après ça ?

Le visage d'Amanda était perplexe. A nouveau, la petite silhouette, là-bas, la questionnait. On aurait dit… Mais non ce n'était pas possible. De toute façon, Gargarin ne lui laissait pas le temps de cogiter :

- *Actum est de republica !* entonnait le libraire avec ces mots attribués à Cicéron, en contemplant la chute de la cité des *Formica fusca.* (C'en est fini de la république).

- Ainsi, vous pensez que la fourmi a inspiré les penseurs du monde antique ?

- Oui, j'en veux pour preuve que Zeus lui-même s'était métamorphosé en fourmi pour séduire la mère du roi légendaire Myrmidon.
- Ah bon ?
- Dans l'Iliade, du génial Homère, Achille commande la tribu mythique des Myrmidons, le *peuple fourmi*, du nom de leur roi.

Il aurait pu rester des heures, à disserter sur les fourmis, à demi-allongé dans l'herbe, si Amanda ne l'avait pas rappelé à la réalité, pour le prier de retourner dans les Thermes, afin de conclure le circuit de leur visite. Tandis que Gargarin, se levant au-dessus de la fourmilière, avec la démesure d'un Gulliver, continuait de réinventer une *Histoire naturelle des origines de Rome*, incorporant allégrement Pline à Tite-Live, une petite silhouette, là-bas, se faufilait dans les ruines des Thermes, à la fois cause et principe du phénomène, sur le point d'apparaître, pour changer le cours de notre énigme.

Chapitre 23

L'apparition du phénomène

En amont de toute intellection, l'homme a besoin du corps, nous dit Saint Thomas d'Aquin. *Ni son corps, si son âme, l'homme est l'union des deux.* C'est la grande révélation du christianisme. Ni Platon, ni Démocrite, Saint Thomas nous invite à comprendre que la dignité de l'homme n'est pas dans sa capacité d'autosuffisance mais se mesure à la grandeur de ses fins dernières : la vision béatifique. Corps et âme, l'homme est le seul être de la Création à vivre selon les lois physiques et les lois spirituelles. *La pesanteur et la grâce*, selon les mots de Simone Weil, l'amie de Gustave Thibon. Pendant notre vie sur terre, nous ne pouvons guère échapper aux lois du monde physique. Dieu n'a donné ni les armes ni les vêtements, comme Il a fait pour les animaux, mais Il a donné la raison et la main qui permettent de les obtenir. C'est le mystère et la grandeur de nos vies de conjuguer la pesanteur et la grâce. *Tout est don*, dit Saint Thérèse de Lisieux. La grâce est une nécessité, mais elle reste un don gratuit. Elle n'est jamais due. Ne pas confondre le besoin avec la dette. *Ni son corps, si son âme, l'homme est l'union des deux.* C'est la grande révélation du christianisme. Et Gargarin était la preuve de cette révélation.

Dans les innombrables subdivisions qui peuvent être pratiquées dans les manifestations de la vie, on peut distinguer celles où domine le fond, d'autres où domine la forme. Tolstoï n'échappe pas à la pensée moderne qui aime opposer la forme au fond. Chez Aristote, la forme, distinguée de la matière, est la cause première et le principe d'unité d'un être. Elle n'existe pas à l'état séparé, comme chez Platon, qui soutient que les formes sont les seules réalités immuables et inaltérables. D'après lui, les objets sensibles en sont les images ou les copies. Ces formes existeraient dans un lieu distinct, intelligible. La forme est donc antérieure à la matière, cause productrice et finale de l'être. Ces formes sont aussi appelées *idées* par le philosophe aux larges épaules. C'est la raison pour laquelle nous disons que nous sommes *informés* quand nous recevons une idée. Aujourd'hui, par un de ces jeux de passe-passe dont elle a le secret, la pensée moderne affirme que la forme serait l'apparence du fond, ou pour mieux dire, son expression. Le corps moderne est une forme qu'il convient d'entretenir. Combien de modernes se tuent à garder la forme ? Dans le monde contemporain, le corps est devenu l'expression d'un être, parfois dépourvu d'âme, tandis qu'en langage d'Aristote, l'âme est la forme du corps, et non l'inverse.

Le confort tue l'effort, répétait Marc-Aurèle, avec des mots différents. Animal métaphysique, l'homme ne peut vivre sans fournir d'effort pour apprendre à marcher, à parler, à lire, à écrire, à compter, à gagner son pain, à lutter contre le mal et les maladies. Les pieds dans la glaise, la tête dans les étoiles. Mais l'effort n'est rien sans la grâce. Le don de Dieu. Certaines âmes sont plus lourdes que des corps. *Ils étaient lourds !* murmure Céline, avec sa voix de fausset contrarié, *voilà ce que je pense, oui, en pensant : les hommes en général. Ils sont horriblement lourds. Ils sont lourds et épais. Voilà ce qu'ils sont. Plus que méchants et bêtes, en plus. Mais ils sont surtout lourds et épais.* La loi du vieux Newton : la force qui attire les corps entre eux est proportionnelle au produit des deux masses et inversement proportionnelle au carré de la distance. $F = Gm_1 m_2 / r^2$ (G étant la constante universelle de gravitation). Mêmes lourds, les hommes ont toujours besoin de leurs corps pour faire marcher leur intelligence. Saint Thomas d'Aquin rappelle que la pensée de l'homme ne peut exister sans le corps. *En amont de toute intellection, l'homme a besoin de son corps.* Serions-nous capables, sans notre corps, de mémoriser, penser, vouloir, selon les trois divisions de Saint Augustin ? Bon serviteur et mauvais maître, il demeure en amont de toute intellection, cette opération de l'esprit qui nous permet de comprendre, de concevoir par des processus abstraits et logiques. Ainsi, la résolution de notre énigme reste conforme en tout point à la doctrine du *Docteur angélique* (entendez Saint Thomas d'Aquin) car c'est grâce au corps de Gargarin, titubant dans les ruines des Thermes de Caracalla, qu'une intellection se produira dans l'esprit du père Brun. Mais n'avançons pas trop vite, cher lecteur impitoyable, car je sais que vous froncez déjà les sourcils, et que vous allez maudire le narrateur s'il poursuit ses digressions jubilatoires.

Il aurait dû retirer son casque 3D pour marcher dans les ruines, mais Gargarin, emporté par l'élan de ses émotions, entouré de Romains en tenue d'Adam, évoluait dans un décor somptueux, de marbres, de porphyres, de mosaïques. Ne pouvant résister au plaisir de marcher en gardant par-dessus le nez cet objet qui lui procurait tant de visions magiques, notre ami zigzaguait tel un ours pris d'ivresse, au beau milieu des touristes qui se poussaient du coude pour éviter de jouer aux auto-tamponneuses avec cet Hercule lunetteux, tout droit sorti d'une série de science-fiction. Le plus étrange ne fut pas que notre libraire, enivré par le nectar des visions antiques, pût se cogner à d'autres visiteurs, ni même qu'il pût écraser le pied d'une jeune dame, titubant de tout son poids sur ledit ergot, mais plutôt que le pied de cette petite dame, muette et rêveuse, son visage affublé lui aussi de l'instrument ridicule, appartint à une jeune personne qui ne lui était pas inconnue.

- Aïe !
- Oulala !
- Mais vous me faîtes mal !

- Dieu que c'est beau !
- Votre pied !
- Oui, c'est le pied !
- Ôtez-le !
- Tant de beauté !
- De grâce, retirez-le !
- Que de grâce !
- Mais poussez-vous à la fin !

Interloqué par cette voix qui surgissait au milieu de sa baignade antique, Gargarin enleva son masque d'un geste agacé pour dévisager, planté devant lui, une petite femme, qui n'était autre que l'organiste de Donville-sur-Mer, la figure en partie mangée par une paire de lunettes 3D. Il resta planté là, sans voix, sans pensée, interdit par la silhouette de la jeune femme. Que faisait donc Melle Martin, en compagnie de tous ces Romains, lâchés dans leurs bains, nus comme des vers ?

- Vous ? bredouilla-t-il comme s'il était pris en faute.

- Vous ? bredouilla-t-elle en retirant son masque.

- Vous ? bredouilla Amanda en dévisageant les deux.

Le casque virtuel dans une main, son chapeau de paille dans l'autre, le libraire désorienté avait oublié de présenter ses excuses pour le pied lourdement écrasé :

- Mais je vous croyais à Milan ?
- J'y étais !
- Et vous n'y êtes plus ?

- La preuve que non !
- Mais votre stage d'orgue ?
- Terminé depuis hier.
- Et que faites-vous à Rome ?
- La même chose que vous.

A l'évidence, nos trois amis faisaient du tourisme. La pertinence de la jeune femme fit reprendre ses esprits à Gargarin :

- Excusez-moi pour votre pied, mais j'étais en train de me baigner avec des Romains !
- Ce n'est pas grave, répondit-elle en boitant.

Amanda, ayant deviné que cette surprise empêchait nos deux amis de se comprendre, prit les choses en main :

- Nous sommes à Rome pour rejoindre le père Brun.
- Ah bon ? Il est ici ? Son chapitre n'est pas terminé ?
- Si, mais il est retenu pour une enquête. Je crois que c'est suite au vol d'un objet précieux.
- Ah bon ? Mais vous êtes au courant ? s'empressa de glisser Gargarin, trop heureux de pouvoir détourner l'attention, pour mieux faire oublier sa bévue, avec cette voix et ce toussotement par lesquels il tranchait toutes les difficultés.

Amanda se mordit les lèvres.

- Ecoutez, je ne peux rien vous dire. Mais il m'a appelé, l'autre jour, pour une histoire de cambriolage. Quelque chose qui ressemblait à coffre-fort. Mais je ne sais ni où, ni quand, ni quoi, ni qu'est-ce !

- Ni coffre, ni caisse ? C'est un peu court, jeune dame !
- Mais je vous jure !

Bien souvent les querelles apparaissent au moment le moins attendu. Une dispute commençait à se nouer. Nos amis, sur le point de verser dans le piège d'une polémique, auraient peut-être pu finir par s'écharper, si Melle Martin n'avait offert, sans le vouloir, un moyen de trancher le nœud gordien de cette controverse inutile :
- Et si on allait rejoindre le père Brun ?

Chapitre 24

Sur la place Navone

Ils étaient heureux de se retrouver tous à la terrasse d'un café de la Place Navone : le père Brun, son ami Tugdual, ses amis Normands : Amanda et Gargarin, ainsi que Melle Martin, à la surprise générale. Manquait à l'appel le père Marsac pour reconstituer la petite *Académie des Durtaliens*, dans les ruines du stade de Domitien. La conversation était enjouée, en dépit des jours douloureux de la Semaine sainte. Même le visage du franciscain, malgré sa gravité de philosophe grec, se montrait baigné d'une tendre lueur de joie ; la liesse des retrouvailles était plus forte que l'austérité des jours de ténèbres.

L'après-midi était bien avancé ; un côté de la place se trouvait plongé dans l'ombre, l'autre brillamment éclairé par le soleil. Il flottait dans l'air une douceur de vivre, propre à ce moment de l'année, lorsque les froidures de l'hiver ont disparu, mais que les chaleurs de l'été ne sont pas encore installées. On se prend à croire que la vie sera toujours facile, accueillante, insouciante, comme la couleur d'un ciel de printemps. Au centre de la place, bruissait la *fontaine des Quatre-Fleuves*, où barbottaient les statues de quatre vieillards chenus, musclés et barbus, autour d'un obélisque : le Danube, le Nil, le Gange, le Rio de la Plata. Quatre grands fleuve de quatre continents. L'obélisque, apporté à Rome par Caracalla, provenant du cirque de Maxence, affichait le nom de Domitien en hiéroglyphe égyptien. A son sommet, une colombe, emblème de la famille Pamphili, dont le palais se situait sur la place, tout aussi élégant que la Villa éponyme, aux pins plantés par Le Nôtre, selon Chateaubriand, famille qui a donné plusieurs papes au fil du temps, dont Innocent X, ayant commandé cette fontaine intemporelle au Bernin.

Ils avaient ri quand Melle Martin avait fait le récit de sa rencontre avec Gargarin dans les ruines des Thermes. Elle avait compté par le menu tous les détails de l'affaire.

- Il me marchait sur le pied sans me voir et sans aucun scrupule. J'avais l'impression de porter une cape d'invisibilité. Vous savez, comme dans Harry Potter !

- Parlez plutôt d'un *casque d'invisibilité* ! avait corrigé Gargarin. Amanda m'avait forcé à porter cet affreux objet de virtualité sur le bout du nez. Alors, évidemment, je ne pouvais rien voir. J'étais persuadé de poser le pied sur une patère de bain, prêt à me glisser dans un bassin du *tepidarium*.

- Je peux affirmer que votre pied, lui, était bien visible, ajouta Melle Martin, en se baissant pour frotter le dessus de son espadrille. Votre podophobie vous perdra !

- Est-ce ma faute à moi, si vous avez glissé votre pied sous le mien ? se défendit le libraire avec une parfaite mauvaise foi. N'aviez-vous pas noté que ma vue était bouchée par cet engin de malheur ?

- Engin de malheur ? s'était ingérée Amanda qui piaffait d'impatience. Mais il fallait vous voir en plein extase, avec ce casque sur le nez. Des *Oh !* par ci, des *Ah !* par-là, des *Oulala* ! d'admiration dans tous les sens. Et vous prétendez encore que votre casque était un engin du diable ? Non, mais je rêve !

- Sachez que mon pied est agile, parce qu'il est habitué à danser sur le pédalier quand je joue de l'orgue, avait objecté Melle Martin, son petit visage tout déformé par une grimace de crispation. Jamais mon pied n'aurait eu l'idée d'aller se glisser sous celui d'un Hercule, titubant au milieu des visiteurs, avec les yeux d'Œdipe, le nez enfoui sous un casque de Gorgone.

- Oh ! Oh ! Le joli tableau que voilà ! Mais ma parole, vous vous mettez à deux pour monter à l'assaut !

- Plaignez-vous, taquina Tugdual, qui ne perdait pas une miette de la joyeuse querelle, les Gorgones étaient trois.

- Oui, mais elles portaient des ailes d'or et des mains de bronze, grinça le libraire, en souriant de toutes ses dents.

Les jeunes femmes avaient éclaté de rire, devant le rire grimaçant de Gargarin, qui se gargarisait, comme ce masque de comédie, sur la mosaïque exposée au Musée Capitolin, où l'on voit un large visage, bâti en forme de potiron, fendu d'un grand rire, couronné de vigne et de lierre, avec des grappes de raisin.

- Comment faites-vous pour rester jovial, dans toutes les situations ? demanda Tugdual.

- Oh, mais c'est très simple !

- S'il vous plait, donnez-nous votre secret Gargarin ! implorait Amanda.

- Je serais curieuse de l'entendre, amplifia Melle Martin.

- C'est parce que j'aime pénétrer la raison des choses.

- La raison des choses ?

- Qu'est-ce que c'est encore que cette pirouette ? se plut à souligner Tugdual qui prenait un vif plaisir à contempler le numéro du libraire.

- *Felix qui potuit rerum cognoscere causas* (Heureux qui a pu pénétrer la raison des choses) nous dit Virgile dans les *Géorgiques*, avait conclu Gargarin, décrochant un sourire qui courait d'une oreille à l'autre.

Un vol de pigeon ouvrit un moment de grâce. Chacun se taisait pour goûter les délices de cet endroit intemporel. Sur un côté de la place, Neptune se battait contre une pieuvre, dans la fontaine qui portait son nom, au milieu d'un ensemble de *putti*, de néréides, de dauphins, de dragons des mers et de chevaux marins. Le bruit des trois fontaines, incessant clapotis, source de vie, doux murmure continu, comme le froissement d'une robe aimée, donnait un sentiment de bien-être et d'éternité. Sur le côté sud de la place, dans la *fontaine du Maure*, se dressait une sorte d'athlète, pour lutter contre un dauphin, entouré de tritons, soufflant dans des doubles conques, en rapport avec les sculptures crachant de l'eau dans le bassin extérieur, depuis le bassin intérieur. Il émanait de ces trois fontaines une élégance, une paix des sens, une douceur qui ennoblissait toute la Place Navone, par un sentiment de contemplation esthétique, propre à la paix des âmes, bien loin de ces *saloperies de style rococo, branlantes et de mauvais goût*, que Dostoïevski détestait tant.

Soudain, Tugdual brisa le silence :

- Où irons-nous dîner après la messe du Jeudi saint ?

- Nous avons l'embarras du choix, mais je vous rappelle que c'est la Semaine sainte, répondit Melle Martin.

- Il n'est nullement interdit de manger ce soir, se sentit obligé de plaider Gargarin en toute hâte. On célèbre la Cène, le dernier repas du Christ avec ses Apôtres, le moment choisi pour instituer le sacrement de l'Eucharistie. C'est une grande fête ! Et puis, il faut prendre des forces avant le jeûne du Vendredi saint ! avait-il ajouté, un soupçon de dépit dans la voix.

- Ce n'est pas l'idée de dîner qui me dérange, garantit Amanda, mais plutôt le choix du repas qui m'inquiète. Parce que Gargarin m'a fait une drôle de proposition à ce sujet.

Tous les yeux se tournèrent vers le libraire au chapeau de paille informe, qui débagoula, sans sourciller, avec un air de défi et de contentement :

- Oui, j'avais envie d'un kebab !
- Un kebab, à Rome ? s'ébahit Tugdual.
- Quel sacrilège ! renchérit Melle Martin. Vous n'aimez pas la cuisine italienne et ses plats savoureux ?
- Pire qu'un sacrilège à la cuisine, insista Tugdual, c'est un affront !
- Pourquoi un affront ?
- Mais c'est la nourriture des envahisseurs, ceux qui ont fait tomber Constantinople, en 1453 !
- Je ne parle pas du plat de viande grillée qu'on peut manger en Turquie. Non, je parle du sandwich, du pain toasté garni de viande, ergotait Gargarin, avec le regard suffisant d'un docteur en droit des cuisines orientales.
- Quelle différence ?
- Le sandwich est une invention récente.
- Et ça change quoi ?
- Tout ! avait affirmé Gargarin, qui semblait affuter ses arguments, avec application et ténacité, dans un heureux détachement, comme un enfant qui taille un bâton, au bord d'une rivière.
- Expliquez-vous !
- D'abord, la viande grillée est une tradition des peuples turcs nomades d'Asie centrale. Pendant le long Moyen-âge, les soldats de l'empire ottoman la faisait cuire au-dessus du feu, avec leur propre

sabre. On a conservé cette façon de griller la viande autour d'une tige, mais aujourd'hui à l'horizontal.

- C'est donc un plat turc ?
- Vous oubliez le pain !

Les pigeons tourbillonnaient en groupe au-dessus de la place, cachant par moment le soleil. Leurs ombres dessinaient sur le sol des arabesques éphémères, comme celles des soldats turcs dans les reflets de la mer, après la bataille de Lépante, qui valut au monde deux cadeaux admirables : la prière du rosaire et le célèbre *Don Quichotte*. Aussi indifférent qu'une mouche sur le visage d'un mort, Gargarin reprit :

- Si le pain est aujourd'hui répandu partout autour de la *Mare Nostrum*, c'est grâce à la présence des Romains. Comme pour les bains, les Ottomans et les Arabes ont gardé la tradition du pain héritée de Rome.

Parfois, les idées se bousculait sous son crâne, comme des poissons dans un sceau de pêche. Aussi, autant qu'il s'en croyait capable, essayait-il de camoufler les fâcheux effets de ces révolutions mentales, derrière des saillies tranchantes et des paradoxes brillants.

- Du pain et des bains ! avait plaisanté Tugdual.
- Exactement. Vous connaissez la valeur du pain dans le monde chrétien. Avec le vin, c'est un aliment sacré !
- Et même un sacré aliment !

- Comprenez donc que le kebab, dans sa version casse-croûte, incarne la réconciliation des deux parties de l'Empire, la partie orientale, avec la viande, et la partie occidentale avec le pain.

- Alors là, je n'y avais jamais pensé ! rigolait Amanda.

- Réconciliation au bénéfice de l'Occident, puisque le pain entoure la viande. Quand on regarde le sandwich, on a l'impression que le pain dévore la viande, comme deux grandes mâchoires. L'idée de ce pain est apparue en Allemagne dans la partie occidentale, sur les terres de Charlemagne ! N'est-ce pas un sandwich prophétique ? Il annonce la refondation des deux empires romains, avec la domination ancestrale des Latins, sous une forme appétissante ! La nouveauté turque avalée par la tradition latine !

Ses compagnons restaient médusés par ce flot de paroles. Toutes ses idées auraient pu sembler invraisemblables au commun des mortels mais, proférés dans sa bouche, ainsi que les prédictions d'Hélénus, roi d'Epire, adressées à Enée, elles prenaient la forme d'une divination.

- Tenez, regardez cette fontaine du Bernin, commandée par Innocent X. Savez-vous comment elle a été financée ? Par une taxe sur le pain, la viande et le sel ! Mais comprenez donc ! Le pain et la viande, c'est l'idée de la Rome éternelle !

Et alors que ses amis riaient de bon cœur, il compléta :

- Innocent X avait permis la révélation des *Provinciales* le grand chef-d'œuvre de Pascal. En condamnant les 5 propositions de Jansénius sur la grâce, il a fait plus pour la renommée du grand génie que tous ses traités de mathématiques.

Et levant son verre devant les pigeons qui virevoltaient :

- Vive la refondation des deux empires, vive le kébab, vive Pascal !

Tugdual ne semblait pas convaincu par les élucubrations culinaires de Gargarin. Il tourna la tête vers le père Brun, qui ne disait rien, car il écoutait d'une oreille lointaine. Son attention était retenue par la table d'à côté, où un groupe de cinq hommes discutait. Trois étaient assis d'un bord, et deux de l'autre. Au milieu des trois, un individu en chemisette blanche, pantalon bleu marine, lunettes fumées, cheveux poivrés de sel, plutôt courts et coiffés en brosse, barbe grise, impeccablement taillée. On aurait dit un cadre de marine, peut-être un sous-officier ou un personnel technique. Chacun buvait un jus de fruit. Il menait la discussion avec assurance. Autour de lui, de jeunes hommes bien installés dans la vie : chemises en denim ouvertes sur des maillots, l'un deux en débardeur noir moulant, catogan, barbe japonaise et tatouage polynésien sur le bras gauche. Le cadre de marine présentait des montres, qu'il gardait dans une sorte de petit sac en cuir. Comme un magicien, il les sortait au fur et à mesure, pour faire l'article, avant de les laisser circuler entre les mains des acheteurs.

A l'évidence, le personnage avait trouvé un bon filon pour arrondir ses fins de mois.

- Ce modèle fait 600 euros...
- Sur celle-ci, le cadran est fumé…
- C'est une montre de marine…
- Elle possède un profondimètre pour la plongée…
- Une belle montre d'officier, en édition numérotée…

Le père Brun captait des bribes de mots. Il demeurait toujours surpris de constater l'existence d'autres intérêts dans la vie, tout à fait étrangers aux siens, mais pas moins légitimes. C'est alors qu'il repensa aux soupçons du cardinal sur Cazzo. Quels étaient les intérêts de ce personnage ? Etaient-ils ceux du Vatican ? Selon Contani, ce collectionneur sulfureux, cet amateur d'art moderne, n'avait pas sa place au Vatican, dans les conseils d'administration des Musées. Pas à cause de son goût pour l'art contemporain, mais plutôt pour sa forme la plus décadente. Excentrique, riche à millions, il affichait ses goûts pour le laid, l'ambigu, le vulgaire, à l'inverse *du Vrai, du Beau, du Bien*, la fameuse Trinité antique, louée par Dostoïevski, incarnée dans ses yeux par la *Madone Sixtine* de Raphaël. Était-ce suffisant pour le soupçonner ? Non, bien sûr. Mais quelque chose lui susurrait que l'intuition du cardinal était sûrement fondée. Restait donc à piéger ce curieux personnage. Mais attention ! Parce qu'il restait un millionnaire très influent, aucun faux pas n'était permis. A part lui tendre un piège, notre moine n'envisageait aucune méthode pour le confondre. On n'attrape pas le gros gibier avec de simples appâts. Il faut du courage, de l'endurance et surtout de la stratégie.

La voix du cadre de marine le tira de ses rêveries :
- Je suis très méticuleux…
- Je nettoie sans cesse…
- Je ne supporte pas un grain de poussière…
- Les aiguilles sont en radium…

Il s'était rappelé sa première montre, à l'âge de 12 ans pour sa communion solennelle. Il était allé la choisir avec son père chez un voisin bijoutier. Le petit garçon qu'il était voulait à tout prix un cadran avec des aiguilles qui brillaient la nuit. Il avait passé des heures à regarder le mouvement des aiguilles le soir dans son lit, alors que tout était éteint dans sa chambre, et que seule une vague rayure de lumière apparaissait au-dessus du sol, sous la porte de sa chambre. A part une petite Vierge en plastique, couverte d'une peinture luminescente, il ne pouvait plus rien distinguer dans la nuit étrange des ténèbres épaisses qui avaient pris possession de sa chambre tout entière. Alors il fixait ses yeux sur les petites aiguilles couvertes de radium, là sous la chaleur des draps, parce qu'elles incarnaient l'essence même de la vie, dans ce tourbillon de vide et d'obscurité, c'est à dire la lumière et le mouvement. Le père Brun se remémorait les propriétés du radium, source de photoluminescence. De nos jours, le radium est remplacé par le tritium, moins dangereux pour la santé, mais moins durable. Selon les besoins, il existe des matériaux qui aident à la visibilité. Inopinément, son regard trébucha sur Melle Martin, qui écoutait avec étonnement les divagations de Gargarin, et il se prit à sourire en repensant à son récit de la cape d'invisibilité.

C'est alors qu'une idée germa dans son esprit. Une idée qui éclairait toute l'enquête d'un jour nouveau. Une idée qui levait un coin du voile sur certaines incompréhensions, et qu'il jugea pertinente parce qu'elle lui faisait entrevoir le *glaz*, cette lumière de Bretagne, intraduisible en français, savant mélange surnaturel de gris, de bleu et de vert, dont l'éclosion mentale précédait chaque résolution d'enquête. Une idée que le lecteur, s'il veut cultiver son plaisir de lire jusqu'à son terme, n'a pas besoin de connaître, parvenu à cette étape de notre récit. Une idée incroyable que, de toute façon, le narrateur n'est pas décidé à révéler, même sous les pires injures ou les menaces les plus insupportables, parce que, de première part, c'est toujours lui qui conduit le récit, et d'autre part, il ne veut pas causer de tort à la réputation du père Brun, en risquant, s'il favorise des fuites inopinées, de faire capoter la conclusion de l'affaire. Et que ça vous plaise ou non, lecteur intransigeant, le narrateur doit rester seul maître à bord. Qu'on se le dise !

Chapitre 25

Vendredi saint

Le Vendredi saint est le jour le plus triste de l'année dans le monde chrétien, et le jour le plus étrange pour les non-croyants, puisqu'on y célèbre la mise à mort d'une divinité. Un Dieu peut-il mourir ? En réalité, ce n'est pas la divinité qui meurt en Jésus, mais son humanité, puisque le Christ réunit deux natures en seule personne, divine et humaine. *Et Verbo Caro factum est.* « Par l'Esprit Saint, il a pris chair de la Vierge Marie et s'est fait homme » redisent les chrétiens, chaque dimanche dans la messe, avec le *Credo*. Double nature du Christ, proclamée depuis le Concile de Chalcédoine en 451, qui condamne les théories monophysites, lesquelles considéraient qu'il n'existait qu'une seule nature dans la personne du Christ, proférant un non-sens évident, puisque la nature divine étant parfaite par essence (c'est-à-dire incorruptible et hors du temps) elle ne peut absolument pas se soumettre aux lois physiques de la mort, qui reste une conséquence du péché.

Cette question de la double nature a hanté les chrétiens pendant des siècles. On peut consulter une littérature de très haut niveau sur le sujet, depuis les origines lointaines de la patristique. Double nature condamnant évidemment les théories de Nestorius, patriarche de Constantinople, lequel prétendait que coexistaient dans le Christ, deux hypostases (deux essences distinctes), ce qui revenait à considérer qu'il y avait en lui deux personnes, offensant à la fois le mystère de sa double nature et celui de la Sainte Trinité. Énigme vraiment complexe, pour la majorité de nos humbles cerveaux et que Huysmans avait résumé à sa manière dans *A rebours* : « Cette vieille question, débattue pendant des ans : le Christ a-t-il été attaché, seul, sur la croix ou bien la Trinité, une en trois personnes, a-t-elle souffert dans sa triple hypostase, sur le gibet du calvaire ? ».

Vous comprendrez que le narrateur n'est pas du tout compétent pour répondre à ces immenses interrogations, et qu'il préfère piteusement vous renvoyer aux magnifiques et nombreux ouvrages des Pères grecs et latins, à Irénée de Lyon, contre les Gnostiques, à Origène, contre le paganisme de Celse, à Clément d'Alexandrie, contre la docte ignorance, à Tertullien, contre la vanité, à Cyprien de Carthage, contre les persécutions, à Lactance, sur la colère de Dieu, ainsi qu'à tous les autres Pères, brillants intellectuels, formés à la rhétorique, à la jurisprudence, à l'Histoire, à la poésie, aux sciences et aussi à la philosophie. Mais quittons les rivages hautement arides de la *Doctrine sacrée*, selon l'expression de Thomas d'Aquin, pour regagner les terres luxuriantes de l'enquête policière. Une apologétique de la théologie a-t-elle sa place dans un roman policier ? A l'évidence, cher sceptique, quand elle permet au lecteur de garder l'esprit en veille, d'affuter le cerveau, de nourrir l'intelligence, qualités fondamentales pour faire un bon enquêteur. D'ailleurs, qu'est-ce que la recherche des causes de la mort de Dieu, sinon la plus essentielle des enquêtes, la plus ontologique, la plus fascinante, en deux mots : l'enquête ultime ?

En quittant ses amis et la place Navone, le père Brun avait aussitôt appelé le commissaire Manzoni, pour le prier de faire une vérification précise. En observant ses voisins de table et leur petit manège autour des montres, une idée avait germé dans son esprit. Que valait cette idée ? Était-ce le bon moyen de confondre le coupable ? La seule façon d'obtenir la réponse était de solliciter les services de police pour qu'elle procède à cette vérification. L'esprit affuté du moine l'avait conduit vers cette hypothèse qu'il ne cessait de tourner et retourner, pour en saisir tous les aspects les plus secrets, tel Archimède devant les formes complexes des polyèdres. Et plus il méditait cette idée, plus les ténèbres commençaient à se dissiper. La lumière allait bientôt poindre, il en était certain. Avec toute la politesse dont était capable un questeur urbain, chargé de veiller sur le Trésor public, entreposé dans le Temple de Saturne, le commissaire lui répondit que les démarches seraient faite au plus vite, enfin, qu'il ne manquerait pas de le tenir au courant.

L'appel terminé, le père Brun se dirigea vers la place Saint Pierre pour participer à la messe du Jeudi saint, où le pape et tous les prêtres du monde, selon une tradition qui remonte à Jésus-Christ Lui-même, se penchent pour laver les pieds d'une douzaine de fidèles en mémoire des Apôtres. *« Je ne suis pas venu pour être servi, mais pour servir »*. Le père Brun entendit cette parole du Christ comme un appel à poursuivre jusqu'au bout ses recherches. A la différence des autres enquêteurs, au moins de la plupart d'entre eux, le franciscain n'œuvrait jamais pour l'excitation de la chasse, mais tout simplement pour servir la Vérité. Il se faisait une si haute idée de la chose vraie que les dons de sa nature l'avaient porté à combattre le crime, toujours appuyé sur le bras du mensonge. *Ôtons-nous de l'esprit,* nous dit Quintilien, *que la plus noble des facultés puisse jamais s'allier avec les bassesses du cœur. Le talent de la parole, quand il échoit aux méchants, doit être considéré comme une véritable calamité puisqu'il ne fait que les rendre plus dangereux*. Une fois la messe entendue, il avait filé en ville pour rejoindre ses amis autour d'une pizza, la proposition de Gargarin sur les kebabs n'ayant récolté aucun suffrage. Enfin, avant de se coucher, il avait passé une grande partie de la nuit devant le *Reposoir* ; cet autel orné de fleurs, sous la lueur des cierges, où est déposé le Saint-Sacrement, en mémoire de la nuit d'agonie au *Jardin des Oliviers*.

Le jour du Vendredi saint fut consacré à la prière, et à la méditation du sacrifice divin. Le père

Brun aurait voulu s'isoler pour fuir le bruit du monde. Il avait besoin, à certains moments, de se retrancher, de quitter l'agitation des hommes, pour mieux se retrouver en lui-même, en honorant cette parole du Christ : *« Mais toi, lorsque tu veux prier, entre dans ta chambre, et prie ton Père qui est là, dans cet endroit secret ».* C'était souvent dans le silence du cœur que les choses venaient à décanter, pour permettre à son esprit d'assembler, dans le bon ordre, toutes les pièces du puzzle, procurant enfin la vision du tableau final. Mais, par obéissance, autant que par charité, il avait accepté de prêter main-forte aux confesseurs de Saint Jean de Latran. Et son esprit fut occupé tout le jour à réconcilier avec Dieu les âmes des pauvres pêcheurs. Il aimait ce moment solennel, où il levait les mains vers le pénitent pour donner l'absolution à des visages tourmentés, tenaillés, larmoyants, parfois défigurés par la douleur, mais toujours apaisés par le sacrement : *«Que Dieu notre Père vous montre sa miséricorde ! Par la mort et la Résurrection de son Fils, il a réconcilié le monde avec lui et il envoyé l'Esprit-Saint pour la rémission des péchés ; par le ministère de l'Eglise, qu'il vous donne le pardon et la paix ! Et moi, au nom du Père, et du Fils et du Saint-Esprit, je vous pardonne tous vos péchés ».*

Seul jour de l'année liturgique où l'Eglise ne célèbre pas de messe, le Vendredi saint est une litanie de douleur, avec l'*office de la Passion* dans l'après-midi et l'*office du Vendredi saint* en soirée, avec l'exaltation de la Sainte Croix. La journée commence par l'*office des Ténèbres*. On y chante la violence de la Passion. La mort du Christ est l'événement qui a inspiré les pièces les plus belles de la musique occidentale. Psalmodies, motets, cantiques, oratorios (compositions pour solistes vocaux, chœur et orchestre) ont été écrits pour célébrer ce jour funeste. Outre les *Impropères* du grand Palestrina, psalmodiés dans la chapelle Sixtine, durant des siècles, les plus célèbres chants restent ceux des *Passions* de Bach, on peut aussi noter les œuvres de Lassus, Gallus, Peranda, Theile, Sebastiani. Pour l'office du matin, les *Leçons de Ténèbres* sont d'une splendeur incomparable, grâce à Charpentier, Couperin, Lalande. Même Jean-Jacques Rousseau compose, vers 1772, une *Leçon de ténèbres pour voix solo et bc* (basse continue). Et que dire du splendide *Christ au Mont des Oliviers* de Beethoven ? En version instrumentale, on peut citer les œuvres de Perosi ou de Radulescu, mais aussi un *Chemin de croix pour orgue* de Dupré, intercalant des vers de Claudel. Le thème des *Sept paroles du Christ sur la Croix* a donné lieu à la création de nombreuses pièces musicales, la plupart de toute beauté. Avec Schutz, Pergolèse, Graupner, Haydn, Mercadente, Gounod, Franck, La Tombelle, Dubois, Tournemire.

Enfin le *Stabat Mater*, cet hymne religieux, attribué au poète franciscain Jacopone da Todi, qui évoque la souffrance de la Vierge Marie, lors de la crucifixion de son fils bien aimé Jésus-Christ. *La mère se tenait là, souffrant la douleur, près de la croix en larmes, tandis que son Fils était suspendu.* Ce texte a donné des chefs d'œuvres pendant des siècles, et réunit les plus grands noms de la musique occidentale. Josquin des Prés, Palestrina, Lassus. *Ame gémissante, triste et dolente, qu'un glaive traversa.* Charpentier, Scarlatti, Vivaldi, Pergolèse. *O que triste et affligée fut cette femme bénie, Mère du Fils Unique !* Haydn, Boccherini et Zingarelli. *Elle gémissait et se lamentait la tendre Mère en voyant les souffrances de son célèbre fils.* Rossini, Schubert, et aussi Dvořák. *Fais que brûle mon cœur dans l'amour du Christ mon Dieu : et ne cherche qu'à lui plaire.* Liszt, Verdi, Kodály. *Contre les flammes dévorantes par toi, Vierge, que je sois défendu au jour du jugement.* Gounod, Perosi, Poulenc et tant d'autres ! *A l'heure où mon corps va mourir fais que soit donnée à mon âme la gloire du paradis.*

La Contessa, ayant appris que des amis du père Brun se trouvaient à Rome, avait convié tout le monde à prendre le café chez elle, en début d'après-midi du samedi saint, avec Béatrice, le petit Gödel, mais aussi le curieux personnage aux allures de jardinier dont personne ne connaissait ni le nom, ni la raison de sa présence. Fort intriguée par la personnalité du cardinal Contani, et sachant que notre franciscain se rendait souvent chez lui, elle avait fait le siège du Père Brun pour le prier d'aller solliciter ce haut dignitaire. Contre toute attente, l'homme en rouge avait répondu favorablement à cette invitation, soit que la position de la Contessa au sein de la noblesse romaine avait pesé dans sa décision, soit qu'il avait tout simplement besoin de se changer les idées, à cause de cette enquête qui finissait par le miner.

- Je vous confesse que le père Brun est un enquêteur redoutable, babillait le cardinal à la cantonade, en buvant son café à petites lampées. Mais je dois vous avouer sans rougir que je me suis découvert, moi aussi, des qualités d'enquêteur hors du commun.

- Une enquête ?
- Quelle enquête ?
- De quoi parlez-vous ?
- Ah, je ne peux encore rien dire, même si nous avons découvert le coupable, envoya l'homme en rouge avec un air de satisfaction guillerette.

- Allons !
- S'il vous plaît !
- Ne vous faites pas prier !
- Après tout, l'enquête est bouclée. Je peux vous en dire un peu. De son regard d'aigle, il examina chaque paire d'yeux fixée sur lui, afin de ménager ses effets. On nous a volé voici plusieurs jours un objet très précieux qui a mis toute l'Eglise en danger.

- Un objet ?
- Juste un objet ?
- Mais quel objet ?

Pressé de toute part, le cardinal lança un regard hésitant du côté du père Brun, comme s'il cherchait une approbation, mais le moine n'avait

pas levé un seul sourcil. Puis, après avoir semblé peser le pour et le contre, il lâcha sans trembler :
- La clé de la chapelle Sixtine !
- Quoi ?
- Juste une clé ?
- Mais comment ça ?

Le cardinal fit le récit des événements, sans se perdre dans les détails inutiles, avant d'achever sa péroraison par un envoi des plus pompeux, digne des discours ronflants de Lucius Marcius Philippus, sous les plafonds du Sénat romain :
- Et c'est ainsi que j'ai trouvé le coupable !

Dans un coin du premier salon, Tugdual était en grande conversation avec Béatrice. Que pouvaient donc se raconter nos deux tourtereaux ? Ce n'est pas au narrateur de le dire, lecteur insatiable ! Vous avez bien compris que nous abordons presque au terme de cette enquête, et il n'est pas question de se perdre en divagations amoureuses. D'autant que ce n'est pas le sujet de notre histoire. Et puis, entre nous, qu'aurait à y gagner cette intrigue, je vous le demande ? Ici précisément, le narrateur peut bien vous faire une confession, si vous lui accordez cet heureux privilège. Il est toujours incongru et embarrant, pour une âme délicate, d'aller fouiller dans les cœurs des autres, surtout si, au fond de ces cœurs, brûle le tourment d'un sentiment partagé. A part Ovide, Shakespeare ou Racine, il est difficile à un auteur ordinaire, animé des intentions les plus sincères, de planter la pointe de sa plume dans les cœurs des amoureux. Tout d'abord parce que la décence nous interdit toute action de voyeurisme et ensuite parce qu'un certain franciscain nous attend au plus vite pour achever la fin de son enquête.

Tandis que chacun congratulait le prince de l'Eglise, un appel apparut sur le smartphone du père Brun, qui sortit sur le balcon pour prendre la conversation. On le voyait bouger avec énergie et gravité. Apprenait-il une nouvelle importante ? Personne ne pouvait imaginer que l'interlocuteur du moine, en la personne du commissaire Manzoni, fournissait, à ce moment précis, la dernière pièce du puzzle. Et, à vrai dire, tout le monde s'en moquait, puisque le cardinal avait annoncé que le coupable serait bientôt châtié. Les appétits étaient accaparés par les petits macarons accompagnant le délicieux café de la Contessa. Melle Martin admirait le magnifique *Fiazoli*, trônant au milieu du deuxième salon. Amanda écoutait les bavardages du cardinal en pensant aux combats des fourmis. Gargarin se gavait de petits-fours, tout en roucoulant près de l'organiste. Le petit Gödel clignait des yeux devant cette assemblée qui tournoyait, sous ses yeux, ainsi que les lois de changement de référentiel galiléen, dans les transformations de Lorenz. L'inconnu aux allures de jardinier humait un bouquet de rose qui périssaient sur la cheminée. Et la Contessa brillait de mille feux sous le regard de ses invités.

Le franciscain, sa conversation téléphonique achevée, se rapprocha du cercle des invités, qui vibrionnaient autant qu'une volière de papillons autour du cardinal. Il s'approcha de lui, à pas de loup, en vue de solliciter une dernière réunion dans son bureau :

- Avant de procéder à l'arrestation du coupable, il faut nous réunir et préparer une action stratégique. De cette façon, nous pourrons accorder nos violons.

- Oh, oui éminence !
- S'il vous plait, éminence !
- On voudrait tous y assister !

Le cardinal, un peu grisé par l'enthousiasme général, se prit à ce petit jeu, malgré lui :

- Allez, c'est d'accord, vous êtes tous invités dans mon bureau après les Vêpres !

Tout le monde se félicita de la perspicacité du prince de l'Eglise, ébloui par la force de son intelligence et par sa noble prestance. Mais à la vérité, si la plupart des invités se trouvaient honorés de connaître un tel dignitaire, ils se sentaient bien plus heureux encore d'être conviés au Vatican, impatients d'entrer dans son bureau, afin de pouvoir pénétrer dans les arcanes de la plus mystérieuse Cité du monde.

Puis, avec la voix de bronze d'un Scaurus se dressant au Sénat romain contre l'hégémonie d'un Caius Marius, l'homme à la soutane rouge déclara :

- Quand il sera démasqué, il se sentira obligé de parler. Nous le forcerons à dire où il a caché l'objet !

Mais à ce moment, la voix du père Brun retentit aussi forte que la septième trompette de l'Apocalypse :
- Inutile, Eminence, je sais où est la clé !

Chapitre 26

Dr Jekyll, Mr Hyde et Arsène Lupin

Seuls les lecteurs des *Enquêtes du père Brun* pourront connaître le fin mot de cette affaire, puisque ni la presse, ni les services du Vatican n'ont jamais évoqué le moindre élément sur la disparition de la petite clé unique, ouvrant la porte de la chapelle Sixtine. C'est un fait avéré (Gargarin le répète assez souvent) qu'on apprend davantage sur les mystères de la vie dans une fiction intelligente, et judicieusement menée, que dans les traités de sciences et les livres savants. Une constante qui dure depuis la nuit des temps, à tout le moins depuis l'existence de ce qu'il est convenu d'appeler avec facilité *l'esprit littéraire*, dérivé des mythes et des épopées.

On sait depuis Ulysse que toute œuvre littéraire est un voyage, qui nous fait accoucher d'un être nouveau, selon le sens douloureux d'un enfantement. Le mot *travel*, en anglais, est issu du mot français travail, lui-même tiré du fameux *tripalium*, en latin, l'instrument de torture réservé au châtiment, composé de trois barres de bois, pour punir les rebelles. En français, le mot voyage est dérivé de *via*, la voie en latin, qui produit aussi viatique, vieux nom donné jadis aux provisions accompagnant le succès d'un voyage, et de nos jours, chez les catholiques, au sacrement de la communion, quand il est porté par le prêtre au chevet d'un malade. Tout voyage, tout livre, sont un viatique, eux-mêmes nourritures pour le voyageur. C'est la veille loi des métamorphoses.

Tout comme on devine la racine latine *via* dans viatique, un helléniste voit pointer sous le nom d'Odyssée, (*Odysseus*) le mot *odynê*. Ce terme ne nous dira peut-être pas grand-chose de prime abord, et pourtant ! Songeons par exemple à l'adjectif « anodin », que certains dictionnaires définissent comme « une drogue ou un remède qui apaise la douleur ; inoffensif, sans danger ». « Anodin » est en fait un composé de deux mots grecs qui signifient « sans douleur ». Sachant que le préfixe « an- » reste un privatif qui indique « sans », le radical *odynê* ne peut avoir qu'un sens possible : *douleur*. C'est la racine du nom de notre ami Ulysse (*Odysseus*) et du titre de l'épopée. Ce qui revient à dire que le héros de cet épique récit de voyage est, littéralement, « l'homme de douleur », celui qui voyage (*travel*-travail-*tripalium*) - celui qui endure bien des souffrances. C'est précisément l'état du lecteur qui veut connaître la résolution de l'énigme, tandis que le narrateur continue de se complaire dans des digressions interminables.

- Merci, Eminence, de nous réunir ici, dans votre bureau pour permettre de faire éclater la vérité !

Le père Brun se tenait debout, près de la table de travail du cardinal, assis dans son fauteuil. La petite assemblée faisait face au dignitaire, attentive à écouter l'exposé du franciscain.

- Après plusieurs journées de réflexion et de recherches, nous sommes parvenus à mettre un visage sur le voleur. Nous sommes convenus, son éminence et moi, pour des raisons que vous comprendrez avec aisance, de ne pas divulguer le nom du coupable avant son arrestation.

Chacun écoutait le père Brun, dans le grand bureau du cardinal couvert de fresques de la Renaissance. Gargarin, le nez en l'air, restait ébahi par la beauté des peintures.

- Je tenais à faire un dernier point sur le déroulé des faits pour vous exposer le chemin parcouru jusqu'à la résolution de notre enquête. Mais avant tout, je voudrais vous faire part d'une excellente nouvelle.

Le père Brun avait brandi un document, scellé sous une feuille plastifiée :

- Voici la preuve irréfutable de la culpabilité du voleur !

Une sorte de frisson d'excitation avait parcouru chacun des visages qui composait l'assistance.

- A ce stade, je ne vais pas dévoiler le contenu de cette pièce à conviction. Laissez-moi d'abord vous livrer l'ensemble des éclaircissements nécessaires. J'en profite pour remercier la police italienne de son travail remarquable, et de son efficacité discrète. Merci, à vous Commissaire !

Le cardinal avait levé les sourcils. Non seulement les amis de la Contessa s'étaient mêlés à ceux du père Brun, mais les trois collaborateurs du cardinal, ainsi que le *clavigero* et le commissaire Manzoni (qui s'inclina poliment) avaient rejoint la petite assemblée, pour écouter religieusement la démonstration du moine.

- Tout a commencé par le vol d'une clé dans un coffre. Je vous propose de mettre de côté les énigmes envoyées par le voleur, afin de nous arrêter un instant sur l'objet disparu.

Tugdual ouvrait de grands yeux vers le côté de Béatrice, en faisant mine d'admirer les fresques.

- Je voudrais qu'on se penche un instant sur le moment de la disparition. Faisons un effort de mémoire. Le vol a été constaté un matin, à l'aube, par le *clavigero*, ici présent.

L'homme aux clés releva la tête non sans fierté, comme s'il était le gardien du Temple de Castor et Pollux, symbole des victoires romaines, abritant le bureau si important des poids et mesures dans la Rome antique.

- Des empreintes ont été relevées, sans aucune surprise, puisqu'on a trouvé seulement celles des utilisateurs ordinaires du coffre.

Les têtes se tournèrent vers le *clavigero*, impassible, et le petit Don Alvaro qui se mit à rougir comme un coquelicot planté au milieu d'un champ de tournesols.

A ce moment, le visage du cardinal Contani montra des signes d'impatience. Se dressant comme la statue d'Auguste sur le Forum romain, il ne put s'empêcher d'interrompre le père Brun d'une voix assez autoritaire :

- Excusez-moi, tout ceci est très intéressant, mais au lieu de nous faire le récit de la disparition, pourriez-vous nous dire où se trouve la clé ? Tout à l'heure, chez la *Signora Contessa*, qui nous honore de sa présence, ajouta-t-il en lui adressant un léger signe de tête, vous avez affirmé savoir où était cette clé ! De grâce, ne nous faites pas languir !

- J'allais y venir, répondit le franciscain en opposant un grand sourire, mais puisque vous me priez de vous le révéler, je vais de ce pas vous montrer où elle se trouve !

Alors, le père Brun glissa une main dans sa poche droite pour en extraire un petit objet métallique, à peine plus grand que sa main, et le brandir au-dessus de sa tête :

- La voici !
- Aaaaah !

Un grand soupir d'étonnement parcourut la plupart des bouches grandes ouvertes qui baillaient d'incompréhension, comme des poissons tirés hors de l'eau.

Le cardinal, après avoir ouvert la bouche comme chacun des autres, rejeta les épaules en arrière, pour se rencogner dans son fauteuil, en fronçant les sourcils. Le père Brun, à qui rien ne pouvait échapper, quand il se trouvait devant une assemblée au moment de fournir les explications d'une énigme, ne put s'empêcher de sourire :

- Non, rassurez-vous, je ne suis pas le voleur !

Mais devant la mine crispée de l'homme en rouge, il crut bon d'ajouter :

- Le commissaire Manzoni, présent parmi nous, en est le témoin privilégié, puisque c'est lui qui m'a donné la clé avant d'entrer dans ce bureau.

Les têtes tournèrent vers le commissaire, qui se mit à saluer du chef avec la prestance d'un prétorien dans le palais impérial.

- Mais comment avez-vous fait pour...
- J'allais vous le dire, mais vous ne m'avez pas laissé le temps de terminer mon exposé des faits.

Le cardinal, qui s'était légèrement redressé, se rencogna pour la deuxième fois dans son fauteuil.

- Dans toute enquête, il existe plusieurs phases. En premier lieu, l'annonce du méfait, et instantanément la réaction : surprise, sidération, inquiétude, incompréhension, aphasie. Puis vient le moment de l'enquête proprement dite, d'abord on fouille ici ou là, comme un archéologue. On gratte, on arrache, on exhume, en espérant un indice. Puis on se met en marche pas à pas dans le brouillard, en guettant un signe, une lumière ou le son d'une corne de brume.

Les visages étaient concentrés, surtout celui de Tugdual, mais pour une autre raison.

- La lumière est venue grâce à notre amie Melle Martin, que je remercie de sa présence à Rome.

Cette fois, dans un seul élan, les têtes convergèrent du côté de cette jeune personne qui devint plus rouge que la soutane cardinalice.

- Pour ceux qui ne le savent pas, Melle Martin est venue à Rome, après un stage à Milan, ignorant complètement que ses amis Amanda et Gargarin s'y trouvaient, eux aussi. Et comble de la situation (merci à la Providence !), ils se sont retrouvés au même moment, au même endroit, parce qu'ils souhaitaient tous visiter les ruines des Thermes de Caracalla.

- *Tutte le strade portano a Roma !* lança la Contessa qui s'amusait beaucoup au récit du franciscain.

- A cause d'un casque virtuel sur le nez, Gargarin n'a pas vu le pied sur lequel il marchait allègrement. Par bonheur, ce pied était celui de Melle Martin.

La jeune femme leva les sourcils jusqu'à les décrocher.

- Quand elle nous a raconté sa mésaventure, nous étions assis à la terrasse d'un café, à côté d'un groupe d'hommes qui faisaient circuler des montres entre leurs mains. Alors que notre amie Melle Martin avait comparé son inapparence, aux yeux de Gargarin, à une *cape d'invisibilité*, nos voisins de table, eux, évoquaient des matériaux, tels que le radium, réputés pour leur propriété luminescente.

Les yeux du petit Gödel commençaient à s'éclairer.

- Comprenez-bien, mes amis, le cerveau structure son environnement en permanence, en rapportant les informations qu'il reçoit à des objets connus.

A son tour, Melle Martin fronça les sourcils.

- La paréidolie est une expression de cette tendance du cerveau à créer du sens par assimilation des formes aléatoires à des formes qu'il a déjà référencées. Quand Melle Martin s'est sentie invisibilisée aux yeux de Gargarin, elle a parlé de *cape d'invisibilité*, par assimilation à une forme que son cerveau connaissait déjà, dans les romans de *Harry Potter*.

Les sourcils de Melle Martin se touchaient presque.

- Quand, à son tour, il a entendu parlé de *cape d'invisibilité*, mon cerveau a fonctionné par paréidolie, en recréant des formes par assimilation à des formes qu'il connaissait déjà.

Cette fois, les sourcils de Melle Martin se rejoignaient.

- En entendant évoquer, dans le même moment une *cape d'invisibilité* et des matériaux utilisés sur les montres, pour une fonction de *visibilité* (le radium avec ses vertus luminescentes) mon cerveau a combiné ces deux informations pour recréer une forme de matériaux capable de rendre invisible.

Si l'un des paladins, magnifiquement peints sur les murs du bureau, avait pu descendre de sa fresque Renaissance pour examiner les figures des personnes assises en face du cardinal, il aurait constaté que tous les visages exprimaient à la fois les cinq modes de suspension du jugement, selon les précieux éléments des théories conçues par Sextus Empiricus, maître incontestable en doctrine de scepticisme.

- En 2006, des chercheurs britanniques et américains ont annoncé qu'il était devenu possible de concevoir une sorte de *barrière d'invisibilité*, permettant de soustraire tout objet à la vue.

- Une barrière d'invisibilité ? s'était écrié Aristote Jeudi.

- Le principe est assez simple. Le matériau employé fait dévier les rayons lumineux, pour les incurver suffisamment, de façon à éviter l'objet qu'il dissimule. C'est un peu comme si on ouvrait un trou dans l'espace. La lumière vient couler le long de l'objet protégé par le matériau, épousant ses formes, comme l'eau autour d'un rocher, pour ensuite reprendre son courant normal en aval. Ainsi, non atteint par la lumière, l'objet devient invisible.

- Mais c'est impossible ! clama Nasser.

- Si, c'est tout à fait possible, confirma le petit Gödel.

- Le procédé n'est pas novateur, puisqu'il repose sur des propriétés découvertes il y a plusieurs siècles. Ce qui est nouveau, c'est la fabrication de ces *métamatériaux*, capables de générer une parfaite illusion d'optique, précisa le père Brun, qui menait la discussion, avec la main d'un timonier rompu à toute sorte de tempête.

- En utilisant cette *barrière d'invisibilité*, on peut faire disparaître toute sorte d'objet ? interrogea Béatrice.

- En réalité l'objet ne disparaît pas, mais son apparence est simplement soustraite à notre vision, répondit le père Brun avec un soupçon de douceur dans la voix. A ce moment, il se remémorait le petit déjeuner de la Villa Farnèse, avec le cousin de Tugdual, le diplomate qui avait évoqué la *pierre invisible*.

- Mais qui fabrique ces barrières ? adjura la Contessa.

- Depuis quelques années de nombreuses sociétés se sont spécialisées dans leur fabrication.

- Mais à quoi ça ressemble ? sollicita à son tour Gargarin.

- A un matériau plastique ordinaire, comme une sorte de papier-bulle, plus ou moins rigide, en polycarbonate transparent de haute qualité. Toute une série de lentilles hautes très fines est intégré dans le panneau frontal, chaque lentille s'étendant du haut vers le bas du bouclier. Elles diffusent ainsi la lumière ambiante réfléchie sur la surface avant de l'objet, qui est placé derrière. Celui-ci étant plus fin que le décor, la lumière de sa forme est aussitôt submergée par celle de l'arrière-plan. Il est donc indétectable visuellement.

- C'est fascinant ! souffla Melle Martin.
- C'est difficile à trouver ? avait demandé Tugdual.
- Non, non, c'est très facile. Pour quelques dizaines d'euros, on achète de très bons produits sur Internet.

A ce moment, le cardinal se redressa, dans une sorte de mouvement qui ne trahissait pas moins le soulagement que la perplexité, non sans une pointe de majesté paladine, comme si sa silhouette venait de se décrocher d'une fresque.

- Vous voulez dire que la clé se trouvait au fond du coffre derrière un *bouclier d'invisibilité* ?
- Oui, tout simplement.
- Alors le coffre n'a pas été cambriolé par des moyens technologiques, comme vous l'aviez dit ?
- Je me suis trompé, admit le franciscain au visage de philosophe grec antique, en jetant un œil du côté d'Amanda.
- Un voleur qui ne vole, pas. Avouez que c'est tout de même étrange !
- Que Dieu me pardonne, Eminence, et vous aussi mes frères, cette indigne comparaison, mais pendant la journée du Vendredi saint, j'ai médité sur la double nature du Christ, à la fois divine et humaine. Cette vérité de Foi proclamée depuis le Concile de Chalcédoine, en 451. Avec attrait, je me

suis plongé dans cette idée de double nature, car il existe aussi des êtres humains à nature multiple. Stevenson avait dépeint un cas extrême de cette pathologie schizophrénique, même si les médecins précisent qu'il n'avait rien à voir avec la véritable vie des patients.

- Que voulez-vous dire ? trancha brièvement le cardinal qui commençait à manifester des signes d'incompréhension.

- Que nous sommes peut-être en présence d'un cas rare de double personnalité, voire de triple personnalité.

- Mais vous cherchez vraiment à compliquer les choses ! conjura l'homme en rouge.

- Non, ça simplifie tout, bien au contraire !

- Dr Jekyll, Mr Hyde et Arsène Lupin au Vatican, vous ne trouvez pas que c'est ridicule ? explosa le cardinal au comble de l'agacement.

- La littérature demeure une amie précieuse, répliqua le père Brun qui, selon toute apparence, prenait un malin plaisir à faire enrager le prince de l'Eglise. Le monde moderne reste binaire, la réalité est trinitaire. Il n'est pas absurde de considérer, sans aucune intention de blasphémer, qu'une personne humaine soit elle-même divisée en plusieurs parties.

- Mais pourquoi le voleur a-t-il caché la clé dans le fond du coffre ? A quoi ça rime ? C'est incompréhensible. Pourquoi ne l'a-t-il pas volée ?

- Il doit bien avoir ses raisons. Il faudra les lui demander après son arrestation. Pour ma part, j'ai ma petite idée.

- Son arrestation, dites-vous ? s'insurgea brusquement l'homme en rouge qui reprenait ses esprits. Mais qu'attendez-vous ? Est-ce qu'il vous manque encore une pièce au puzzle ?

- Non, aucune, éminence !

- Alors, je vous demande de procéder à son arrestation !

Chapitre 27

Le matin de Pâques

Ils étaient tous réunis dans la chapelle Sixtine, enfin ouverte, grâce à la perspicacité du père Brun. Autour du moine, vêtu pour l'occasion d'une chasuble de soie, tissée de fils d'or, le petit groupe de fidèles se serraient comme des oisillons, pas moins médusés par la magnificence de ces lieux saints que par le privilège d'assister à la messe de Pâques dans le plus beau sanctuaire de la chrétienté. Un soleil biblique baignait les fresques d'une lumière divine. Le jour venait de poindre et Rome se préparait à célébrer la Résurrection du Sauveur. Mais avant l'heure des foules, par une autorisation spéciale du Saint-Père, un petit groupe d'amis, tels les disciples au matin béni devant le Tombeau vide, se trouvait dans l'attente du mystère, sous le regard des Sybilles, des Prophètes et des Ancêtres.

Tout était allé très vite. La veille, dans le bureau de son éminence le Cardinal Contani, le père Brun avait expliqué les choses avec brio et simplicité. On avait procédé à l'arrestation du coupable. Le détective franciscain, une fois de plus, avait visé juste et avait su démasquer le personnage malveillant qui s'était caché sous le pseudonyme de

Michel-Ange. Il serait malvenu de contester la réussite du moine franciscain. Il fallait reconnaître que son art personnel de la poliorcétique contre une citadelle avait bien fonctionné. L'assaillant, ayant ouvert plusieurs brèches, tout son édifice s'était écroulé. Mais pourquoi Michel-Ange ? A cause de son lien direct avec la chapelle, bien sûr, mais pas seulement. En raison d'un lien entre le caractère du voleur et celui de l'artiste, ce que le père Brun avait fini par deviner. Comme le peintre, le voleur était un être irascible, indifférent à la nourriture, comme à la boisson, mangeant et buvant seulement par nécessité, fasciné par l'argent mais détestant le luxe, aux manières rudes et presque grossières, un être solitaire et mélancolique, original et fantasque, un homme qui s'était retiré de la compagnie des autres.

Le père Brun était entré dans la chapelle, mains jointes, comme un pape des fresques murales, dans sa chasuble d'or. Il s'était placé sur le côté des marches menant à l'autel, sous le mur immense du *Jugement dernier*. Là-haut, le Christ, jeune, blond, puissant et glabre, plus beau qu'un dieu grec, bras en l'air, appelait les Justes en rejetant les damnés, d'un geste qui ne souffrait aucune contestation. Ce Christ demi-nu, dans la gloire de sa beauté antique, n'est pas impartial. Plus beau, plus fort, plus noble qu'Apollon, Héraclès ou Jupiter Fulminator réunis, c'est un Christ à la fois hiératique et courroucé. Ayant souffert pour l'humanité, il vient exiger que soit puni celui qui méprise son divin sacrifice, tandis que les Saints, autour de Lui, demandent justice. Son geste, impérieux, calme, semble à la fois attirer l'attention et adoucir toute l'agitation environnante : il initie la *fin des Temps*, d'un mouvement de rotation large et lent dans lequel ceux-ci sont impliqués de manière définitive. Le père Brun attendait son servant de messe. On avait promis de lui envoyer quelqu'un. Alors, il patientait au bas des marches de l'autel, en espérant l'arrivée d'un enfant de chœur. Chacun demeurait debout, silencieux, les yeux grands ouverts pour contempler les jeux de lumière, animés par le soleil du matin sur les œuvres de Michel-Ange.

Soudain, la petite porte grinça, celle dont la clé disparue était à l'origine de toute cette affaire. Un homme entra, muni d'un surplis, et se dirigea à la droite du père Brun. Selon toute vraisemblance, c'était l'individu qui venait servir la messe, aux côté du célébrant. Les amis du franciscain, la Contessa, Isabelle et Amanda, Melle Martin, le Commissaire Manzoni, Gargarin, et Tugdual ne furent pas long à reconnaître l'homme qui avait surgi, portant un surplis blanc sur sa soutane rouge. C'était le cardinal Contani qui venait, par un geste d'humilité, remercier le Christ, et son ami l'enquêteur, pour le dénouement de cette histoire. Dans le monde spirituel, dégagé de toute pesanteur physique, les hiérarchies sont bousculées. Les premiers sont les derniers, les derniers sont les premiers. Quel lieu plus propice qu'une messe de Pâques, pour proclamer à la face du monde, la splendeur de ces nouvelles hiérarchies, en célébrant à la fois le sacrifice du Sauveur et l'avènement du Salut ?

Le bordereau brandi par le père Brun, devant la petite assemblée réunie dans le bureau du cardinal, était un bon de commande. Un simple achat effectué sur Internet, que la police italienne avait retrouvé sans difficulté. Il avait simplement suffi de recouper les flux d'achat depuis le Vatican, vers les sites qui vendaient un matériel très précis. Entre ces deux paramètres, la recherche accoucha d'un seul nom. L'objet commandé était un simple tissu de camouflage permettant d'invisibiliser des objets. Proposé en plusieurs tailles, avec un prix bon marché, plusieurs sociétés commercialisaient sur la Toile ce matériau innovant et révolutionnaire, en capacité d'imiter les pouvoir de Harry Potter. Pour quelques dizaines d'euros, il est possible de se procurer en ligne ce nouveau type de tissu que les connaisseurs appellent un *bouclier d'invisibilité*. Le voleur avait commandé le sien pour correspondre aux dimensions du fond de coffre. Avec son nom, et son adresse.

La messe avançait, en présence du servant-cardinal qui maniait les livres saints avec piété ; l'encensoir avec dextérité. Selon toute évidence, le dignitaire était rempli d'une liesse pascale tout enfantine, ranimant la joie qu'il éprouvait pendant son enfance à servir la messe. Quand vint le moment du *Gloria*, il avait secoué les clochettes restées silencieuses depuis le Jeudi saint, qui tintaient dans la chapelle Sixtine, ainsi que des voix d'anges célestes, faisant écho aux premières cloches qui sonnaient dans Rome à toute volée, pour annoncer les messes du matin de la Résurrection. Tel un chérubin aux six ailes rouges, devant l'Arche d'Alliance, il sautillait autour du célébrant. Ses pieds ne touchaient plus le sol. De l'encensoir, montait un puissant nuage d'encens vers le Trône de Dieu. Pendant la lecture, il avait tenu l'évangéliaire, devant le moine, avec autant de grâce juvénile et respectueuse que s'il avait ouvert le Livre devant l'Apôtre Pierre. Alors, après le psaume, vint le moment de célébrer la joie pascale en chantant *Alléluia !*

Le père Brun avait eu d'autres soupçons pour le mener à cette conclusion, dont l'un d'eux était contenu dans le dernier message de Michel-Ange. Il avait relevé sans difficulté une confusion d'ordre linguistique entre le verbe *spero* et le verbe *exspecto*. Ces mots sont proches. L'un signifie « j'espère », l'autre « j'attends », ce qui n'a pas tout à fait le même sens. Si les langues ont inventé des mots distincts, c'est pour dépeindre la complexité d'idées ou d'actions différentes, aimait répéter le moine, complexité d'idées ou d'actions souvent proches, mais toujours nuancées. Il existe une langue d'origine latine, dans laquelle l'expression *esperar* signifie « attendre ». Et le père Brun avait compris que cette petite confusion entre ces deux verbes avait trahi la langue d'origine du coupable. Bien sûr, on comptait dans les bureaux du Vatican des milliers de locuteurs qui utilisaient cette langue.

Mais aucun d'eux n'avait accès au coffre et aucun d'eux n'avait commandé un bouclier d'invisibilité, en laissant son nom et son adresse, dans la langue maternelle du coupable. Et celle-ci était l'espagnol.

Soudain, des voix s'illuminèrent. Un feu de joie entrait au cœur par les oreilles. *Alléluia !* Les yeux levés au plafond, le père Brun vit dans un brouillard humide, la main de Dieu tendu vers Adam. Il s'aperçut qu'il pleurait. A cause de la beauté des fresques, bien sûr, de la solennité des lieux, mais surtout à cause de ces voix d'anges qui tombaient du ciel comme un miracle. Jamais il n'avait entendu un plus beau chant. *Alléluia !* Tous étaient saisis par la splendeur du cantique. Même le cardinal, si hiératique d'ordinaire, s'essuya le coin des yeux. C'était plus céleste que tout ce qu'on pouvait entendre. *Alléluia !* Là-bas, dans la *tribune des chantres*, le cardinal avait convié le Chœur de la chapelle Sixtine à venir chanter le grand *Alléluia* de Pâques. Chacun fut transporté aux portes du Ciel pendant quelques minutes. Des voix d'hommes se mêlaient à des voix d'enfants pour composer un hymne à la Vie éternelle, brillant et glorieux. *Alléluia !*

Les enfants, nous apprend Chesterton, sont innocents et aiment la justice, alors que la plupart des adultes sont méchants, préférant naturellement la miséricorde. C'était, tristement, le seul espoir du coupable. A part la miséricorde de Dieu, il ne pouvait donc *esperar* aucune mansuétude de la part du cardinal Contani. A la demande du père Brun, le commissaire Manzoni, aidé par le *clavigero*, était allé inspecté le coffre. Il avait trouvé la clé, glissée dans une enveloppe fixée à la colle forte derrière *le bouclier d'invisibilité*. Au fond, le procédé se révélait simple et astucieux. Mais le coupable avait agi en plusieurs séquences espacées peut-être de plusieurs semaines. Tout d'abord il fallut détourner l'attention du *clavigero*, en laissant tomber des clés, pour fixer le bouclier avec célérité, tandis qu'il se penchait. Et une autre fois, lui demander de recompter des clés, pour glisser l'enveloppe sous le *bouclier*. Adresse et rapidité. Une fois son dispositif installé, il ne restait plus qu'à y cacher les clés au moment de fermer la porte du coffre. Oui, tout coïncidait. L'accès au coffre. Le procédé. Les empreintes. Le nom du bordereau. L'adresse de livraison. La langue espagnole. Restait à définir le mobile.

Sanctus ! Sanctus ! Sanctus ! Les neuf chœurs des anges chantent la louange de Dieu pour l'éternité. Ils accompagnent les prières des hommes pendant la célébration des messes. Les voix des trois triades de la *hiérarchie céleste* résonnent autour du trône de Dieu, car leur nombre, dit l'Apocalypse, sont des myriades de myriades, des milliers de milliers. La classification des anges en trois triades, selon les Ecritures et Saint Thomas d'Aquin, est reconnue par le magistère de l'Eglise catholique. Les *Séraphins*, au sommet de la hiérarchie, sont au plus près du trône, avec leurs six ailes magnifiques. Leur nom signifie les *brûlants*.

Chaleur et lumière. Ils sont enflammés de l'amour de Dieu au plus haut degré ; leur qualité principale est l'amour. Le nom des *Chérubins* signifie sagesse, science. Il gardent l'entrée du Jardin d'Eden, *avec une épée flamboyante tournant en tous sens*. Ils ont aussi pour fonction de protéger l'Arche d'Alliance, et n'ont que deux ailes, parfois six. Totalement sourds à toute tentation humaine, les *Trônes*, eux, personnifient la justice et l'autorité de Dieu. Ils ont le privilège de servir de siège à Dieu et de fondation au monde, d'où leur désignation. Ils exercent la justice divine pour organiser le monde matériel et y inspirer les représentants de l'ordre ; justice divine qu'il faut comprendre en termes de cohérence entre le réel et le plan divin.

Ce n'était pas du tout le millionnaire Cazzo que les deux Gardes suisses étaient venu arrêter dans le bureau du cardinal. Malgré les talents d'enquêteur que le dignitaire s'était attribués, et en dépit des ambiguïtés du personnage, de son mauvais goût, de sa vulgarité, le millionnaire n'avait rien à voir dans cette affaire. Il n'avait payé personne pour aller cambrioler le coffre des clés du Vatican. Aussi le cardinal était-il tombé des nues quand il avait vu entrer deux Gardes suisses dans son bureau, à la demande du père Brun, puisqu'il avait demandé à ce dernier de procéder à l'arrestation du coupable. Que venaient faire ces Suisses dans son bureau, puisque Cazzo n'y était pas ? Sans doute le lecteur attentif aura-t-il compris que l'accès au coffre, le procédé, les empreintes, le nom du bordereau, l'adresse de livraison, la langue espagnole, les lectures d'Harry Potter et les livres scientifiques sur les métamatériaux, tout, absolument tout accusait Don Alvaro ? Et, à la stupeur générale, le petit prêtre avait quitté, sans dire un mot, la mine abattue, le bureau du cardinal, encadré par deux Gardes suisses, pour être livré aux gendarmes du Vatican, en attendant son procès.

Au sommet de la deuxième triade, les *Dominations*. Leur mission est de transmettre aux entités inférieures les commandements de Dieu. La Tradition aime les représenter comme des êtres de forme humaine, à la beauté angélique et dotés d'une paire d'aile. On les distingue des autres ordres par des attributs princiers, un orbe de lumière ornant l'extrémité de leur sceptre ou le pommeau de leur épée. Chez les Grecs, ils possèdent pour attribut : une aube, une ceinture d'or, une étole verte, une baguette d'or ou un sceptre terminé par une croix et le sceau de Dieu, inscrit à Son nom. Les *Vertus* symbolisent la force et la vigueur durant un projet entrepris, pour récompenser le chercheur en phase avec ses objectifs, et qui ira au bout de sa démarche. On les invoque pour se redonner force et courage. Ces anges sont ceux qui accomplissent les signes et miracles dans le monde, sur l'ordre de Dieu. Les *Puissances* travaillent essentiellement à maintenir l'ordre divin et à lutter contre les démons. A l'ordre des *Puissances* revient de régler ce que les sujets qui leur sont soumis doivent exécuter. Généralement, ces anges, représentés comme des soldats portant une armure et un casque, sont dotés d'armes, tant offensives que défensives, des boucliers, des lances, des chaînes, pour évoquer leur fonction d'enchaîner les démons.

Né dans une vieille famille de la noblesse espagnole, le petit Don Alvaro était fier de ses origines, sans jamais les mettre en avant. Du côté paternel, on comptait un évêque, des croisés, et surtout un ami du Cid qui avait participé à la *Reconquista*, et qui aurait servi de modèle, selon la légende familiale, au Don Arias de la pièce de Corneille, tirée de l'œuvre de Guillèn de Castro. Du côté maternel, on se targuait même de descendre des Barca, la plus illustre famille carthaginoise, qui aurait laissé son nom à Barcelone ; des éléphants se pavanaient allègrement dans les blasons. Mais l'aïeul dont le jeune prêtre restait le plus fier était un carme, compagnon de Saint Jean de la Croix, qui avait pris l'habit pour suivre les pas du docteur de l'Eglise. Il faut sans doute être espagnol pour comprendre la grande mystique. Encore que le malheureux saint, reconnu comme l'un des plus grands poètes du Siècle d'or espagnol, après avoir fondé les Carmes déchaux, fut par la suite enfermé par les autorités de l'ordre, qui refusaient sa réforme, provoquant alors sa fameuse expérience mystique, qu'il appellera sa *Nuit obscure*. Et après avoir été nommé prieur de divers couvents de carmes, il sera mis au ban de sa communauté, avant de mourir isolé, dans le couvent d'Ubeda, en décembre 1591, ce qui ne manquait pas d'exalter les élans mystiques du petit Don Alvaro.

Au sommet de la troisième triade, dans la hiérarchie céleste, les *Principautés* dirigent et éclairent les archanges et les anges. Leur mission consiste à faire régner un certain ordre sur la Terre, par leur intervention céleste. Elles sont gardiennes du secret divin. On les reconnaît à leurs armes, hache, javelot, à leur costume de guerrier, à un lis fleuri et au sceau de Dieu. On les voit aussi en aube et dalmatique avec l'évangéliaire, et à ce titre on les assimile aux diacres. Les *Archanges*, pour leur part, sont les messagers extraordinaires de Dieu auprès des hommes. Saint Thomas d'Aquin place ici les plus célèbres : Michel, Gabriel et Raphaël. Le mot *archange* signifie *dirigeant les anges* : αρχι (archí) étant un préfixe grec désignant celui qui dirige. Ils portent le costume militaire, pour venir annoncer les grands événements, tandis que les *Anges*, tout au bas de la hiérarchie, sont ainsi appelés parce qu'ils sont envoyés du ciel pour annoncer des choses plus ordinaires aux hommes, puisque le mot grec ἄγγελος (ángelos) signifie *messager*.

Mais surtout, Don Alvaro appartenait à la famille de Gil Sanchez Muñoz y Carbón, obscur cardinal, totalement inconnu, entré dans la postérité sous le nom de Clément VIII. Grâce aux recherches de Tugdual, le père Brun avait compris les raisons de sa haine et son désir de vengeance, en s'attaquant au plus beau symbole de la papauté, sous la Renaissance. En 1422, il existait deux papes, suite aux longues querelles complexes du *Grand Schisme d'Occident* : le légitime Martin V et l'autre Benoît XIII, qui avait désigné un collège cardinalice de quatre membres, avant de mourir. Ceux-ci avaient élu Clément VIII pour succéder au pape illégitime, dont la situation devenait de plus en plus intenable, sous la pression du Roi d'Aragon, qui avait besoin du soutien du vrai pape pour gagner le royaume de Naples. Au concile de Bâle-Ferrare-Florence-Rome, un prêtre, sujet du Roi d'Aragon, professeur de droit canon, obtint son abdication. Il s'appelait Alonso de Borja i Llançol, un juriste talentueux, doublé d'un négociateur hors pair. En remerciement de ce grand service, il sera élevé à la fonction de secrétaire du Roi Alphonse V. C'est le fondateur de la dynastie Borgia. La suite, chacun la connait : il deviendra évêque de Valence, puis cardinal, avant d'être élu pape en 1444. Ainsi, Don Alvaro était lié au destin brillant des Borgia, par la mise à l'écart de sa famille, suite à l'abdication du pape Clément VIII son lointain ancêtre, nourrissant alors une haine féroce pour les papes de la Renaissance.

Sanctus ! Sanctus ! Sanctus !

Le père Brun gardait les yeux fermés. Par la pensée, il était au pied du premier vitrail du transept sud de la cathédrale de Chartres, celui qui porte le nom de Saint Apollinaire, où sont figurés, dans un océan de couleurs ennoblies par le bleu céleste de Chartres, trois par trois, les neuf chœurs de la hiérarchie des anges. Quand allaités par l'Église, tous les arts anticipent sur la mort, les âmes peuvent s'avancer jusqu'au seuil de l'éternité ; l'esprit humain, guidé par les Saintes Ecritures, peut entrevoir la lumière, au pied du trône de Dieu, à l'aspect d'une pierre de jaspe et de sardoine, entouré par un arc-en-ciel, brillant comme l'émeraude, là où brûlent sept flambeaux ardents, décrits dans textes les plus sacrés comme les sept esprits de Dieu : sagesse, intelligence, conseil, force, connaissance, piété, crainte.

Sanctus ! Sanctus ! Sanctus !
Dans son cœur résonnaient les paroles de l'*Exultet*, le si beau chant de la Vigile pascale :
> *Exultez dans le ciel, multitude des anges.*
> *Exultez, célébrez les mystères divins !*
> *Résonne, trompette du salut, pour la victoire d'un si grand Roi !*
> *Que la terre, elle aussi, soit heureuse,*
> *Irradiée de tant de feux,*
> *Illuminée de la splendeur du Roi éternel,*
> *Qu'elle voit s'en aller l'obscurité,*
> *Qui recouvre le monde entier !*
> *Réjouis-toi, Eglise notre Mère,*
> *Parée d'une lumière si éclatante !*
> *Que retentisse dans ce lieu saint*
> *L'acclamation de tous les peuples !*

Sanctus ! Sanctus ! Sanctus !
Dieu trois fois saint ! Le père Brun méditait encore les paroles de l'Exultet qui avait illuminé la nuit pascale :
> *O nuit de vrai bonheur,*

Nuit où le ciel s'unit à la terre,
Où l'homme rencontre Dieu.
Aussi nous t'en prions Seigneur :
Permets que ce Cierge pascal consacré au l'honneur de ton nom
Brûle sans déclin pour dissiper les ténèbres de cette nui.
Qu'il te soit d'un parfum agréable
Et joigne sa clarté à celle des étoiles.
Qu'il brûle encore quand se lèvera l'astre du matin,
Cet astre sans pareil qui ne connaît pas de couchant.
Le Christ, ton Fils, revenu du séjour des morts.
Qui répand sur le genre humain sa lumière et sa paix,
Lui qui vit et règne pour les siècles des siècles.

Par toutes les beautés de la liturgie, son coeur demeurait en communion avec les splendeurs éternelles. Son visage était nimbé d'un éclat céleste. Il gardait les yeux fermés, des larmes de joie sous les paupières. Il écoutait chanter les anges.

A Nantes, le 8 septembre 2024
Fête de la Nativité de la Vierge

Du même auteur :

Les Enquêtes du père Brun

Une enquête du père Brun
Le Fantôme de Combourg
Sang pour sang
Les Clés du Vatican
Les Disparues de la Sange (A paraître)
Sur le toit du monde (A paraître)

Sur internet : lesenquetesduperebrun.com
Instagram : @lesenquetesduperebrun
Facebook : Les enquêtes du père Brun